LA BÊTE NOIRE

DE LA MÊME AUTRICE

Toi seul, Lattès, 2019.
Collectif, *Emmenez-moi*, Charleston, 2020.
Les Rêves de nos mères. Longfield Park (1912-1914), Charleston, 2020 ; Pocket, 2021.
Les Rêves de nos mères. Les Cendres sous les coquelicots (1914-1918), Charleston, 2021 ; Pocket, 2022.
Les Rêves de nos mères. Les Heures incertaines, Charleston, 2023.
Cosy Christmas Mystery. Retour à St Mary Hill, Robert Laffont, 2023.

CARINE PITOCCHI

COSY CHRISTMAS MYSTERY

Murder party au manoir

roman

LA BÊTE NOIRE
Robert Laffont

Afin d'accompagner votre séjour à St Andrew Manor et à St Mary Hill, je vous ai concocté une nouvelle ***Cosy Christmas Mystery Playlist**** avec certaines des chansons qui m'ont inspiré des scènes du livre. Et histoire de vous faire vibrer plus haut et plus fort plus longtemps, nous y avons ajouté quelques-uns des plus beaux chants de Noël. Nous espérons que l'expérience vous plaira…

Accédez à la **Bande Originale du livre***
en scannant ce QR code

*(*Playlist disponible sur les principales plateformes de streaming.)*

ISSN : 2431-6385
ISBN : 978-2-221-27772-0
Dépôt légal : octobre 2024
Éditions Robert Laffont – 92, avenue de France, 75013 Paris
serviceclients@lisez.com

Résumé du tome 1

Cosy Christmas Mystery – retour à St Mary Hill

Attention SPOILER ALERT !

Si vous n'avez pas lu le premier tome (ce que nous vous recommandons vivement avant d'attaquer celui-ci), passez votre chemin.

Pour les autres, voici un petit rafraîchissement de mémoire !

Dans l'épisode précédent…

Jo-Ann Brown, scénariste à succès ruinée, a fui Londres, la presse à scandale et son connard d'ex pour panser ses plaies dans son village d'enfance, St Mary Hill. Tandis qu'elle se planque dans le cottage hérité de sa grand-tante Gladys, l'annonce de son retour se propage comme une traînée de poudre. Bye bye calme et anonymat tant désirés ! D'autant que ses voisines septuagénaires n'ont rien trouvé de mieux que d'avertir Lawrie de sa présence. Et si Jo reconnaît que son meilleur ami désormais pasteur l'apaise, il la trouble tout autant. Alors, quand elle soupçonne qu'un meurtrier sévit à St Mary Hill, elle saute sur l'occasion pour se changer les idées. Accompagnée d'Alex, son brillant neveu adolescent, de son ancienne assistante, la fantasque Daisy, et de Lawrie, Jo-Ann met le doigt sur un secret de famille bien enfoui. Heureusement, les fêtes de fin d'année semblent lui porter chance : après avoir participé à l'arrestation de Rosalind, une habitante fraîchement arrivée tombée sous le charme du pasteur, et évité à ce dernier une mort certaine, Jo décroche un juteux contrat… à Londres. Assistée de sa fidèle Daisy, Jo-Ann part vers de nouvelles aventures, laissant encore une fois un Lawrie meurtri dans son sillage.

Résumé rédigé par Lorie Forêt

Les personnages de St Mary Hill que vous retrouverez dans ce tome 2

Jo-Ann Brown : surnommée aussi Jo par ses amis, créatrice de séries à succès, showrunneuse, célibataire après avoir plaqué son producteur d'ex infidèle l'année précédente. Dans son entourage, on compte : un chat, **Clemie** ; un neveu qu'elle adore, Alex ; un frère qui la gonfle, Bertie ; une assistante déjantée, Daisy. A hérité du cottage de sa regrettée grand-tante **Gladys** à St Mary Hill. Craque sur son meilleur ami, Lawrence Spencer, depuis qu'ils sont ados, mais n'y va pas parce que se pense victime d'une malédiction qui pousse tous les hommes qu'elle aime à la quitter ou à la trahir. Trimballe les mêmes blessures émotionnelles que son frère, mais les gère différemment.

Lawrence Spencer : surnommé aussi Lawrie, orphelin de mère, ancien avocat reconverti dans la prêtrise anglicane après le décès de sa femme Joanne. Meilleur ami d'enfance de Jo-Ann Brown. S'est pris un râteau en essayant d'embrasser cette dernière lorsqu'ils avaient dix-sept ans. Rame avec elle depuis… Mais pugnace, patient et sexy ! Possède un bouledogue, **Winston**, philosophe à ses heures et particulièrement habile en matière d'attaque de pipi.

Alex : neveu ado de Jo-Ann, youtubeur et fan de *true crime*. Fils de Bertie, qui le délaisse depuis son remariage avec une certaine Amber (la preuve que les chiens ne font pas des chats). Orphelin de mère, geek, intello, supercerveau, sans doute HP quelque chose, fou amoureux de sa petite copine Adélia, qu'il a rencontrée lors des vacances de Noël à St Mary Hill l'année précédente.

Daisy : assistante loufoque de Jo-Ann, langue beaucoup trop bien pendue, humour décapant, lesbienne assumée, rejetée par sa famille à cause de son orientation sexuelle, agaçante parfois mais toujours présente en cas de coup dur !

Adélia : chérie d'Alex, qu'elle mène à la baguette, mignonne, intelligente, possède une pile à lire gigantesque de… (non, c'est trop dingue pour vous le révéler), anime un club de lecture avec ses copines et tient un vlog où elle parle de ses coups de cœur sur YouTube.

Jack : voisin d'en face de Jo à St Mary Hill, septuagénaire, allergique aux poils d'animaux mais se soigne pour Winston et Clemie, super pote d'Alex depuis l'année précédente, collectionneur d'objets en tout genre, crocheteur de serrures en cas de nécessité, manie la canne à pêche mieux que personne !

Les sœurs Violette et Judith McPherson : voisines de Jo-Ann à St Mary Hill, agentes de surveillance septuagénaires du village, cultivent à ce titre les ragots bien mieux que leur jardin. Violette, la plus jeune, frustrée par la fin des *Filles du docteur March*, rêve depuis toujours d'une idylle entre Jo et Lawrie. À l'heure où je vous écris, n'a pas dit son dernier mot sur le sujet !

Bertie : frère de Jo-Ann. Père d'Alex. Veuf. En couple avec Amber. Pingre, secrètement envieux de sa sœur, gère mal les blessures de rejet et d'abandon infligées par les parents Brown. Reproduit classiquement le même schéma avec son fils Alex.

Andrew Flexton : connard d'ex de Jo-Ann, producteur, se tapait Minette Harper, l'une des actrices de la série *Highland Brothers* créée par sa petite amie, n'a pas pu réutiliser son manteau sur mesure à la suite de l'attaque de pipi de Winston, escroc, profiteur, toxique, manipulateur, bref, superconnard, quoi…

Inspecteur Sloane : a résolu l'enquête sur les meurtres du Kent avec Jo et Lawrie l'année précédente, forte ressemblance avec un certain Brad Pitt (la version jeune), craque pour Jo qui craque pour Lawrie – vous saisissez ?…

Christopher/Chris : jeune homme souffrant d'un retard mental, protégé de Lawrie. Le village tout entier l'a défendu contre de fausses accusations lors de l'enquête sur les meurtres du Kent.

Fred : papy garagiste trop sympa d'Adélia.

Peter : papa poule d'Adélia, ami d'enfance de Jo et de Lawrie.

Sahar Kumar : femme du maire de St Mary Hill, fan de déco, adore organiser des événements festifs dans sa commune.

Franklin Brewster : agent de police un peu rouillé de St Mary Hill.

Ce qu'elles ont pensé du tome 1
Cosy Christmas Mystery – Retour à St Mary Hill

« Des personnages attachants, une tension ambiante, un peu d'humour, une enquête bien ficelée, une savoureuse ambiance de fin d'année. »
Manon
@_leslecturesdemanon_

« Le roman idéal pour échapper au quotidien et faire vibrer notre part d'enfance, avec un dosage parfait de douceur et de mystère. »
Estelle
@petite_lectrice

« Un dénouement original. J'ai adoré ! Il y a tout ce que j'aime dans un *cosy mystery* et le fait qu'il se passe à Noël ajoute beaucoup ! »
Magdalena
@triple_l_de_mag

« J'ai tellement aimé mon séjour à St Mary Hill, un *cosy mystery* absolument génial qui se déguste sans modération avec un bon thé et des biscuits de Noël. »
Angye
@mme_chacha_lit

« Ce roman est aussi doux qu'un chocolat chaud au coin du feu. L'ambiance y est "*so british*" et sent bon les fêtes de fin d'année. »
Alyzée
@unlivreabordeaux

Aux rebelles
Aux cœurs ardents
À ceux qui rêvent […] d'un ciel sans limite
Aussi fous puissent-ils paraître
Un peu de folie est la clé
Pour nous donner à voir de nouvelles couleurs.

Justin Hurwitz, Benj Pasek, Justin Noble Paul
« Audition », *La La Land*

Faites que le rêve dévore votre vie
afin que la vie ne dévore pas votre rêve.

Antoine de Saint-Exupéry

FIN DU PREMIER TOME

Jo se tourna vers Lawrie, prête à arracher le pansement. Faire vite ! D'un coup sec pour que ça fasse moins mal.

— Tu devrais y aller, conseilla-t-elle.

— Je peux attendre… avec vous.

Elle pencha la tête, lui intimant de se montrer raisonnable. Lawrie lisait en sa meilleure amie mieux que dans un livre ouvert ; il frotta la pointe de sa chaussure sur le bitume.

— Tu as raison, je ferais mieux de m'en aller.

— Je vais vous laisser, annonça Daisy en amorçant un mouvement vers l'arrière du quai.

Avant qu'elle ait pu faire un pas, Jo l'attrapa sèchement par le bras.

— C'est pas la peine ! Lawrie et moi n'avons rien à nous raconter que tu ne puisses entendre.

Disant cela, elle jeta un regard suppliant à Lawrie qui pouffait nerveusement en secouant la tête.

— Ouais, concéda-t-il. J'ai saisi le message. Alors, à un de ces jours ? C'est ça ?

— Oui, on se tient au courant par SMS.

Au courant de quoi ? Ça, Lawrie l'ignorait.

[…]

Sonnée par l'attitude de son amie, Daisy préféra encore se taire.

— Y a un problème ? s'enquit Jo. Tu n'as plus ouvert la bouche depuis dix minutes.

— Dans le genre adieu glacial, tu te poses là.

Jo haussa les épaules. Elle ne pouvait décemment pas avouer qu'une simple étreinte avec Lawrie lui aurait ôté toute volonté de le quitter.

— C'est mieux comme ça, tu peux me faire confiance.

— Un jour, j'aimerais quand même que tu m'expliques…

— Y a rien à expliquer !

Cette histoire de malédiction, Jo la garderait pour elle.

[…]

Une demi-heure après le départ du train, Jo s'isola dans les toilettes pour pleurer. Appuyée contre la paroi instable du wagon, elle envoya un message à Lawrie : « Pardonne-moi. »

Le pasteur, quand il reçut le SMS, le contempla un long moment à la recherche d'une réponse susceptible de ne pas la brusquer. Il savait qu'il faudrait à Jo du temps pour faire le chemin jusqu'à lui. Il opta pour l'humour : « Tu diras trois prières de repentance pour la peine. » Fébrile, il attendit.

Un bip.

Elle avait pris la balle au bond : « Un peu à la traîne en matière d'onction, mais partante pour une session de rattrapage… »

1.

Londres, octobre.

Des miettes tombaient sur le bureau de Jo.

— Tu peux arrêter de me mâcher dans les oreilles, Daisy ? Tu sais que je ne supporte pas ça.

— Efcuse-moi, j'avais un petit creux.

— C'est pas très sain de se goinfrer autant de chips.

— Je gère mon stress comme je peux. Le club des harpies me tape sur les nerfs !

La créatrice de série et son assistante faisaient face ensemble : leur arrivée chez HTO UK n'avait guère enchanté tout le monde. Daisy avait pris du galon, elle était maintenant le bras droit d'un des producteurs exécutifs – Jo, en l'occurrence. Au sein de la boîte de production, la concurrence était de mise. Une sale ambiance qui pesait sur le moral des filles.

— Qu'effe-que tu regardes ?

— Je cherche un endroit où on pourrait participer à une *murder party* « trop stylée » avec Alex. Sa chaîne YouTube sur les faits divers est toujours aussi suivie ! J'ai pensé que ça lui plairait.

— On parle bien d'un truc genre Cluedo où Mlle Rose assassine le colonel Moutarde dans la bibliothèque avec une clé anglaise ?

— Tu connais tes classiques, bravo !

— T'as vu ça, hein ? s'autocongratula Daisy en enfournant une poignée de pommes de terre frites.

Comme les scrontch scrontch ne cessaient pas, Jo se tourna pour lui arracher le paquet.

— J'avais presque fini !

— Ton indice glycémique me remerciera.

— Ça a l'air super chouette ! fit Daisy en posant son doigt plein de gras sur l'écran.

S'apercevant qu'elle avait laissé une trace, elle se dépêcha de la frotter avec sa manche.

— Tu l'étales ! protesta Jo.

— Pas du tout, regarde : disparue !

Un halo suspect recouvrait le coin gauche de l'image, où un immense manoir aussi lugubre que gothique prenait toute la place. Le genre de lieu très *creepy* dont le neveu de Jo raffolait.

— Je pense que ce sera parfait ! s'enthousiasma-t-elle.

— C'est où ?

— En Écosse.

— Ah oui, ambiance… Et on y va quand ?

Jo fit volte-face.

— *On* ?

— Bah oui… Pourquoi, tu ne veux pas de moi ?

Daisy lui servit à peu de chose près le même regard implorant que prenait Winston, le bouledogue de Lawrie, quand son maître tentait de lui faire faire de l'exercice.

— C'est que… En fait, je comptais sur toi pour garder Clemie.

— On n'aura qu'à recruter un *catsitter*.

La propriétaire de la minette, qui répugnait à confier sa fidèle compagne à des inconnus, grimaça.

— Ils acceptent peut-être les chats chez les Addams ? poursuivit Daisy, faisant référence à la célèbre famille.

— Non, c'est la première chose que j'ai vérifiée.

Elles se turent un instant à la recherche d'une alternative. Jo savait qu'à l'approche de Noël, son amie n'aimait pas rester seule. La blessure du rejet se refermait lentement, et Jo souhaitait moins que quiconque saupoudrer du sel sur cette plaie mal cicatrisée.

— Mais si tu ne peux pas faire autrement, je me dévouerai. Hors de question que j'empêche Alex de participer à un truc aussi extra !

En réalité, Jo avait une solution. À St Mary Hill. En la personne de celui qui occupait toutes ses pensées depuis qu'elle s'était excusée, dix mois plus tôt, de l'avoir quitté aussi abruptement sur un quai de gare.

Depuis, ils échangeaient au sujet de tout et de rien quasi quotidiennement. Rares étaient les jours où ils ne s'envoyaient pas une photo, une plaisanterie, n'importe quoi pourvu qu'ils aient un bout de l'autre dans le cœur. Clemie et Winston étaient des prétextes parfaits.

Au moment où Jo y songeait, son téléphone bipa. Une photo : Winston, ventre en l'air, dormait, la langue pendant sur le côté. Une légende l'accompagnait : « Je vous trouve un air de famille. »

Jo pouffa. « Je t'ai déjà répété mille fois que je ne bave pas en dormant. »

Pour Daisy, la raison de cette bonne humeur subite était limpide. Le visage de Jo s'illuminait pire que le Tower Bridge de nuit dès qu'il était question du pasteur.

— Tu pourrais lui emmener Clemie, proposa Daisy.

— À qui ?

— À Lawrie.

Jo la scruta avant de demander :

— Comment tu sais que c'est Lawrie ?

Un tic agita la joue de son assistante, et elle leva les yeux au ciel.

— Laisse tomber, tu vas encore m'envoyer bouler. Alors, qu'est-ce que t'en penses ? Super-prêtre sexy est assez de confiance pour s'occuper de Clemie ?

— Oui, rigola Jo.

— Tu n'auras qu'à faire l'aller-retour pour la lui déposer avant qu'on parte.

— J'espère qu'il pourra la garder, il rejoint son père chez sa tante en Écosse pour Noël.

— Tu veux dire que le pasteur de St Mary Hill ne sera pas à sa paroisse pour les fêtes ? s'angoissa Daisy.

— Il a le droit de prendre des vacances comme tout le monde, un vicaire le remplacera.

— Il ne sera donc pas au village quand nous irons ?!

— Si, mais après le 25 décembre. Ne panique pas, c'est bon, tu le verras.

Pour Jo, une semaine à le côtoyer était plus simple à gérer que deux. Lawrie serait occupé juste avant le jour de l'An, ils passeraient moins de temps ensemble. Son précédent séjour avait suffi à faire sauter une première digue. Le barrage qu'elle s'était appliquée à construire s'effritait. Dieu sait combien de temps il mettrait à s'effondrer. En attendant, elle colmatait les brèches comme elle pouvait.

L'inspecteur Sloane, qui avait résolu avec elle l'enquête sur les meurtres en série du Kent l'année dernière, avait été muté à Londres. Ils avaient dîné ensemble à plusieurs reprises. Mais Jo ne pensait qu'à Lawrie, impossible pour elle de se l'extraire de la tête. Ses bonnes vieilles méthodes d'évitement ne fonctionnaient plus.

Depuis son pensionnat, son neveu lui donna son accord pour la *murder party*, à condition toutefois que sa petite copine, Adélia, qu'il n'avait plus vue depuis l'été, soit du séjour. Restait à régler un dernier détail, et elle pourrait réserver leurs places.

Il était 21 heures passées quand elle appela Lawrie, pensant qu'à ce moment de la soirée il serait disponible. Elle hésita, le doigt en l'air. Texto ? Appel ?

Elle appuya sur l'icône verte, et son cœur se mit à battre plus vite. Une réaction étrange, parce que c'était pourtant avec lui qu'elle avait eu les plus longues conversations téléphoniques de toute sa vie. Combien de fois s'étaient-ils fait enguirlander par leurs parents à cause de leurs exorbitantes factures de portable ? Ils avaient fini par écoper d'un forfait limité – un problème que les nouvelles générations ne connaissaient plus.

Sa bouche se dessécha quand elle entendit un « Salut ! » enthousiaste.

— C'est Jo, répliqua-t-elle.

Il rit à l'autre bout du fil.

— Ton nom s'affiche quand tu m'appelles.

— Euh, oui… bredouilla-t-elle.

Quelle quiche !

Elle s'ébroua, histoire de se remettre les idées en place ; la fatigue, sans doute, lui faisait perdre ses moyens. Elle lui expliqua leur projet de *murder party*. Déjà, il se réjouissait de récupérer Clemie.

— T'as entendu, Winston ? Tu vas pouvoir passer du temps avec ta *chérie*. Winston sera ravi de revoir sa *chérie*, fit-il en s'adressant cette fois à Jo.

« Chérie » prononcé avec application, et à deux reprises, dans la même phrase. Jo s'empourpra en se félicitant de ne pas avoir eu recours à FaceTime.

— Elle aussi, bafouilla-t-elle avant de se mordre la langue.

Venait-elle de lui tendre une perche ?

— Je parle de Clemie, précisa-t-elle.

— Évidemment, de qui d'autre ?

Il la rendait nerveuse. Même à des centaines de kilomètres, il pouvait le deviner.

— Je te l'amènerai le week-end juste avant qu'on parte.

— Je serai absent, un séminaire de deux jours à Canterbury, mais aucun problème, puisque je passe Noël chez ma tante avec papa. Je n'aurai qu'à venir la chercher dans votre affreux manoir. Ce sera sur mon chemin. J'avoue que je suis curieux de voir à quoi ça ressemble.

— Tu connais cet endroit ? s'étonna Jo.

— Non.

— Alors comment tu peux savoir que c'est sur ton chemin ?

Il venait de se griller. Peu lui importait où se situait le manoir, la perspective de la retrouver, même pour quelques minutes, l'emportait.

— C'est petit, l'Écosse.

Jo n'avait pas franchement cette impression, mais elle décida de ne pas relever.

Le cas de Clemie réglé, ils papotèrent, puis, à court de sujets, s'embourbèrent, sans trop savoir comment se dire au revoir – « bonne nuit », « je t'embrasse ». Des fourmis dans les mains, Jo prit l'initiative de raccrocher, néanmoins il était clair qu'elle flanchait. Le bateau prenait l'eau ! L'iceberg Lawrie avait sévèrement entaillé sa coque d'acier. Bientôt on pourrait déclarer, comme lors de la soirée des Oscars de 1998 : « *And the winner is…* Titanic *!* »

De son côté, un sourire aux lèvres, Lawrie se leva pour préparer une tasse de thé. Au passage, il récupéra un biscuit pour chien.

— Tiens, mon copain, dit-il à Winston en s'approchant de son panier.

Le bouledogue pencha la tête, étonné de recevoir une gratification après le repas. Son maître, au grand désespoir du canidé, surveillait son poids. « Pour son bien » – le bien en question consistant à lui faire avaler d'affreux légumes bouillis.

Rapidement, Jo alla vérifier sur Internet : Lawrie serait forcé d'entreprendre un détour de près de vingt-cinq kilomètres. Pas du tout sur son chemin, donc. Gênée, elle lui envoya le résultat de sa recherche.

Aussitôt, elle reçut : « On ne change pas le plan. » Suivi d'un : « Fais de beaux rêves. »

Prise d'une bouffée de chaleur, elle se mit à se frotter nerveusement les paupières. Il allait de plus en plus loin dans ses allusions sans qu'elle fasse quoi que ce soit pour le dissuader. Ce serait cruel de sa part si elle ne se décidait pas.

À la malédiction dont elle se pensait affublée – tous ses petits copains l'avaient invariablement quittée ou trompée – s'ajoutaient maintenant son statut à lui et son job à elle. Comment deux univers si diamétralement opposés étaient-ils censés cohabiter ?

Décidément, tout était beaucoup trop compliqué…

2.

Novembre

Après une année éprouvante, Jo envisageait ses futures vacances avec soulagement. Sur le plateau de tournage, les coups bas, les tacles et les petites mesquineries entre actrices allaient bon train. Toutes espéraient un premier rôle dans l'une des prochaines productions de la plateforme. Diana Cooper-Gloss, la directrice de casting, avait beau crachoter à longueur de temps des « sororité par-ci, sororité par-là », dans les faits elle s'appliquait surtout à induire le contraire. Gare à ceux qui ne léchaient pas les bottes de Sa Majesté… Pour la saison deux, Jo n'avait pas l'intention de lui laisser le champ libre, quitte à se la mettre à dos.

Dès les premiers jours, Daisy, son franc-parler et ses blagues politiquement incorrectes en avaient fait les frais. Diana l'avait fait convoquer par la direction pour « discuter de son comportement inadéquat ».

Jo avait vu rouge et, depuis New York, le *big boss* lui-même avait tranché : « Jo-Ann Brown a toute ma confiance. C'est elle qui prend les décisions, et personne d'autre. » Après cet épisode, Diana s'était transformée en pot de guimauve beaucoup trop collante pour être honnête.

Andy, le deuxième assistant réalisateur, posa un café devant Jo.

— Elles sont encore en train de se crêper le chignon en loge, la prévint-il.

— À quel sujet cette fois ?

— Bridget a eu la meilleure maquilleuse…

— On devrait leur installer une piscine de boue pour qu'elles se défoulent.

Andy rigola.

— Si c'était moi qui faisais ce genre de réflexion, on me taxerait de gros porc.

— Oh mais rassure-toi, elle serait ouverte à tout le monde. J'ai dans l'idée que la « connardise » n'a ni sexe, ni genre, ni religion, ni couleur de peau. Avec ce trait de caractère, nous sommes tous à égalité parfaite !

Andy appréciait Jo, qu'il jugeait pro, conciliante, attentive à l'avis des acteurs et encline à faire évoluer les personnages, mais elle avait aussi ses limites.

Daisy déboula, la tronche en biais.

— Elles m'emmerdent !

— Andy m'a déjà mise au courant. Je dois m'en mêler ?

— Non, c'est bon, je viens de régler le problème : Kimberly a eu une bouteille de champagne et des lys blancs.

— Ça y est, j'ai mal à la tête, plaisanta Jo. Elles sont prêtes à bosser ?

— Calmes et parfaitement opérationnelles.

— Merveilleux ! L'air de rien, si tu pouvais glisser dans la conversation que les scripts de la saison deux ne sont pas tout à fait bouclés et que des accidents malheureux peuvent encore arriver aux personnages…

— C'est machiavélique, s'enthousiasma Daisy.

— J'apprends vite… L'année prochaine, on accueillera des enfants au casting. Il est hors de question que leur expérience se transforme en cauchemar à cause de ces pseudo-adultes incapables de gérer leur problème d'ego ! Pendant quelques années, ce seront nos bébés. Je tiens à ce qu'ils ressortent de cette aventure grandis, épanouis et des souvenirs heureux plein la tête.

Elles échangèrent un regard entendu et se remirent au travail.

En rentrant chez elle peu après 21 heures, Jo se sentait encore plus épuisée que d'ordinaire. Elle tirait sur la corde ces temps-ci. Jonglait avec trop de paramètres. Cerise sur le gâteau, son producteur d'ex lui avait collé un procès aux fesses pour obtenir la fin des *Highland Brothers* – la série qu'elle avait été contrainte d'abandonner après l'avoir plaqué. L'avocat de Jo pensait qu'il ne pourrait rien contre elle. Les termes du contrat ne laissaient aucun doute. La procédure serait enterrée dès la première audience.

Par mesure de précaution, elle avait tout de même demandé à Lawrie ce qu'il en pensait en tant qu'ancien avocat. Sans trop entrer dans les détails, il avait confirmé l'avis de son confrère en découvrant au passage à quel point Andrew Flexton avait profité de la situation. Cet enfoiré avait tout bonnement exploité son associée et petite amie pendant toute leur collaboration.

Au moins le retour de boomerang s'était-il fait sentir : la carrière de Flexton était au point mort. Les épisodes proposés pour pallier ceux manquants de la créatrice de la série avaient été refusés par la direction de la BBC, qui avait reniflé le futur fiasco. Ce n'était pas très chrétien, mais Lawrie s'était réjoui de la chute de cet escroc.

Les pieds au chaud dans des chaussons à tête de chat, la scénariste s'affala dans le sofa d'angle gris souris. Clemie se lova sur ses genoux.

— Je vais te donner à manger, ma jolie. Navrée de rentrer si tard en ce moment.

La petite chatte ronronnait en donnant des coups de museau à sa propriétaire, qu'elle sentait triste ces temps-ci.

Jo appuya sur le bouton de la télécommande. Une chaîne d'info déversait son torrent de peur. Elle éteignit.

— Heureusement que les artistes sont là pour adoucir toute cette merde, hein, Clemie ?

La minette cligna des yeux lentement. Pour sûr que les hommes avaient une fâcheuse tendance à se compliquer la vie. S'ils se comportaient à l'image des félins, le monde irait mieux : dormir, manger, ronronner, se faire câliner, jouer ; aucun politique ne pouvait se targuer d'avoir un aussi bon programme que Clemie. L'avenir appartenait à ceux qui pionçaient douze heures par jour.

— Tu sais que bientôt tu seras avec ton copain Winston ? Et Alex arrive dans quelques semaines.

Pour signifier son approbation, la boule de poils léchouilla son humaine.

— Je me demande combien d'ordinateurs, caméras, micros, traqueurs d'entités mon neveu va trimballer cette fois… Je crains le pire. D'autant qu'il va vouloir emporter avec lui son dernier cadeau.

Dans le couloir, un carton emballé de papier rouge patientait, et elle sourit en imaginant la tête qu'Alex ferait en l'ouvrant.

Un mois plus tard, le moral de Jo était remonté en flèche. Fini le tournage, la production bossait maintenant sur le montage, dans une ambiance nettement plus relâchée. Il fallait couper encore, choisir, se départir de scènes que l'on aimait pourtant mais qui, dans la globalité de l'épisode, n'apportaient rien. Peaufiner, effacer, retravailler, emboîter, améliorer… Le succès de la série se jouait aussi sous les doigts experts des monteurs. Sans oublier la musique. Les spectateurs mesuraient-ils l'influence de la bande-son sur leurs émotions ? Un mauvais morceau au mauvais endroit et c'était foutu.

Le regard rivé sur un des écrans, Jo jeta un coup d'œil à l'horloge qui s'affichait dans le coin droit. Dans moins de deux heures, un chauffeur récupérerait Alex à la gare pour le conduire au studio, où il pourrait observer de vrais pros. Tous les drones de la terre ne seraient jamais à la hauteur d'une telle expérience.

Un message : « Suis super trop excité, Tantine ! »

Transmission de pensée… Ce gosse avait le chic pour lui envoyer des textos pile au bon moment. Elle pouffa.

— Ce passage n'a pourtant rien de drôle, fit remarquer Jamie, son monteur préféré.

— Non, c'est mon neveu, expliqua-t-elle.

— Celui que tu t'apprêtes à me coller dans les pattes…

— Tout juste. Tu vas l'adorer !

— Je kiffe les mômes.

Jamie en était encore un : vingt-trois ans, les cheveux décolorés, affublé d'un jogging bariolé, une planche de skate vissée aux pieds pour se déplacer dans les rues de Londres. Un drôle d'oiseau décalé auprès de qui Jo se sentait toujours à sa place. Finalement, elle s'apercevait que plus les gens assumaient leurs bizarreries, mieux elle s'entendait avec eux.

— J'espère juste qu'il ne prendra pas ton look en exemple, plaisanta-t-elle.

— Je suis le mec le plus cool de cette *fucking* capitale !

— Si on pouvait éviter les *fuck* au début, au milieu et à la fin de chaque phrase quand Alex sera là, ça m'arrangerait.

— Je vais essayer d'employer un langage plus chââââtié.

— Daisy part avec nous en vacances, l'ado aura déjà son quota de gros mots pour l'année qui vient.

— Cette meuf déchire !

Il se tourna vers Jo et, l'air très sérieux, ajouta :

— Moins que toi, mais elle déchire quand même.

— Je te remercie, Jamie, j'apprécie. Venant de toi, je sais que c'est un immense compliment.

Concentrée sur son travail, un casque sur les oreilles, Jo scrutait les images qui défilaient. Jamie lui fila un léger coup de coude dans les côtes. On toquait à la vitre derrière eux. Une assistante lui faisait signe.

— Merde, fit Jo. J'avais complètement oublié l'heure.

Joie bonheur : elle allait ENFIN retrouver son neveu chéri !

Alex avait encore pris quelques centimètres depuis la dernière fois qu'ils s'étaient vus. À ce train-là, il serait bientôt plus grand que Lawrie. (Pourquoi fallait-il qu'elle pense à son meilleur ami dans ce moment ?!)

Son neveu était là, encombré de ses malles, valises et sacs. Pas de progrès en matière de bagages…

— Tu voyages toujours aussi léger, à ce que je constate.

Elle lui ouvrit les bras et se retrouva la tête écrasée contre son torse.

— Tu m'as manqué, Tantine.

— Oui, moi aussi. Tu me serres un peu fort, là.

Ils s'écartèrent, et elle appuya deux fois du bout de l'index sur la poitrine du garçon.

— Tu caches une cotte de mailles là-dessous ? C'est hyper dur !

— Je me suis mis à l'aviron sur les conseils de Lawrie.

Un truc qui datait d'Oxford, Lawrie et l'aviron.

— Il le pratique toujours ? s'étonna-t-elle.

— Oui, tu savais pas ?

Elle haussa les épaules. Combien d'autres aspects de la vie quotidienne du pasteur ignorait-elle ? C'était quoi, la journée type d'un homme de Dieu ? Autant de questions qui commençaient sérieusement à la travailler.

Le chauffeur déposa un dernier bagage aux pieds d'Alex.

— Je crois qu'il n'y en a plus, annonça-t-il un peu essoufflé.

— Désolée, Michael, je pensais qu'il ferait un effort cette fois-ci...

Gêné, Alex rougit.

— Je l'ai aidé, tante Jo.

— Il a voulu porter le plus lourd, affirma Michael.

— J'espère bien !

Le chauffeur s'éclipsa après avoir souhaité un bon séjour à son client, avec qui il échangea une poignée de main amicale.

— On va devoir trimballer tout ce bazar jusqu'à la maison ce soir, s'angoissa Jo.

Le moment risquait fort d'être épique, puisque Daisy serait de la partie. Elle l'entendait déjà râler, à moitié agonisante sous les cent cinquante kilos de matériel d'Alex.

— Allez, viens, je vais te présenter la crème des équipes de montage. Tu passeras quelques jours avec eux, on est vraiment à la fin du processus. Et tu assisteras à la projection de la version définitive du tout dernier épisode. Enfin, si tu veux, parce que ça va te spoiler les autres, qui sont déjà dans la boîte.

— Ahhhh, trop styléééééé !

Une fois les présentations faites et Alex entre de bonnes mains, Jo retourna dans son bureau pour participer à la visio organisée avec l'affreuse directrice de casting. Daisy l'y attendait, aux prises avec « Diana l'embrouille » – le surnom était tout à fait à propos tant cette fille prenait un malin plaisir à créer des emmerdes là où il n'aurait jamais dû y en avoir.

Jo laissa la dispute se poursuivre quelques minutes avant de s'en mêler.

— Ce sera comme l'a prévu Daisy, déclara-t-elle.

L'autre continuait à brailler dans le haut-parleur.

— Eh… Diana…

— Quoi ?!

— Tu nous les casses !

Jo coupa la communication.

La bouche grande ouverte, Daisy n'en revenait pas. Ce n'était pas dans les habitudes de son amie d'être aussi tranchante, excepté peut-être avec son frère, Bertie. Mais, dans le boulot, Jo s'employait à mettre les formes.

— Toi, t'as besoin de repos.

— C'est sûr, elle me fait perdre mes nerfs à être aussi toxique ! C'est elle qui jette de l'huile sur le feu entre les actrices… Je suis certaine que ça se passerait mieux si elle était remplacée. Elles sont toutes adorables individuellement. Le problème, c'est que Diana crée un climat de compétition. Comment veux-tu que ça ne dégénère pas ?

— Tu comptes en parler au boss ?

— Je ne sais pas. Phil serait capable de la virer.

— Il est déjà au courant qu'elle pose problème de toute façon.

— Je n'aime pas l'idée d'être à l'origine de son éviction. Mais la promo va commencer, je les imagine déjà se couper la parole pendant les interviews ou se tacler les unes les autres…

Jo soupira avant d'ajouter :

— Tu sais quoi ?... C'est pas mon boulot, en fait !

— Non, mais ça peut nuire à ton projet. On n'a pas d'autre choix que de garder un œil là-dessus.

3.

Jo avait emménagé à Knightsbridge. Dans une de ces petites maisons à façade blanche et à porte colorée. La sienne était bleue. Le loyer était exorbitant, d'autant plus dans ce quartier paisible de Londres. Elle en avait à nouveau les moyens. Mais elle n'oublierait jamais ce par quoi elle était passée l'année précédente pour avoir eu la faiblesse de faire confiance. Son argent, désormais, c'était elle et personne d'autre qui s'en occupait. Aucun investissement risqué, pas de placement boursier, pas de rendement à deux chiffres dont elle ne verrait pas la couleur. De bons vieux comptes (bien fournis) pour les mamies de la finance comme elle.

Le chauffeur de taxi les aida à sortir les affaires d'Alex. Daisy, rouge comme un gros piment indien, traînait derrière elle deux des sacs.

— Tu vas me les abîmer, ronchonna Alex.

— C'est une stratégie : la prochaine fois, tu en auras deux de moins à remplir.

Lui faisait rouler la malle dans laquelle s'entassaient trois unités centrales, au cas où l'une d'elles tomberait en panne. Le regard de Jo navigua entre la porte et le contenant préféré de son neveu.

— Ça va passer, Tantine, t'inquiète, j'ai mesuré la dernière fois que je suis venu…

— Ce môme est vraiment diabolique, grinça Daisy.

On fit entrer ado, assistante de prod et matériel dans l'appartement. Clemie, d'abord effrayée par le raffut, s'approcha quand elle reconnut la voix de son jeune maître pour se frotter à ses jambes en ronronnant.

Les retrouvailles entre ces deux-là faisaient toujours fondre Jo.

— Je vais te préparer un goûter, annonça-t-elle. Après, tu essayeras de caser ton bazar dans ta chambre.

« Sa » chambre. Alex se sentait, en effet, plus à la maison auprès de sa tante que chez son père.

Bertie ne vivait pas loin de Covent Garden, une habitation bien plus grande que celle de Jo, mais où le jeune homme squattait un bureau avec un fauteuil qui se transformait en lit d'appoint. Il n'avait plus sa place chez son paternel depuis que sa mère était décédée quatre ans plus tôt.

Sa maison, c'était le pensionnat.

Chez Jo, l'espace avait été optimisé. En façade, l'aspect victorien était conservé mais, à l'intérieur, toutes les cloisons avaient été abattues. À l'étage, deux chambres, restées, elles, dans leur jus. Le salon-cuisine était baigné d'une douce lumière apportée par la baie vitrée à croisillons blancs. Du mobilier de luxe dernier cri agrémentait la pièce.

Rien que Jo ait choisi – elle avait laissé faire une décoratrice, trop accaparée par son travail et ses nombreux déplacements.

Dans la série qu'elle produisait, beaucoup de scènes en extérieur étaient tournées aux États-Unis. Durant ces longues périodes, elle négociait le droit d'emmener

Clemie ; la petite chatte était vite devenue une globe-trotteuse, habituée à voyager en *business class*.

Jo sortit du placard des fruits secs et, du frigo, un yaourt qu'elle déposa sur l'îlot central qui séparait la cuisine du reste.

— T'as pas plutôt de la pâte à tartiner ? grimaça Alex, son chat en équilibre sur les épaules.

— Ne me fais pas ce regard d'ado maltraité… Bon, OK, céda-t-elle.

Le chocolat bourré de graisse saturée et un paquet de pain de mie atterrirent sur le comptoir.

— Trop bien ! gloussa Daisy en prenant place sur un des tabourets hauts.

Elle en descendit brièvement pour aller chercher deux cuillères à soupe.

— On partage ? proposa-t-elle à Alex.

— Vous allez manger à même le pot ?

— C'est comme ça que c'est meilleur ! confirma Alex en trinquant à la cuillère avec sa complice.

Vaincue, Jo balaya l'air de la main. Pas de doute, les vacances se profilaient. Et comme d'habitude, elles ne seraient pas de tout repos.

Daisy attendit que Jo monte pour aller récupérer le drone de son neveu, avant d'attirer le garçon jusqu'à la bibliothèque qui tapissait l'angle du salon. La bouche pleine, elle lui désigna de nouveaux cadres. Des photos d'eux, à Noël, que Jo avait prises pendant qu'ils découvraient leurs cadeaux. Winston y figurait en bonne place. Et le pasteur, lui, était absolument sur tous les clichés.

— Je crois qu'il lui manque, chuchota Daisy en tapotant de l'index le visage de Lawrie.

— Je ne comprends pas pourquoi ils ne sont pas ensemble.

— Qu'est-ce que vous racontez tous les deux ? demanda Jo, son carton emballé dans les bras.

Daisy et Alex sursautèrent, puis se retournèrent en affichant un sourire innocent.

— Ils sont chouettes, ces cadres, Tantine.

Naïvement, elle hocha la tête en souriant.

— On voit beaucoup Lawrie dessus… ajouta-t-il.

Le sourire de Jo s'effaça. Elle s'approcha pour constater par elle-même.

— C'est vrai, confirma-t-elle du bout des lèvres.

Elle n'y avait pas prêté attention mais, en sentant que le rouge lui montait aux joues, elle changea de sujet.

— Un petit présent avant l'heure pour mon neveu préféré !

— T'en as qu'un, rigola-t-il.

Elle haussa les épaules.

Il s'agenouilla pour défaire le papier pendant que Daisy tapait allégrement dans la pâte à tartiner.

— Tu me gâtes trop, tante Jo, c'est le cinquième de l'année, sans compter ceux que j'ai eus à mon anniversaire.

— Ça vaut pour tous ceux que j'ai ratés.

Alex s'arrêta pour la dévisager.

— C'est pas vrai, tu n'en as jamais manqué un seul.

— Une carte et un petit truc pour marquer le coup… J'aurais dû faire mieux.

Daisy avala sa bouchée avec difficulté. Elle avait envie de chialer, comme chaque fois qu'elle était avec eux.

Chez les Brown, l'affection s'affichait par de petites attentions. Pas de grandes déclarations, tout était très contenu, maîtrisé, surtout de la part de Jo.

Ému aux larmes, Alex s'était accroché au cou de sa tante. C'était exactement le modèle dont il rêvait. Un bijou de technologie avec des lunettes de vision, hyper stable, capable de résister au vent. Il pourrait faire des images d'enfer. Ça en jetait, avec les plans drones, les vidéos devenaient tout de suite plus pro.

Il dut néanmoins attendre le lendemain matin pour le tester. Aux aurores, avec une Jo emmitouflée dans une épaisse doudoune, ils se rendirent à Hyde Park tout proche. Un *policeman* intrigué leur donna l'autorisation de faire voler le nouveau super joujou d'Alex à condition de rester strictement dans l'enceinte du parc. Lui-même, qui devait avoir à tout casser une petite dizaine d'années d'écart avec l'adolescent, était curieux de savoir comment fonctionnaient ces machines.

Il faisait un froid de canard et, au bout d'une demi-heure, Jo, qui ne sentait déjà plus son nez, trépignait d'impatience. Un quart d'heure plus tard, elle râlait pour rebrousser chemin. Le *policeman* ne lui était d'aucun soutien : il s'éclatait plus que l'heureux propriétaire du drone.

Les mecs… Ils ne grandissaient jamais complètement et, au fond, c'est ce que Jo aimait chez eux. Elle aurait gagné à les prendre en exemple en faisant entrer un peu de légèreté dans sa vie. Trop sérieuse, elle se serait volontiers classée dans la case des nanas chiantes à mourir.

Elle pensa alors à Jack, qu'Alex – puisqu'il serait seul dans sa piaule – avait naturellement incrusté à la *murder party*. Lui aussi s'enthousiasmait avec un plaisir enfantin de tout.

Jo aurait plutôt imaginé que son neveu inviterait un copain du pensionnat, mais non, il avait opté pour leur voisin septuagénaire de St Mary Hill.

Drôle de relation que celle qu'ils avaient tissée malgré la différence de génération et l'éloignement – peut-être Jack représentait-il la figure patriarcale qui manquait au jeune homme, se désola-t-elle. Son frère Bertie n'avait rien du père idéal…

Pendant ce temps, Larry, le policier, les yeux brillants et la nuque cassée depuis assez longtemps pour attraper un torticolis, lançait des « Oh » et des « Ah » émerveillés chaque fois que le drone les survolait. La joie sur son visage quand Alex lui proposa de prendre les commandes arracha un sourire congelé à la scénariste.

Son neveu passa trois autres journées avec les équipes de montage. Pas de week-end pour HTO, il fallait boucler l'intégralité de la série avant les départs en vacances. D'autant que, comme l'action se déroulait à Noël, Phil avait décidé de lancer le pilote la semaine du jour de l'An. La suite serait mise en ligne en janvier sur la plateforme de streaming rachetée par le groupe Du Plassier, soit huit épisodes d'environ cinquante minutes chacun.

Du grand spectacle, avec une réalisation de dingue.

La veille de l'arrivée d'Adélia, Alex était nerveux. Plusieurs mois qu'ils ne s'étaient pas vus.

Malgré l'éloignement, l'idylle tenait, et Jo se demandait si elle devait aborder la question des relations sexuelles. Ils n'avaient que quinze ans, c'était peut-être trop tôt… Après avoir effectué une recherche sur Internet, elle fut rassurée : l'âge moyen de la première fois chez les filles se situait autour de dix-sept ans.

Pourtant, ces dernières années, il lui semblait que les gamins poussaient trop vite, qu'ils arrivaient précocement à ces sujets. En cause : la télé, Internet, les réseaux sociaux, la pression des autres, « t'es pas cool si tu l'as pas fait ». Des conneries qui incitent les filles à donner leur virginité au mauvais gars. Elle soupira en repensant à sa propre expérience. Pas catastrophique, mais on était quand même loin du conte de fées.

Le menton posé dans sa main, ses pensées divaguèrent, et le bruit des pas d'Alex la ramena au présent.

Brusquement, elle ferma la page de recherche avant qu'il s'aperçoive de ce qu'elle faisait.

— Je laisse ma chambre à Adélia, je dormirai sur le canap'.

Jo pencha la tête en lui souriant.

— Daisy peut l'accueillir dans son appart'.

Sa réponse fut une grimace.

— On ne se voit pas souvent, tu sais, tante Jo.

Il tenait un bouquin à la main.

— Va pour le canapé, il s'ouvre de toute façon, je l'ai acheté exprès.

— Tu ne me l'avais pas dit.

— Je ne te raconte pas tout. Qu'est-ce que tu lis ?

— *Expiation*, d'Ian McEwan.

Jo fut impressionnée.

— Et ça te plaît ?

— C'est super bien écrit, j'adore ! Adélia est fan de ce bouquin.

Adélia avait réussi l'exploit de convertir son petit copain à la lecture, ce dont Jo se félicitait.

— Elle a des goûts d'adulte, j'imagine qu'elle a vu le film ? L'adaptation est magistrale.

— C'est ce qu'elle a dit.

Jo en déduisit qu'Alex ne l'avait pas vu.

— On pourrait le regarder tous ensemble demain soir. Joe Wright est un génie de la réalisation. Comme ça, tu prendras un cours par la même occasion.

— J'ai déjà appris tellement ces derniers jours, merci Tantine ! C'était formidable !

— La prochaine fois, je m'arrangerai avec ton père pour que tu puisses me suivre en tournage.

Il s'approcha pour lui coller un gros baiser sur la joue.

— T'es la meilleure ! déclara-t-il.

— Et encore, tu ne sais pas tout... dit-elle mystérieusement.

Elle avait prévu une autre surprise. Une qui avait à voir avec l'histoire du petit sorcier de J. K. Rowling. Pour rejoindre leur destination, ils emprunteraient un train très spécial... Mais ça, excepté Lawrie, personne n'était au courant, pas même Daisy.

La gare de St Pancras était pleine à craquer. C'était un des endroits préférés de Jo. Le bâtiment, édifié dans le plus pur style gothique victorien durant la seconde moitié du XIXe siècle, était un des plus fameux de Londres. Il n'avait rien à envier au Parlement.

Qu'elle était belle, leur capitale ! L'immense coupole en verre s'emplissait du brouhaha du monde. Les haut-parleurs annonçaient les trains. Jo ferma les yeux une minute pour profiter de l'ambiance. Quand elle les rouvrit, elle constata qu'Alex se recoiffait pour la dixième fois devant le reflet d'une vitrine.

— Tu es parfait ! lui assura-t-elle.

Il se retourna, pas aussi convaincu.

— Adélia est tellement plus belle que moi. Je me demande ce qu'elle me trouve ?

La même question trottait depuis des années dans l'esprit de Jo lorsqu'elle se comparait à Lawrie. Décidément, un trait de caractère de la famille que de douter de son apparence physique.

— Pas moi, répondit-elle.

— Oui, mais toi, tu n'es pas objective.

— Alors explique-moi pourquoi les deux demoiselles assises sur le banc juste là-bas t'observent avec insistance ?

Il jeta un regard en direction des filles qui effectivement avaient l'air de s'intéresser à lui. Perplexe, il objecta :

— Je crois plutôt qu'elles nous ont reconnus.

— Toi surtout. Ta chaîne marche fort. Me concernant, la pression des médias est retombée, on m'a oubliée, et c'est aussi bien comme ça.

Elle faisait référence au bordel médiatique qui avait suivi la résolution de l'enquête des tueurs en série du Kent. À l'occasion duquel on avait vu sa tête, celles de son neveu et de Lawrie tourner en boucle sur les chaînes d'information.

— Par ailleurs, j'ai reçu quelques plaintes de fans de la série qui m'en veulent de ne pas avoir tourné la dernière saison des *Highland Brothers*. Je crois que ma popularité en a pris un coup…

L'Angleterre tout entière en était écœurée. La série, qui s'exportait maintenant à l'international, en souffrait aussi. Tout le monde savait désormais que la fin, refusée par la BBC, était calamiteuse. Bâclée. Du plomb dans l'aile d'Andrew, qui peinait maintenant à renouveler ses contrats avec les sociétés de streaming. Daisy disait qu'il était fini. Jo, qui le connaissait, savait qu'il trouverait un moyen de rebondir – probablement en volant le talent d'un nouvel auteur.

Son téléphone sonna en affichant le nom de son patron.

— Hello Jo !

— Salut Phil. Je t'entends très mal, je suis à St Pancras.

— J'en ai pour deux minutes. J'ai vu le finale de la saison une, il est à tomber ! Et ce *cliffhanger*… Tu es un génie !

Elle sourit. Depuis leur tout premier échange, sa relation avec Philibert du Plassier était placée sous le signe de la confiance. Il était amical, respectueux, aidant. Un appui inestimable. Une sorte d'évidence professionnelle.

— Je suis ravie que tu l'aies validé.

— J'ai hâte que le pilote soit diffusé.

Les acteurs étaient en pleine promo. Jo avait horreur de se retrouver sous le feu des projecteurs, Phil était au courant ; il lui avait accordé la possibilité de rester en dehors du coup. Il préférait de toute façon la savoir au travail sur la saison deux.

— Ça va faire un carton ! enchaîna-t-il, enthousiaste.

Phil et son énergie contagieuse... Il continua sur sa lancée sans laisser à Jo l'occasion d'en placer une :

— Enfin, bref... Je ne vais pas te tenir la jambe, je voulais juste te féliciter et te souhaiter de bonnes vacances ! Quinze jours sans bosser avec toi, ça va me manquer !

— Je suppose que tu me tiendras informée des retombées du pilote.

— Évidemment, dès que j'ai les chiffres, tu seras la première au courant !

— Donc ça ne fera pas tout à fait quinze jours, Phil.

Il rigola, et Jo se représenta son sourire.

— Bien vu ! Mais je promets de n'envoyer que des mails...

— Tu peux appeler, lui signifia-t-elle en sachant qu'il n'attendait que son feu vert.

— Alors, si j'ai l'autorisation...

Au loin, Jo vit le train d'Adélia approcher.

— Je dois te laisser, Phil, la chérie de mon neveu arrive.

— Il paraît qu'il est très doué.

Chez HTO, tout se savait, et les exploits d'Alex, qui avait impressionné les équipes de montage, avaient traversé l'Atlantique.

— Un autre petit prodige dans la famille, ajouta-t-il. Il faut que tu me le présentes.

— J'ai l'intention de l'embarquer avec moi sur certains tournages.

— Deux Brown dans mon équipe, je suis chanceux.

Jo éclata de rire.

— Je dois vraiment y aller, Phil.

— Oui, oui, bien sûr, à très vite ! Et soyez prudents, je ne compte plus me passer de toi !

Ils raccrochèrent.

Alex se hissait sur la pointe des pieds en se tordant le cou. Le train, maintenant au ralenti, avançait jusqu'à eux.

— Tu sais dans quelle voiture elle est ?

— La cinquième.

S'il n'y avait pas eu autant de bruit autour d'eux, Jo était certaine qu'elle aurait pu entendre battre le petit cœur amoureux de son neveu.

— On a encore un peu de temps, détends-toi, conseilla-t-elle. Tes prouesses sont arrivées jusqu'aux oreilles de Phil, il est impatient de te rencontrer.

Il lui jeta un bref regard avant de se concentrer à nouveau sur le quai.

— Vous avez l'air de drôlement bien vous entendre.

— Oui, il est génial.

— Génial, carrément…

Cette fois, il s'était tourné pour la fixer.

— Génial dans le genre d'Andrew ?

Jo eut un moment d'arrêt en devinant une légère désapprobation dans le ton d'Alex.

— Euh, non, il est très loin d'Andrew, si c'est ça qui t'inquiète.

Le train s'arrêtait.

— Parce que tu t'es déjà fait avoir une fois, déclara-t-il en la dévisageant avec un air grave.

Soudain, elle comprit où il voulait en venir.

— Phil et moi, c'est professionnel, Alex.

Le garçon pinça les lèvres.

— Ça l'était aussi avec Andrew, au début, rétorqua-t-il.

— Je ne comprends pas ce qui te chagrine…

Mais que lui prenait-il tout à coup ?

Les portes des voitures commençaient à s'ouvrir, et Alex la laissa en plan pour filer devant celle d'Adélia.

4.

En retrait, Jo avait assisté aux retrouvailles des deux adolescents. Pas d'effusions, ils se savaient observés. Un baiser timide. Une accolade prolongée. Ils s'étaient serrés l'un contre l'autre, partagés entre le rire et les larmes.

Dans le taxi, où elle était montée à l'avant pour laisser les jeunes en tête à tête à l'arrière, la scénariste avait ressassé les reproches de son neveu. Il n'y avait rien d'équivoque entre Phil et elle. Absolument rien ! On était très loin de la relation qu'elle avait entretenue avec Andrew. D'ailleurs, le patron de HTO ne ressemblait aucunement à son ex.

Une fois rentrés, Adélia et Alex prétextèrent devoir travailler sur le dernier vlog de la jeune fille pour s'isoler. Jo faillit leur recommander de maintenir la porte entrouverte – « sept centimètres », aurait dit Hopper dans *Stranger Things* –, mais elle s'abstint. Elle avait confiance en Alex, elle devait le lui prouver. Et quand elle monta à l'étage pour rejoindre la salle de bains, elle constata que le battant de la chambre du garçon était rabattu sans être fermé.

Elle sourit en hochant la tête.

La pression des derniers mois retombait lentement. Elle s'était lancée à corps perdu dans le boulot – le pan de sa vie qu'elle avait toujours surinvesti, parce qu'en s'y prenant bien on pouvait garder le contrôle sur les événements, alors que pour le reste…

Rassurée, elle redescendit. À l'étage, les éclats de rire entre les adolescents se poursuivaient. Elle passa devant la bibliothèque où elle avait stocké une petite dizaine de livres à offrir à Adélia et s'attarda sur les photos encadrées. Dans quelques jours, elle reverrait ce visage adoré, en craignant les conséquences de ces retrouvailles ; son doigt glissa sur le verre et elle soupira.

L'esprit perturbé, elle rallia l'espace cuisine. Comme, les jours précédents, ils étaient rentrés tard et qu'elle était occupée en studio, ils avaient commandé leur repas, mais, ce soir, elle comptait bien épater ses invités.

Après un début d'année de dingue, Jo avait assisté à plusieurs cours de cuisine dispensés par un chef à quelques rues de chez elle. Le hasard de l'agenda avait voulu qu'elle tombe sur le mois consacré à l'Italie. Le « spécial Japon » lui aurait été moins favorable : rouler des sushis lui semblait une entreprise insurmontable. Elle sortit du placard les ingrédients nécessaires à la préparation de cannelloni et d'un tiramisu. On ne pourrait plus se moquer de ses talents culinaires !

La bouffe italienne, rien de plus parfait : tout le monde aimait ! C'était d'ailleurs la cuisine préférée de Lawrie… Jo chassa brutalement cette information : après tout, elle n'avait pas fait exprès, c'était la faute au hasard.

Attirés par le fumet appétissant des cannelloni, les jeunes tourtereaux se pointèrent, la truffe à l'affût.

— C'est quoi cette odeur, Tantine ?

— Le dîner de ce soir. Si vous pouviez mettre la table, ce serait chic. Daisy ne va pas tarder.

Plié en deux, Alex avait le nez presque collé à la vitre du four.

— Tu es passée chez le traiteur ? se rencarda-t-il.
— Pas du tout.
Il se redressa, l'air perplexe.
— Tu as fait ça... toute seule ?
— On ne peut rien te cacher, Sherlock !
À voir son expression, il ne la croyait pas.
— Je t'assure ! insista Jo. Tiens, regarde !
Elle ouvrit le placard qui dissimulait les poubelles.
— Épluchures d'oignon ici, et, dans celle-là, la preuve que j'ai acheté le mascarpone.
Comme il n'avait toujours pas l'air convaincu, elle s'agaça :
— Enfin, Alex, je veux bien être nulle, mais, tout de même, je peux apprendre ! Et puis, quel intérêt j'aurais à te mentir ?
— C'est vrai, quel intérêt ? la soutint Adélia.
— T'as pas goûté à ses petits biscuits l'année dernière, rétorqua l'adolescent à son amoureuse.
Le souvenir des palets en béton arracha un sourire à Jo.
— Mon Dieu, c'est vrai, rigola-t-elle.

Le visage illuminé par la lumière du frigo ouvert, Daisy resta coite devant le dessert.
— C'est pas une lampe à bronzer, se moqua Alex.
— Mais Jo-Ann, siffla-t-elle. Qu'est-ce qui s'est passé ?
— J'en avais marre de vos réflexions...
En avalant sa première cuillerée de crème au mascarpone, Daisy gémit.
— *Oh my God*, c'est divin, fit-elle la bouche pleine.
— La vache ! Tantine, j'arrive toujours pas à croire que tu as fait ça toute seule, s'écria Alex, les yeux ronds d'admiration.
— Merci, tu l'as déjà dit, grogna Jo.

Elle avait décroché l'ultime récompense en matière de séries, et on s'extasiait sur le fait qu'elle puisse préparer un simple tiramisu…

— Vous allez finir par me vexer, tous les deux, prévint-elle. Je savais quand même faire quelques trucs avant de prendre des cours.

— Du moment que ça se frit, indiqua Alex.

Au dernier Noël, elle l'avait nourri exclusivement de poisson et de saucisses baignant dans l'huile.

— Vous êtes injustes ! la défendit Adélia. Moi, je trouve Jo épatante : quand elle s'investit dans un truc, elle le réussit toujours ! J'aimerais être au moins moitié aussi douée qu'elle.

Jo lui lança un regard débordant de gratitude. Daisy et Alex étaient sur le point de se resservir et, pour les punir, la scénariste subtilisa la terrine en porcelaine blanche.

— La seule qui aura du rab, c'est Adélia ! décréta-t-elle. Vous deux, là, vous pouvez aller vous faire voir !

Un concert de protestations accueillit sa déclaration.

— Ça vous apprendra à être gentils !

S'ensuivit une bagarre que Daisy remporta haut la main. Son butin serré contre elle, comme si sa vie en dépendait, l'assistante fila en direction de l'escalier, Alex sur les talons. Une porte claqua.

— Arrière, jeune Padawan ! Ce tiramisu m'appartient !

Des bruits de lutte.

— La guerre est déclarée, plaisanta Adélia.

— Avec un aspirateur à sucre comme Daisy, Alex n'a aucune chance, devisa Jo en imaginant son assistante tremper la langue dans le plat pour éviter de partager.

L'heure du départ avait sonné. L'agitation dans le loft était à son comble. L'excitation aussi. Jo inventoriait pour la énième fois les affaires de Clemie pendant qu'Adélia tentait de calmer les velléités de déménageur de son petit copain, parti, une fois de plus, pour trimballer l'intégralité de son matériel technique.

— Une seule valise, répéta sa tante en passant devant la chambre du garçon.

— Ça ne tiendra jamais dans une seule valise !

— Alex, je n'ai réservé qu'une voiture, et nous sommes cinq avec Jack. À moins de t'asseoir sur un de tes bagages et de te taper le trajet jusqu'au manoir dans cette posture, je ne vois pas trop comment tu pourrais faire…

— C'est pas con comme solution, Tantine, réfléchit l'adolescent.

— Je n'ai pas dit ça sérieusement, Alex. On pourrait se faire arrêter, et tu es trop grand pour utiliser un rehausseur.

Adélia gloussa en promettant à Jo :

— Il sera raisonnable.

Sur ces paroles, la jeune fille battit des cils à l'intention d'Alex. L'ado resta bloqué une minute, comme chaque fois qu'elle lui adressait ce genre de regard.

— Oui, je vais être raisonnable, confirma-t-il avec un sourire imbécile.

L'épaule appuyée contre l'encadrement de la porte, Jo rit et laissa à Adélia la gestion du problème Alex.

— Salut !!! Je suis là !

Après son hold-up de la veille sur le dessert, Daisy était rentrée chez elle, repue et *full* de mascarpone. Son double de clés de l'appartement de Jo à la main, elle se tenait dans l'entrée, coiffée d'une casquette à rabats lui recouvrant les oreilles et enveloppée d'une cape à carreaux. Fièrement, elle dégaina de son sac vert fluo une énorme loupe qu'elle brandit devant elle.

— Alors ? J'ai pas la classe comme ça ?

— Tu comptes sérieusement voyager dans cette tenue ? s'inquiéta Jo.

— Bah quoi ? Sherlock Holmes pour une *murder party*, c'est de circonstance, non ?

Jo haussa les épaules. Si Daisy n'agissait pas ainsi, ce ne serait plus Daisy.

Elle était en train de consulter sa montre quand la sonnette retentit. Jack, arrivant de St Mary Hill, attendait sagement à la porte. Il rit en découvrant la fantasque assistante.

Deux heures plus tard, ils étaient sur le quai. Une seule valise par personne – et par animal ! Celle de Clemie renfermait un bac et un sac de litière, de la nourriture, des jouets et sa couverture rose imprégnée de l'odeur de la maison.

Le train de nuit devait les conduire jusqu'à la petite gare de Fort William. Jo craignait que le groupe ne finisse par deviner la surprise qu'elle leur avait réservée, mais ils étaient tous trop occupés à conjecturer et à se réjouir de leur séjour.

Après le repas, Jo s'isola dans le compartiment couchettes qu'elle partageait avec Daisy et Adélia pour téléphoner.

— Salut, fit la voix chaude de Lawrie dans le combiné.

— Tu es arrivé ? demanda-t-elle sur le même ton.

Le pasteur avait roulé jusqu'à Darlington, où il faisait halte pour la nuit chez Ruppert, son vieux copain d'Oxford.

— Oui, la route était bonne, il n'y avait pas trop de monde.

— Tu aurais dû prendre le train avec nous. Ce sont de vrais gosses, si tu les voyais.

— J'imagine, rigola-t-il. Où sont-ils ?

— Dans le wagon-restaurant. Daisy fait son show, déguisée en Sherlock Holmes.

Elle l'entendit rire à nouveau. Puis un silence. Un de ceux qui ponctuaient désormais si souvent leurs conversations et qui en racontaient bien plus que n'importe quel mot.

— Tout se passe bien entre Jack et Clemie ?

Le septuagénaire, très allergique aux animaux, avait tenu à se faire désensibiliser durant l'année pour s'habituer à la compagnie de Winston et de Clemie.

— Nickel ! Aucun éternuement intempestif.

Il changea de sujet.

— Il faut que je te raconte : j'ai quitté St Mary Hill en plein drame noëlesque.

— Ah bon, pourquoi ? Pas de nouveaux meurtres, j'espère ?!

— Non, rien de tel. Seulement, une personne mal intentionnée a volé toutes les décorations lumineuses, ce qui compromet sérieusement nos chances de gagner le concours du plus beau village de Noël.

— C'est fou ! Mais qui a pu faire une chose pareille ?!

— Je n'en sais rien, mais tes voisines avaient l'air déterminées à le découvrir.

— Judith et Violette ?

— Tout juste. C'est parti pour la saison une des *Sœurs McPherson enquêtent*, plaisanta-t-il.

— Ce ne serait pas un mauvais concept… Un scénario avec des héros septuagénaires !

— Ils ont percuté, pour le Jacobite Steam Train ?

— Non, il n'est pas censé être en service à cette époque de l'année. Quand ils ont ouvert les réservations pour décembre, je me suis précipitée dessus sans être certaine d'utiliser les billets. Et comme je ne voulais décevoir personne, je n'en ai pas parlé.

— Ça va être génial, j'aurais adoré être avec vous.
— Moi aussi, j'aurais adoré…
— Tu sais que c'était plus pratique pour moi d'avoir ma voiture au retour… Avec papa, Winston, Clemie, tout ça…
S'il avait pu faire autrement, évidemment qu'il aurait préféré voyager avec elle.
À nouveau, ils se turent.
— Tu seras prudent demain sur la route…
— Aucune crainte à avoir, j'ai un super copilote !
— Je me figure parfaitement Winston avec un casque sur la tête et une carte routière entre les pattes.
Ils s'esclaffèrent.
— Je parlais du GPS ! Winston fera ce qu'il fait de mieux, c'est-à-dire roupiller. Attends une seconde, je me branche, la batterie de mon téléphone n'est plus de prime jeunesse…
Lawrie et sa manie de garder des vieux machins obsolètes. Il venait de lui donner une autre idée de cadeau pour Noël : un téléphone dernier cri.
— Tu promets que tu feras attention, insista-t-elle.
— Je roule comme un papy.
Il n'y avait rien de plus faux, Lawrie aimait la vitesse.
Elle enroulait le cordon de capuche de son sweat autour de son doigt. Les jambes ramassées sous le menton, encastrée entre la couchette du bas et celle du haut, elle sourit malgré tout.
— On se voit demain soir alors, dit-elle doucement.
— J'essaierai d'arriver plus tôt, histoire de profiter un peu de toi… enfin de vous, se reprit-il.
Mais il était trop tard, sa langue avait fourché. Elle soupira, et il entendit son souffle à l'autre bout du fil. Jo s'ouvrait, elle baissait la garde, et il ne devait surtout rien faire ni dire qui pourrait l'inciter à se refermer.

— Alors, bonne nuit.

— Oui, bonne nuit, Lawrie.

Ils raccrochèrent et Jo resta recroquevillée sur elle-même à se demander à quelle espèce de jeu elle était en train de se livrer. Stupidement, les larmes lui montèrent aux yeux et elle caressa la tête de Clemie, lovée contre sa hanche.

— Je prends une trajectoire dangereuse, ma minette, lui dit-elle.

La boule de poils cligna des yeux et lui donna un petit coup de langue sur la main pour lui signifier que tout se passerait bien. L'humain de Winston était fait pour elle et elle n'avait aucune raison d'avoir peur.

5.

Au réveil, une mauvaise surprise les attendait. Durant la nuit, la météo s'était largement dégradée, et le ciel écossais ressemblait maintenant à une véritable purée de pois.

— C'est beau ! fit Adélia en s'extasiant sur les flocons qui s'écrasaient contre la vitre de leur compartiment.

Daisy vint se coller à côté d'elle pour essayer de discerner quelque chose du paysage enchanteur censé défiler sous leurs yeux.

— Ça sent la bataille de neige ! s'enthousiasma l'assistante.

Elle se tourna vers Jo, qu'elle trouva les bras croisés et le visage crispé.

— Je promets de ne pas t'en foutre plein la bouche, si c'est ce qui te chagrine.

Dans la tête de son amie s'écrivait une tout autre histoire, nettement moins amusante. Le voyage serait encore long. D'abord, ils devaient attraper la locomotive de Harry Potter, à bord de laquelle ils passeraient deux heures ; ensuite, un chauffeur les conduirait de Mallaig jusqu'au manoir sur une poudreuse fraîche. Et puis il fallait gérer son principal problème – finalement, le seul qui la préoccupait vraiment –, Lawrie… Lawrie sur la route par cette météo calamiteuse…

Elle sortit dans le couloir, son iPhone à la main.

Des chamailleries d'enfants lui parvenaient, et Lawrie haussa le ton pour se faire entendre :

— Coup de fil matinal, plaisanta-t-il.

Au fond, elle perçut une voix féminine.

— Les enfants ! Du calme, parrain Lawrence est au téléphone !

— On dirait qu'il y a de l'animation chez Ruppert, constata Jo.

— Ils se disputent pour savoir qui aura le droit de tenir la laisse de Winston.

— Naaaaaaannnnn ! C'est mon tour ! brailla la fille de Ruppert, âgée de cinq ans.

— Aaaaaaaahhhhhhhhh !

Jo pouffa.

— La soirée n'a pas été de tout repos, l'informa Lawrie en riant.

— Le petit déj non plus, visiblement.

Elle laissa un blanc avant de reprendre :

— Lawrie, c'est bien que tu ne sois pas encore parti. Le temps est exécrable ici. Il neige tellement qu'on n'y voit pas à un mètre. Tu devrais rester où tu es.

— Toute ma famille m'attend…

Un froissement d'étoffe – peut-être était-il en train d'enfiler sa parka ?

— … et toi aussi. Comment tu feras si personne ne récupère Clemie ?

— Je m'arrangerai : cas de force majeure. Un petit graissage de patte aux proprios… Ces domaines coûtent une fortune à entretenir, ils ne seront pas contre un généreux don.

Quelle différence avec l'année précédente ! Les problèmes d'argent étaient désormais relégués aux oubliettes ; Jo vivait dans l'opulence.

— Écoute, je vais quand même y aller. Je te promets de m'arrêter si les routes sont impraticables. Ça te convient ?

— Je préférerais…

— Alors, marché conclu, la coupa-t-il.

— Je n'ai rien conclu du tout, Lawrie ! Si tu m'avais laissée terminer ma phrase, je t'aurais dit que je préférerais que tu restes chez Ruppert.

— Ça ira, j'ai l'habitude de conduire par temps de neige.

— Mais pourquoi faut-il que tu aies la tête aussi dure ? s'agaça-t-elle.

— C'est moi qui ai la tête dure ?!

Il lui arracha un sourire.

— Ouiiiiiiiiiin !

— Il faut que je file avant que ces petits monstres écartèlent mon chien !

— Lawrie…

— Je t'assure qu'ils sont effrayants ! continua-t-il pour l'empêcher de protester. À ce soir !

Et il lui raccrocha au nez.

« À ce soir. » Jo pestait contre lui en tentant de le rappeler. Messagerie. Évidemment !

Elle envoya un message : « J'ai pas rêvé, Spencer ? Tu m'as raccroché au nez ?! »

Une réponse : « Pas ma faute, les Gremlins de Ruppert… »

Et elle d'insister : « Lawrie, reste où tu es ! »

Silence radio…

— Ce qu'il peut m'énerver, grinça-t-elle entre ses dents.

— C'est quoi, le problème ? l'apostropha Daisy, qui avait glissé une tête par la porte entrouverte de leur compartiment.

— Je ne veux pas que Lawrie prenne la route.

— Tu l'as eu ?

Jo hocha la tête.

— Et ? s'enquit l'assistante.

— Il s'en fout !

— Allez ! Il n'est pas assez bête pour se mettre en danger, tu devrais lui faire un peu plus confiance.

Jo lui lança un regard noir.

— Lawrie adore prendre des risques, braver les éléments. C'est le genre de conneries qui l'ont toujours beaucoup amusé…

— Vraiment ?! hallucina Daisy, qui n'envisageait Lawrie que comme un paisible pasteur de campagne.

— Si tu penses le connaître, tu te mets le doigt dans l'œil !

Malgré tout, l'atmosphère était à la fête ; Jo se contenait pour ne pas pourrir l'ambiance.

Une fois qu'ils furent arrivés à destination, elle se débrouilla pour les isoler afin que les autres passagers sur le quai ne gâchent pas sa surprise. Adélia trouvait si dommage que le Jacobite ne fonctionne pas à cette époque de l'année. Elle s'étonnait d'ailleurs qu'une si minuscule gare réunisse autant de monde. Jo craignait qu'elle ne découvre le pot aux roses.

Ils se gelaient les fesses depuis une quinzaine de minutes quand un sifflement incita la scénariste à rassembler le groupe.

Ils aperçurent d'abord au loin, fendant le brouillard, une masse sombre dont la vapeur grise s'échappait d'une cheminée – et contrastait avec le blanc éclatant du ciel. Adélia se tourna brièvement vers Jo.

— Est-ce que c'est... ?

Elle ne termina pas sa phrase : le sourire qu'affichait la tante de son petit ami était plus clair que de l'eau de roche.

— T'es vraiment la meilleure, Tantine ! s'écria Alex en écrasant cette dernière contre lui.

Et, dans un murmure, il lui glissa à l'oreille :

— Merci, c'était un des rêves d'Adélia.

Ils embarquèrent donc, non pas pour Poudlard, mais pour St Andrew Manor, situé à quelques kilomètres de Mallaig.

À l'intérieur, la décoration était folle ; les organisateurs avaient ingénieusement couplé l'univers du petit sorcier à celui de Noël. Des guirlandes en pommes de pin et des étoiles peintes en rouge et vert étaient accrochées un peu partout.

— C'est merveilleux, souffla Adélia en agrippant le bras de son petit copain, qui jetait sans cesse des coups d'œil bourrés de gratitude à sa tante.

Vêtu d'une cape au blason des Serdaigle et coiffé d'un bonnet de Noël, un employé les invita à le suivre jusqu'à leur compartiment de six places, où ils s'installèrent dans d'immenses fauteuils tapissés de tissu bleu à arabesques compliquées. Les napperons blancs disposés au sommet des appuie-tête indiquaient qu'ils étaient en première classe. Les rideaux, d'ordinaire à carreaux, avaient été remplacés pour l'occasion par des tentures en velours écarlate aux couleurs de la maison Gryffondor.

Malgré ses efforts, Jo était toujours obsédée par le brouillard extérieur. On n'y voyait plus rien. Elle renvoya un SMS à Lawrie : « Temps encore pire ! Ne viens pas ! S'il te plaît... »

Elle se trouvait insistante, « lourde » même, mais elle avait un mauvais pressentiment.

— Un repas de Noël arrosé de bièraubeurre vous sera servi à 12 h 15 précises, continua leur accompagnateur. Et notre hôtesse vous proposera des sucreries directement importées de la boutique des frères Weasley.

— Trop bien ! lança Daisy, plus énervée qu'une puce.

Jack restait en retrait, et Jo s'aperçut qu'il avait les yeux brillants. Ce train, il l'avait pris des années plus tôt avec sa femme, quand elle était encore de ce monde.

— Tout va bien, Jack ? s'assura Jo en lui touchant l'épaule.

Il lui sourit tristement.

— Oui, ma jolie, merci… C'est un bien beau cadeau que tu me fais là…

Sa main fripée vint effleurer le visage de la scénariste, puis il se détourna pour cacher son émotion.

À l'approche du viaduc de Glenfinnan, les haut-parleurs les invitèrent à admirer le panorama. Par temps clair, ils auraient dû apercevoir la structure du mythique pont édifié à la fin du XIXe siècle, mais avec cette météo neigeuse, c'est tout juste s'ils en distinguèrent les colonnes de pierre en contrebas. Partout, que du blanc. L'anxiété de Jo monta d'un cran.

— C'est dommage qu'il y ait autant de brouillard, se désola Daisy. J'aurais adoré voir les paysages sauvages et verdoyants de l'Écosse. On a raté les lacs aussi… Il y avait bien des lacs, non ?

Jo ne répondit pas, elle se fichait des lacs. Son attention était accaparée par son application météo : une tempête de neige était annoncée, elle balaierait la côte nord-ouest des Highlands, pile dans le périmètre où ils se trouvaient.

Un autre SMS : « S'il te plaît, ne viens pas, alerte météo en cours. »

Aucune réponse.

— Qu'est-ce qu'il fout ? s'agaça Jo en s'écartant du groupe.

Lawrie était fâché avec sa zone de confort. Il en sortait depuis l'enfance avec une facilité qui avait toujours déconcerté sa meilleure amie. C'était presque une seconde nature pour lui de se challenger, de tester de nouveaux trucs, et si c'était dangereux, c'était encore mieux. Escalade, descente en rappel, saut en parachute, sports de glisse… N'importe quelle activité lui convenait pourvu qu'elle lui procure son shoot d'adrénaline. Un peu de neige n'était certainement pas de nature à l'effrayer.

Dans la petite ville balnéaire de Mallaig où les attendait un Land Rover Defender, ils essuyèrent des bourrasques glacées. Glenn McMillan, leur chauffeur, fourra en vitesse leurs affaires dans son coffre avant de les rejoindre dans l'habitacle.

— On ne traîne pas, je ne suis même pas certain de réussir à vous monter jusqu'à St Andrew Manor. La route n'est déjà pas très praticable d'ordinaire. Notez que cela vaudrait peut-être mieux pour vous…

Daisy jeta un coup d'œil à son amie, maintenant aussi blanche que le paysage autour d'eux.

Assise à côté de Daisy à l'avant, la tête collée contre la vitre, Jo regardait défiler la route avec anxiété. Son humeur commençait à déteindre sur les autres, d'autant qu'il leur fallut trois quarts d'heure de plus sur l'horaire prévu pour arriver à bon port malgré l'expérience de leur conducteur, habitué aux chausse-trappes du coin.

— Vous êtes censés rester combien de temps ? demanda-t-il alors qu'ils commençaient à apercevoir l'ombre nébuleuse de l'imposante structure.

— Jusqu'au 23 décembre, ensuite nous rentrons en avion passer les fêtes de fin d'année dans notre village, répondit Jo en décrochant enfin un mot.

— La tempête va durer, vous allez vous retrouver bloqués ici.

— Comme dans l'Overlook de Stephen King, plaisanta Alex.

Glenn McMillan lui lança un drôle de regard dans le rétroviseur ; l'adolescent crut bon d'expliciter :

— Vous savez, l'hôtel hanté dans *Shining*…

— Je sais ce qu'est l'Overlook, grogna son interlocuteur.

Pensant l'avoir vexé, Alex préféra la boucler. Peut-être que Glenn McMillan avait, comme beaucoup, été traumatisé par ce roman horrifique…

Ils empruntèrent un chemin sinueux menant à un pic sur lequel un bâtiment immense composé de quatre corps se tenait telle une forteresse défiant les éléments. De l'ancien château médiéval, il ne restait qu'une tour principale pointant vers le sud et des contreforts recouverts de lierre mort. Le manoir de style néogothique ressemblait à une araignée lovée au cœur d'une toile de neige. Une inquiétante étrangeté se dégageait du lieu par ailleurs totalement isolé. Pressé d'en terminer, le chauffeur les débarqua sans ménagement. Avant de prendre congé, il leur fit tout de même une recommandation :

— Fermez vos chambres à clé… Cet endroit est maudit, il s'y passe des choses terribles…

Sans leur laisser l'opportunité d'en apprendre davantage, la mine plus sombre que la façade en grès du manoir, il remonta dans le Land Rover et quitta les lieux.

— Waouh, vraiment *creepy* ! brailla Alex pour se faire entendre malgré le vent.

— Je suppose que ça doit faire partie du scénario, rigola Daisy en frissonnant autant de peur que de froid.

Jo consulta son téléphone, toujours désespérément silencieux ; l'écran indiquait 15 h 30, et la nuit commençait déjà à tomber.

— Vite, vite ! Venez vous mettre à l'abri ! leur cria une femme vêtue comme au début du siècle dernier.

Les chaussures mouillées, ils se retrouvèrent dans un immense vestibule lambrissé où flottait une forte odeur de cire.

— Le parquet est centenaire, pérora leur hôte. Je vais vous demander d'enfiler des petits chaussons, j'espère que cela ne vous dérange pas.

La maîtresse de maison arborait une choucroute informe sur la tête. De loin le pire chignon jamais recensé dans l'histoire de la coiffure. Sa figure était maculée d'une épaisse couche de fond de teint trop clair qui, plutôt que de les estomper, accentuait ses rides naissantes. Dans un frou-frou de jupons, elle poursuivit la conversation :

— Votre trajet s'est bien passé ?

— Très bien, merci, fit Jo en se débarrassant de sa doudoune.

— Glenn McMillan a-t-il été courtois avec vous ? Il peut parfois se comporter comme un parfait goujat.

— Il nous a recommandé de fermer nos chambres à clé, répondit Daisy. Sinon, il n'a pas ouvert la bouche de tout le trajet.

— Je crains que le pauvre homme n'ait plus toute sa tête. Il a perdu sa fortune, et il est maintenant obligé de servir de domestique aux touristes du coin. Mais mon Dieu ! Avec toutes ces fadaises, j'en oublie mes devoirs ! Je ne me suis même pas présentée. Je suis lady Minerva Acroyd, et voici St Andrew Manor, ma modeste demeure ! annonça-t-elle d'une voix haut perchée.

S'il y avait bien un qualificatif qu'on ne pouvait appliquer à ce manoir, c'était celui de « modeste ». Le hall était démesuré, à l'instar de la hauteur sous plafond. Dans le coin gauche, une imposante cheminée flanquée de part et d'autre de chevaliers en armure. Les yeux d'Alex s'apprêtaient à sortir de leurs orbites. Et comme chaque fois qu'il était très enthousiaste, il répétait des « styléééééé » et des « *creepyyyyyy* ».

— On peut utiliser du matériel de détection d'entités chez vous, Madame ? espéra-t-il, le feu aux joues.

— Une fois que vous aurez pris possession de vos chambres, nous ferons une visite. Ainsi, jeune homme, vous découvrirez les endroits les plus hantés de la bâtisse. Malheureusement, on ne peut s'éterniser dans toutes les pièces… Certains esprits n'apprécient guère d'être dérangés.

Dire qu'Alex était aux anges aurait été un doux euphémisme, et Jo sourit pour la première fois depuis des heures.

Lady Acroyd fixait désormais avec un air gêné le sac de transport contenant Clemie.

— Il est indiqué sur le site que les animaux de compagnie ne sont pas acceptés, prévint-elle.

— Je sais, je suis navrée, s'excusa Jo. Un ami est censé la récupérer dans la soirée.

— Ici ? s'étonna la lady.

Une crampe à l'estomac, Jo hocha la tête avant d'ajouter :

— Il doit arriver au plus tard à 18 heures…

— 18 heures ? Je crains que, d'ici là, la route ne soit plus du tout praticable.

Jo blêmit et, sentant son désarroi, lady Acroyd crut nécessaire de la rassurer :

— Compte tenu des circonstances, nous ferons une exception. Pour tout vous dire, je n'ai rien contre les chats, mais nous possédons un corgi, Napoléon, qui est légèrement caractériel et tolère difficilement les autres animaux. Mon fiancé, Desmond, me l'a offert pour notre première Saint-Valentin…

— Clemie ne sortira pas de notre chambre, promit Jo.

— Lawrie va finir par arriver, Tantine, dit Alex.

Jo ne répondit pas. De toute façon, même s'il arrivait, elle ne le laisserait jamais repartir par un temps pareil.

Dans les deux immenses chambres situées l'une en face de l'autre, trois lits à baldaquin d'une place occupaient l'espace. Le reste de la décoration s'harmonisait autour de meubles anciens aux teintes foncées, de tentures de velours sombre, de papier peint à grosses fleurs, de poussière et de toiles d'araignée. Alex voulut garder Clemie sous prétexte de vérifier la bonne désensibilisation de Jack.

Jo ne toucha pas à sa valise. Elle scrutait désespérément les abords de la demeure, plongés dans un épais brouillard.

Une demi-heure plus tard, lady Acroyd, qui se révéla être une baronne, les invita à faire le tour du propriétaire. Un bout du jupon de sa maîtresse dans la gueule, le corgi se laissait traîner derrière elle avec un air heureux.

— Il est bizarre, ce chien, non ? chuchota Daisy à Jo.

Elle se pencha pour le caresser, mais il lui envoya un coup de crocs qu'elle esquiva adroitement.

— Napoléon n'aime pas qu'on le touche, prévint la baronne. Mais le petit chou n'est pas méchant, il est juste un peu soupe au lait.

— Note qu'avec un nom pareil, c'est pas étonnant qu'il soit perturbé, plaça Daisy à voix basse.

Jo fit les gros yeux à son assistante. Lady Acroyd avait peut-être des origines françaises ; pour les Français, on ne rigolait pas avec le souvenir de l'Empereur – Ridley Scott venait d'en faire la douloureuse expérience avec son biopic cinématographique.

Ils croisèrent un groupe de trois jeunes d'une vingtaine d'années alors qu'ils déambulaient dans l'aile la plus dangereuse du manoir – « tellement dangereuse », avait croassé lady Acroyd, qu'elle refusait d'y faire dormir des visiteurs « de crainte qu'ils y perdent la vie ».

— Nous sommes dans l'aile nord, la plus hantée. Ici, c'est la chambre aux portraits. Des personnes en sont souvent ressorties griffées.

Sur les murs s'étalaient des dizaines de photographies jaunies sans aucun rapport les unes avec les autres, mais qui avaient pour avantage d'apporter une touche lugubre.

— Je vous présente la chambre de Lucie. La pauvre enfant est morte ici à quinze ans d'une infection respiratoire. Si vous y demeurez trop longtemps, vous vous sentirez étouffer… En parlant d'étouffement, vous avez sûrement constaté la présence d'une cheminée dans chacune de vos chambres : ne l'utilisez pas. Les trappes sont fermées, vous pourriez vous intoxiquer en faisant un feu. Je le mentionne parce que c'est malheureusement arrivé l'année dernière.

Daisy se décomposa en agrippant le bras de Jo.

— Peut-être que j'aurais mieux fait de rester à Londres garder Clemie, moi… Il se pourrait bien que je présente une *minuscule* phobie des fantômes dont j'aurais un tout petit peu oublié de te parler…

— Tu as insisté pour venir et c'est une mise en scène, la rassura Jo en se désintéressant des explications de la baronne.

Sa main ne quittait pas le smartphone qu'elle avait dans la poche ; à chaque notification, et même si celle-ci n'annonçait qu'un mail, elle ne pouvait s'empêcher de le dégainer.

Mais toujours aucune nouvelle de Lawrie. Plus angoissée que jamais, elle s'isola pour l'appeler à nouveau. « Bonjour, vous êtes bien sur le portable du pasteur Spencer, je ne peux pas vous répondre pour le moment… » Le blabla habituel.

— Tu fais chier, Lawrie, marmonna-t-elle pour elle-même.

Un chuchotement dans son dos l'incita à se tourner. Au fond du couloir, deux personnes qu'elle distinguait mal semblaient s'entretenir de manière houleuse. De loin, ça ressemblait beaucoup à une dispute.

— Ce n'est pas ce qui était prévu !

La voix masculine se heurtait à une interlocutrice féminine.

— Laisse-moi faire !

— Et si on se fait griller ?!

— Aucun risque, je gère, répondit la femme.

Le bip du téléphone de Jo trahit sa présence, et ils s'éclipsèrent par l'escalier.

C'était une pub pour un savon écologique. Contrariée, Jo l'effaça. Il fallait qu'elle garde ses nerfs. Elle se savait en phase d'hyperstress, comme chaque fois qu'elle n'avait pas de prise sur une situation. Elle inspira profondément en fermant les yeux.

— Je ne sais pas où il est, mais je suis sûr qu'il va bien, promit Jack en entourant de son bras les épaules de Jo.

— Vous aussi, vous êtes inquiet maintenant, devina-t-elle.

Ils rejoignirent les autres dans l'ancienne chapelle, où une dame blanche semblait avoir établi ses quartiers, notamment les nuits d'orage. Selon la légende, Mary McMillan aurait été emmurée vivante par son frère incestueux dans le château, qui datait du Moyen Âge. Détruit après un incendie, c'était sur ses ruines qu'était édifié l'actuel manoir de St Andrew.

À 18 h 30, Lawrie était toujours aux abonnés absents ; Jo se décida à contacter le père du pasteur.

— Bonsoir George… c'est Jo-Ann…

— Oh, ma douce, j'allais t'appeler. Tu as des nouvelles de mon garçon ? Personne ici n'arrive à le joindre.

Jo sentit le poids du monde s'abattre sur ses épaules.

— Moi non plus, déplora-t-elle, au bord de la nausée.

Elle téléphonait de l'étage pendant que Jack, Daisy, Adélia et Alex faisaient connaissance avec les autres participants au rez-de-chaussée.

N'apprenant rien de plus de « Spencer Dad », comme elle le surnommait, Jo écourta l'échange pour récupérer dans la chambre d'Alex le MacBook qu'il avait apporté avec lui. Connectée au wifi du manoir, elle lança une recherche sur tous les hôpitaux à proximité et commença à passer des coups de fil.

Aucun accident n'impliquait un pasteur ni une personne portant le nom de Lawrence Spencer. Et du côté de la police, rien non plus.

Elle s'affala au pied du lit pour laisser Clemie monter sur ses genoux.

— Toi aussi, tu penses qu'il leur est arrivé quelque chose, hein…

Comme pour confirmer ce pressentiment, la minette lui lécha la main ; Jo la déposa doucement sur le sol pour se planter devant la grande baie vitrée dont les volets intérieurs n'étaient pas encore rabattus.

— Nom de Dieu, Lawrie, où es-tu ? fit-elle en collant sa main sur le carreau glacial.

6.

Lawrie descendit de son SUV flambant neuf. Il avait rendu le monospace de la paroisse pour s'acheter une voiture plus adaptée à ses déplacements. Une bourrasque lui fouetta le visage, et il tira son bonnet sur ses oreilles en faisant le tour du véhicule.

Lampe de poche à la main, il orienta le faisceau sur la roue gauche.

— Merde !

L'essieu était cassé. Impossible de repartir dans ces conditions. Il était coincé sur une route où, manifestement, personne ne passerait avant un bon moment. Son portable était HS, et il avait oublié le chargeur de voiture chez Ruppert. Il retourna se mettre à l'abri dans l'habitacle.

— On a glissé sur une plaque de verglas, annonça-t-il à Winston, couché sur le siège passager. Il a dû neiger avant aujourd'hui, et ça a gelé.

Ils s'étaient échoués contre un grand sapin.

— Moi qui espérais des retrouvailles chaleureuses, elle va *m'a-to-mi-ser…* prédit-il. C'est sûr, je suis un homme en sursis. Mon père ne me loupera pas non plus… mais il est toujours moins bileux que Jo.

Le chien gémit en signe d'approbation. Son humain allait prendre super cher à son arrivée au manoir !

— Bon, mon copain, on va passer la nuit ici.

Le pasteur sortit de nouveau pour aller jusqu'au coffre récupérer quelques affaires.

— Voyons, Winston… Nous avons de l'eau, deux sandwichs, des croquettes pour toi, un plaid, et j'ai même une couverture de survie.

Il agita un emballage brillant sous le museau de son compagnon.

— Ça fait partie du kit de survie que je dois offrir à Alex, mais j'imagine qu'il ne m'en voudra pas si on s'en sert pour un cas de force majeure. On se tiendra chaud. La température va sacrément baisser dans les heures qui viennent.

Le réservoir était presque plein. Prévoyant, Lawrie l'avait rempli vingt kilomètres plus tôt dans une station-service isolée à une demi-heure du village le plus proche. Il n'aurait qu'à mettre le moteur en route pour enclencher le chauffage.

Il était déjà 20 heures passées. Le maître et son bouledogue dînèrent installés sur les sièges arrière, avant de s'endormir l'un contre l'autre, la doudoune et le plaid sur eux.

Un craquement sourd, suivi d'un bruit de verre cassé. Une onde polaire. Lawrie avait gardé la lampe de poche sous la main. Le visage balayé par le vent, il l'alluma, tout en essayant de protéger son chien. Une branche d'arbre venait de perforer le pare-brise qui, sous le poids, avait cédé. Cette fois, ils étaient dans une galère sans nom !

Lawrie réfléchit à toute vitesse. Deux options s'offraient à lui : rester et essayer de supporter le froid, ou aller chercher du secours. Il passa entre les sièges avant pour tourner la clé de contact, espérant gagner quelques heures de chaleur. Après plusieurs tentatives, il renonça – le capot était écrasé, le SUV ne démarrerait pas. Plus d'autre choix : il décida de rallier à pied le manoir, distant d'un peu plus de dix kilomètres. Soit, *a minima*, deux bonnes heures de marche.

Seul, cela n'aurait pas été un problème, mais Winston ne pouvait pas suivre un tel rythme, encore moins dans trente centimètres de poudreuse. Laisser le chien livré à lui-même le temps de faire l'aller-retour n'était pas envisageable. Winston avait toutes les chances de mourir de froid dans l'intervalle.

— OK, mon copain, qu'est-ce que tu dirais d'une petite rando ?

Les oreilles basses, Winston lança un regard effrayé à son humain.

— Je sais, nous ne sommes pas dans des conditions optimales, mais tu me fais confiance, non ?

Lawrie récupéra son sac de voyage, qu'il vida de son contenu, puis il déballa la couverture de survie et enroula dedans son compagnon déjà protégé par son manteau canin à l'effigie de la reine Élisabeth II que Violette McPherson lui avait offert. Il ajouta une couche avec le plaid.

La bise glaciale qui s'engouffrait par le trou béant – en lieu et place du pare-brise – gênait ses mouvements. Aussi vite qu'il le put, il prit de quoi manger, la bouteille d'eau et les piles achetées pour un jouet – un Père Noël qui se dandinait sur lui-même, à l'attention d'un petit-cousin. Au moins, la lampe de poche ne les lâcherait pas. Sans lumière, ils seraient foutus.

Dans le kit d'Alex, il y avait aussi une boussole. La route n'était plus discernable, mais le manoir était en direction du nord-ouest. Il loua ses jeunes années de baroudeur – même si, aujourd'hui, sa condition physique n'était plus tout à fait la même…

Winston se faufila dans le sac, que son propriétaire ferma presque complètement.

— C'est bon, tu peux respirer, là ? fit Lawrie en vérifiant.

Le chien jappa d'approbation.

— Nickel !

Première tentative de Lawrie : tracter les vingt kilos de Winston derrière lui. Impossible : le traîneau improvisé s'enfonçait dans la couche de neige. En s'appuyant sur le capot, le pasteur se plia alors pour caler une anse sur chacune de ses épaules, puis se redressa en priant pour que l'ensemble tienne.

— Ça va, Winston ? cria-t-il pour couvrir le bruit des éléments qui se déchaînaient autour d'eux.

— Ouaf !

— Tu vas devoir rester le plus immobile possible ! Ce truc n'est pas fait pour supporter une charge comme la tienne.

Dans un autre contexte, Winston aurait pu se vexer, lui qui refusait les petits biscuits secs des paroissiens le dimanche pour entretenir sa ligne.

Lawrie entama son chemin de croix, alors qu'il était près de minuit. Il savait déjà qu'il n'arriverait pas avant de longues heures. Du moins, s'il ne se trompait pas de trajectoire…

Sa couette sur le dos, Jo était assise sur le rebord intérieur de la fenêtre de leur chambre. Adélia s'était endormie, mais Daisy, allongée sur le côté, ne trouvait pas le sommeil non plus. Gentiment, lady Acroyd avait accepté de laisser l'éclairage extérieur allumé. Cette histoire de pasteur perdu avait plombé l'ambiance de la soirée.

Jo avait chipoté son assiette ; son ventre vide protestait bruyamment. La tête posée contre le carreau, elle fixait les ténèbres, à présent certaine que plus rien ne surviendrait. Il était trop tard, on était au beau milieu de la nuit. Son index s'entortillait autour du cordon de son sweat. Elle tirait dessus sans même s'en rendre compte, tout en rongeant les cuticules de ses ongles.

Dans un état second, elle avait fait connaissance avec les autres participants et les deux membres de la famille Acroyd présents au domaine : le fils, Duncan, et le fiancé de la baronne, un certain Desmond Gold, intello à lunettes qui, à la surprise générale, avait vingt ans de moins qu'elle. Les seules personnes avec qui elle avait échangé quelques mots étaient trois jeunes youtubeurs comme Alex, deux garçons et une fille ; ils avaient proposé de partir à la recherche du pasteur. Ils étaient habitués aux explorations en milieu hostile. Le plus grand, un brun dénommé Julian, avait même tourné une vidéo sur le site de Tchernobyl.

Lady Acroyd, s'estimant responsable de tout ce petit monde, avait refusé net. La police était prévenue : il n'y avait rien à faire, si ce n'était attendre. Pour l'heure, le pasteur était porté disparu.

Les trois amis d'une vingtaine d'années connaissaient Alex. Le nombre d'abonnés sur la chaîne de son neveu avait explosé après les événements de l'année précédente. L'adolescent avait contribué à l'arrestation de deux tueurs en série. Il était maintenant une star de la plateforme dont il avait d'ailleurs reçu plusieurs distinctions.

Vigilante, Jo vérifiait que cette notoriété grandissante ne lui montait pas à la tête.

Il n'était pas loin de 3 heures du matin, la scénariste commençait à somnoler.

Un éclat. Bref.

Comme elle n'avait plus les idées claires, elle pensa à une hallucination, mais il y eut un autre clignotement. À l'affût, elle se redressa. Les tourbillons de flocons l'empêchaient de discerner les abords du manoir, jusqu'à ce qu'une furtive accalmie lui permette, et cette fois nettement, de distinguer une ligne lumineuse.

— Lawrie… murmura-t-elle.

Même s'il ne s'agissait que d'une intuition, elle s'éjecta de son perchoir, s'emmêla les pieds dans sa couette et s'affala par terre.

— Quoi ? s'affola Daisy en s'asseyant dans son lit.

— C'est Lawrie !

Voilà que sa copine perdait les pédales…

Jo filait déjà en pyjama dans le couloir, pendant que l'assistante allait coller son nez à la fenêtre.

— Merde ! lâcha cette dernière en criant presque.

Le faisceau de ce qui devait être une lampe de poche progressait péniblement dans leur direction.

Réveillée en sursaut, Adélia demanda :

— Qu'est-ce qui se passe ?

— Lawrie est là, répondit Daisy d'une voix blanche.

— Hein ?!

Jo piquait un sprint – « le sprint de sa *life* », aurait dit Luke, le pote de Julian –, à tel point qu'elle faillit rater l'escalier après un dérapage en chaussettes sur le parquet glissant. Elle termina sa course en s'encastrant dans l'un des chevaliers en armure du château. Un affreux bruit de casseroles tira de leur sommeil le reste des occupants. Dans toutes les pièces, les lampes de chevet s'allumaient.

Le palpitant en surrégime, elle dévala les marches et, une fois dans le vestibule, se heurta à la porte d'entrée close.

— Fais chier, tu vas t'ouvrir ! s'agaça-elle en s'excitant sur la poignée.

Elle envisageait déjà de passer par une fenêtre quand l'immense plafonnier s'éclaira à son tour. Dans la précipitation et la pénombre, elle n'avait pas remarqué le verrou juste au-dessus de sa tête. Deux tours sur la gauche plus tard, elle était libérée, et ce n'est qu'une fois que ses pieds s'enfoncèrent dans la neige qu'elle s'aperçut avoir oublié ses chaussures.

En mode « rien à foutre ! », elle fonça droit sur le point doré qui dansait devant elle. Ses cheveux virevoltaient. Le bas de son pyjama à carreaux était trempé jusqu'au-dessus des chevilles. Le haut ne se portait pas mieux. Dans l'urgence, elle avait aussi fait l'impasse sur la doudoune.

Lawrie vit fondre sur lui cette silhouette qu'il aurait reconnue au milieu d'un milliard d'autres. À bout de forces, il s'effondra à genoux en attendant qu'elle le rejoigne.

Il sentit d'abord ses mains sur son visage. Elle n'arrêtait pas de répéter son prénom, mêlé à une bordée de jurons dont elle avait le secret.

— Winston, balbutia-t-il, la mâchoire presque bloquée par le froid. Dans le sac…

Il n'avait plus l'énergie nécessaire pour s'extraire des anses qui lui lacéraient les épaules.

Des voix… On venait à leur secours.

Julian força Jo à enfiler la doudoune que lui avait donnée Daisy. Le trio de vidéastes avait été le plus rapide.

— Rentrez le chien ! leur ordonna la scénariste tout en débarrassant le pasteur de son chargement.

— Le chien ? répéta Luke.

— Là !

Jo désignait le sac de voyage échoué dans le dos de Lawrie.

— Oh merde, y a un bouledogue là-dedans, découvrit, effarée, Claudia, la troisième de la bande.

Ils durent s'y mettre à deux pour transporter l'animal. Soutenu par Jo et Julian, Lawrie franchit quelques minutes plus tard le seuil de St Andrew Manor, où lady Acroyd épongeait déjà après le passage de Luke, Claudia et Winston. Daisy attendait le prêtre avec une couverture. La luminosité brûla les rétines du pasteur. Les yeux plissés, il se laissa conduire jusqu'au salon, où Duncan, le fils de la maîtresse de maison, ravivait le feu. Jo l'assit d'autorité sur le pouf, au plus près de l'âtre.

Accroupie devant lui, elle lui retira ses gants avant de lui frictionner les doigts. Il avait les lèvres bleues et complètement desséchées. Le visage fermé, elle entreprit de s'attaquer à ses pieds après s'être débattue avec les lacets de ses bottines The North Face.

— Jo… l'appela-t-il doucement.

Elle ne l'écoutait pas, trop occupée à sécher ses orteils avec la serviette que Jack avait déposée près d'elle.

— Jo…

Il grelottait à la manière d'une machine à laver à pleine puissance d'essorage.

— Jo…

Il se pencha pour lui prendre les mains.

— Jo…

Elle leva son visage vers lui ; leurs regards se croisèrent. Sans qu'il s'y attende, elle se jeta à son cou en le serrant à l'étouffer. Les bras du pasteur s'enroulèrent autour de sa taille. L'étreinte de Jo avait plus à voir avec une clé d'étranglement qu'un réel câlin, et Lawrie, navré de lui avoir collé une telle frousse, lui murmura :

— Je suis vraiment désolé.

Il bredouillait entre deux claquements de dents qui résonnaient dans tout le manoir.

— Si tu savais à quel point je peux te détester, Spencer… lui chuchota-t-elle tendrement à l'oreille.

La bouche de Jo effleura la joue du pasteur, elle s'attarda, puis, brusquement, se dégagea pour se lever.

— Tu dois prendre un bain, il faut absolument faire remonter ta température corporelle ! décréta-t-elle en le dominant avec un air sévère.

Lawrie s'aperçut alors qu'elle était en chaussettes et que ses vêtements, sous la doudoune ouverte qu'elle n'avait pas pris la peine de retirer, dégoulinaient de flotte.

— Change-toi, Jo, tu vas attraper la mort.

Elle lui décocha une œillade mauvaise.

— La faute à qui, Spencer ?!

— Je…

— Vraiment, Lawrie, si tu tiens un tant soit peu à ton intégrité physique, je te conseille de… la fermer !!!

Il déglutit. La séquence émotion était terminée. Arrivait maintenant le temps du sale quart d'heure.

Pendant que Jack, Adélia et Alex prenaient soin de Winston, Lawrie suivit Jo jusqu'à la chambre qu'elle partageait avec les filles. Sur le trajet, elle ne lui décrocha ni un mot ni un regard, trop occupée à contenir le dragon qui sommeillait en elle et que Lawrie venait de réveiller par son inconséquence.

Debout près de la fenêtre, il remarqua la couette en boule à ses pieds et devina assez bien ce qui s'était joué pendant son absence.

Il observait sa meilleure amie tandis qu'elle s'activait dans la salle de bains. L'eau coulait dans la baignoire, et Jo finit par cesser ses allées et venues pour, les bras croisés et les traits tirés, s'appuyer lourdement contre le chambranle de la porte.

La couverture sur le dos, lui grelottait toujours. La mine penaude, il tenta un contact visuel dans l'attente d'une première salve de reproches.

— Qu'est-ce qui s'est passé ? se décida-t-elle à demander.

— Le SUV a glissé sur une plaque de verglas, j'ai cassé un essieu.

— Le portable ?

— Plus de batterie.

Un blanc.

— Et j'ai oublié le chargeur de voiture chez Ruppert…

Jo leva les yeux au ciel en se mordant les lèvres pour ne pas lui opposer une réponse cinglante.

— Pourquoi tu n'es pas resté à l'abri dans la voiture ?

— Une branche d'arbre s'est encastrée dans le pare-brise.

Cette fois, elle écarquilla les yeux. Après un rapide coup d'œil à la baignoire, elle fit quelques pas, le poussa sans ménagement et récupéra son iPhone sur son lit.

— Il faut que tu rassures ton père, dit-elle en lui tendant l'appareil déverrouillé.

— OK, mais change-toi, Jo, s'il te plaît.

— Quand tu seras dans la salle de bains ! Je vais voir comment va ton chien, ajouta-t-elle en le plantant sur place après avoir pris soin de couper l'eau.

En guise de fond d'écran, Clemie dormait entre les pattes de Winston. Lawrie sourit avant d'appuyer sur l'icône des contacts récents. Sous « Spencer Dad », il découvrit les nombreux appels qu'elle avait tentés pour le joindre, tous restés sans réponse, et le cœur du pasteur se nécrosa.

Son père, ses tantes, ses grands-parents, accessoirement ses cousins et cousines, lui passèrent un savon. Tout le monde avait veillé en attendant de ses nouvelles. C'était indéniable : il avait merdé dans les grandes largeurs.

Lawrie était toujours en ligne quand la porte s'ouvrit à nouveau.

— Oui, papa, je sais… Non, elle va bien. Oui… je sais… j'ai de la chance, elle ne m'a pas encore fait la peau, dit-il en jetant un coup d'œil en direction de Jo, plantée sur le seuil.

— Mais ça ne saurait tarder, répliqua-t-elle.

Un frémissement de sourire ?

— Mon père veut te dire un mot.

— George ?

Lawrie ne pouvait entendre que les réponses de Jo.

— Hmmm… Votre fils a toujours été un crétin, ce n'est pas une nouveauté…

Elle pouffa.

Dieu sait ce que son paternel était en train de balancer à son sujet.

— Ah, je ne connaissais pas cette anecdote… Il s'est bien gardé de s'en vanter.

Elle le fixait d'un air triomphant.

— Un nid de guêpes ? Un tonneau de vinaigre ? L'hôpital, évidemment…

— Papa, ne sors pas les gros dossiers ! s'agaça Lawrie en essayant de s'emparer du smartphone.

Jo se détourna pour l'en empêcher, non sans lui avoir au préalable lancé un coup de coude dans les côtes.

— Salle de bains ! ordonna-t-elle en lui désignant la pièce de l'index.

Quinze minutes plus tard, il ressortait, réchauffé, avec pour seul vêtement une serviette trop courte nouée autour des hanches. Dans l'intervalle, Jo avait enfilé un bas de jogging et un nouveau sweat vert sur lequel était brodé un horrible renne orange. Assise par terre, elle eut un temps d'arrêt devant l'apparition de Lawrie en tenue de presque Adam. Il traînait dans son sillage une forte odeur de fraise Tagada. Sur les trois flacons posés sur le rebord de la baignoire, il avait fallu qu'il choisisse celui de Daisy.

Jo plissa le nez.

— Ne te fous pas de moi. Quand je m'en suis aperçu, il était déjà trop tard…

Elle dissimula son sourire derrière sa manche.

Et comme il la trouvait jolie quand elle faisait ça.

— Tu es vraiment un boulet, Spencer, tu le sais ? Il faut que je t'apporte des fringues. Je ne suis pas certaine que ce soit très correct pour un homme dans ta situation de se balader dans cet accoutrement.

Disant cela, elle amorça un mouvement pour se relever en oubliant qu'elle était calée contre le pied du secrétaire ancien poussé contre le mur. Sa tête heurta l'angle du meuble et, l'instant suivant, elle se retrouva avec la médaille de baptême et la croix étincelante du pasteur à trois centimètres du visage. Ils avaient tous les deux la main posée sur sa tempe.

— Ça va ? s'affola-t-il.

Trente-six chandelles dansaient joyeusement devant les rétines de Jo. Le souffle chaud d'Adam lui chatouillait le cou. Et après, c'étaient les femmes qu'on accusait d'être des tentatrices ! Son regard se porta sur la fragile serviette, et la jeune femme se mit à prier le *big boss* de Lawrie pour que celle-ci reste bien à sa place !

— C'est bon, grogna-t-elle.

— T'es sûre ?

Il ne la lâchait pas.

Heureusement, Daisy fit irruption sans frapper. La bouche ouverte en cul-de-poule, elle s'excusa, prête à déguerpir :

— Pardon, je dérange manifestement…

— Non !!! cria le duo.

Hmmm, ces deux-là n'ont pas la conscience tranquille, pensa l'assistante.

— On a besoin de glace ! l'apostropha Lawrie. Jo vient de se fracasser le crâne !

— Ah merde ! Et ça va ?

— Une poche de glace, Daisy, s'il te plaît, insista Lawrie.

— Oui… j'y vais… une poche de glace, répéta-t-elle.

Puis, réfléchissant tout haut, elle compléta :

— À la réflexion, je vais peut-être en prendre un seau entier… histoire de rafraîchir l'atmosphère…

Elle feignit de s'éventer de façon théâtrale avec un agaçant sourire narquois sur les lèvres.

— … Fait chaud, ici !

Sur ces paroles, elle laissa glisser son regard sur le duo, qui donnait quand même l'impression d'être en fâcheuse posture, avant de disparaître.

— Mais qu'est-ce qu'elle peut être chiante avec ses allusions ! râla Jo en se remettant sur ses jambes.

Lawrie l'imita.

— Donc, je reprends : faut que je te trouve des fringues, et de quoi soigner ces brûlures, dit-elle en désignant les marques rouges dues aux anses du sac de voyage.

Le regard de la scénariste s'attarda un instant sur la cicatrice qu'il avait sur le bras.

— Sacré souvenir, hein ? plaisanta-t-il en tapotant la morsure, toujours bien apparente.

Quand ils étaient enfants, Jo avait échappé à l'attaque d'un berger allemand parce que son meilleur ami s'était interposé entre eux. L'animal s'en était pris à Lawrie, et il avait fallu pas moins de quinze points de suture pour refermer la plaie.

— Je suppose que ce seul épisode te donne droit à l'absolution… soupira-t-elle.

— C'est sûr qu'avec un dossier aussi solide, je peux plaider les circonstances atténuantes…

Elle rit ; enfin, l'orage s'éloignait.

— Allez, je rejoins les garçons, ils doivent bien avoir quelques vêtements à te prêter. Julian et toi avez à peu près la même carrure.

— Julian ?

— Il t'a aidé tout à l'heure. Ce sont des youtubeurs comme Alex. Très connus, si j'ai bien compris. Ils voulaient braver le blizzard pour aller te chercher.

Leurs estomacs respectifs se mirent à grogner.

— Je crève la dalle, s'aperçut Lawrie.

— Moi aussi. Je vais voir ce qu'on peut faire pour y remédier… Daisy doit avoir tout un stock de cochonneries, mais j'opterais plutôt pour quelque chose de chaud et nourrissant.

Elle sortit dans le couloir et croisa Daisy qui revenait avec un torchon rempli de glace. Lady Acroyd la suivait en poussant du pied une serpillière pour sécher les gouttes qui tombaient sur son précieux parquet. Accroché à sa robe de chambre, le corgi servait toujours de traîne à sa maîtresse, qui n'avait pas l'air troublée le moins du monde par l'attitude extravagante de son compagnon.

— Fais attention, Daisy, tu en mets partout. Désolée pour tout ce dérangement, lady Acroyd, s'excusa Jo.

— Quelle soirée, chantonna la baronne en se laissant mordiller le mollet par son chien.

Napoléon s'arrêta pour japper furieusement contre Jo, qui préféra reculer d'un pas.

— Je vais prévenir que nous lancerons le *breakfast* à 10 h 30 au lieu de 9 heures. Je pense que nous aurons tous besoin d'une grasse matinée.

— Encore toutes nos excuses.

— Tout va bien, je suis heureuse que votre ami et son bouledogue soient en sécurité au manoir. Le temps n'a pas l'air de vouloir s'arranger.

On entendait distinctement le vent qui soufflait avec force autour de l'édifice.

— Puis-je vous demander un dernier service ? demanda Jo, mal à l'aise.

La quinquagénaire hocha la tête.

— Lawrie n'a rien mangé de consistant depuis des heures… Pourrions-nous utiliser votre cuisine ?

Elle évita d'ajouter qu'il était insupportable quand il avait faim.

— Bien sûr ! Néanmoins, je préfère vous prévenir : vous devrez vous débrouiller seuls. Je ne sais pas tenir une poêle, et le cuisinier loge avec son épouse dans la maison du gardien, à cinquante mètres d'ici. Évidemment, il n'est pas question de les réveiller à une heure pareille !

— Non, évidemment, confirma Jo.

Son torchon plein de glace écrasé sur la bosse qu'elle sentait poindre, Jo frappa ensuite à la porte du trio d'aventuriers. Luke, le blondinet maigrichon de l'équipe, lui ouvrit, la mine réjouie.

— Hé, re-salut ! s'enthousiasma-t-il. Y a de l'animation ce soir ! On s'éclate ! Ce séjour commence fort !

— Oui, oui, fit Jo sans en penser un mot.

Elle préférait de loin les nuits pépères où personne ne risquait sa vie dans des tempêtes de neige.

Luke et Julian offrirent de prêter un pantalon de randonnée, un T-shirt et un sweat sur lequel était imprimée la grimaçante et non moins flippante poupée Chucky.

Plantée au milieu de leur antre en bazar – comme quoi, il n'y avait pas qu'elle qui était bordélique –, Jo hésitait à demander une dernière petite chose…

— Et… un caleçon ? Vous auriez ?

À côté d'elle, Daisy gloussa quand Luke leur fourra sous le nez l'un des siens aux couleurs de Superman.

— Parfait pour Lawrie, estima l'assistante. Ça va lui aller comme un gant !

4 h 30 du matin.

— On se croirait en plein *after*, fit remarquer Claudia.

À l'entresol, où se situait la cuisine, Jo ouvrit placards et tiroirs en quête du seul truc qu'elle savait préparer sans recourir à de la friture. Victorieuse, elle dénicha plusieurs paquets de pâtes, un bocal de tomates concassées, une grosse boîte de thon et des oignons. Avec ça, elle pouvait s'en sortir.

Elle se tourna une seconde pour évaluer sa clientèle, majoritairement masculine – Jack, Alex, Lawrie, Luke, Julian, Daisy, Claudia et Adélia, sans oublier Winston et Clemie. Les youtubeurs avaient été si gentils qu'elle les avait invités, s'ils avaient faim, à se joindre à eux.

Des spaghetti… Voilà qui serait parfait ! Les mecs, les spaghetti : le combo gagnant !

Une vague d'enthousiasme accueillit sa proposition.

Assis en bout de table, Lawrie, perplexe, observait sa meilleure amie. Il avait survécu à une tempête, mais à la bouffe de Jo… Peut-être serait-on obligé d'appeler les secours le lendemain pour gérer une intoxication alimentaire collective.

Quand elle se lança dans la découpe des oignons avec une dextérité surprenante, le pasteur arqua un sourcil, se demandant s'il n'avait pas atterri dans un de ces vieux épisodes noir et blanc flippants de la série *The Twilight Zone*.

Pendant que Luke larmoyait aux prises avec le reste des oignons, Jo continua son examen du garde-manger jusqu'à débusquer le Saint Graal de la bouffe italienne : une bouteille d'huile d'olive et des feuilles de laurier séchées.

Cette fois, Lawrie écarquilla les yeux avec un léger mouvement de recul de la tête. Qui était cette fille, et qu'avait-elle fait de Jo ? Un des spectres du manoir, fin cordon-bleu, avait-il pris possession d'elle ? Il échangea un regard avec Winston, aussi intrigué que son maître.

Autour de la table, ça braillait, riait, chahutait, les piques fusaient entre jeunes. On extrapolait autour de l'affaire qui agitait St Mary Hill : la mystérieuse disparition des illuminations de Noël. Quotidiennement, les sœurs McPherson tenaient informés à distance Jack, Alex et Adélia, qui participaient ainsi à l'enquête.

— C'est forcément un village concurrent qui les a volées, conjectura Alex la bouche pleine.

Le fromage râpé passait de main en main pour être généreusement saupoudré dans les assiettes servies.

Installés l'un en face de l'autre, Jo et Lawrie se souriaient. Ils avaient l'air de chefs de famille présidant au repas d'une joyeuse marmaille.

La main posée sur sa nuque, Jo se demandait si finalement le bonheur n'était pas dans ces instants de partage. Quelle aurait été sa vie si elle avait accepté le baiser de Lawrie quand ils avaient dix-sept ans ? Peut-être qu'au fond, c'est là qu'elle aurait trouvé son épanouissement, dans une existence simple avec lui…

— Waouh, tatie Jo, on se régale ! s'exclama Luke, un spaghetti au coin de la bouche.

Ce garçon était indéniablement le jumeau maléfique de Daisy. Jo, qui doutait de pouvoir rencontrer quelqu'un de plus cinglé que son amie, savait que c'était désormais chose faite.

— Et encore, tu n'as rien vu. Elle fait un tiramisu à tomber ! lui apprit Daisy.

— Un tiramisu ? Jo ? hallucina Lawrie à voix basse.

Winston gémit en léchant son assiette vide. Il quitta son maître pour aller se coucher, ou plutôt se prosterner aux pieds de la grande déesse du spaghetti. Elle se pencha sur lui et, avec l'éclairage du plafonnier, il sembla au bouledogue que la Pastamamma, sainte patronne de la lasagne, du cannelloni et de la tagliatelle, baignait dans un halo de lumière blanche.

— Tu en veux encore, Winston ?

Sa voix était une douce mélodie, un chant céleste. Il tendit sa patte vers la source d'abondance qui avait si généreusement rempli son estomac, et un autre miracle s'accomplit ! Une assiette pleine atterrit sous sa truffe !

Le trio fut édifié de constater que le jeune type arborant un Chucky menaçant sur son sweat était un homme d'Église.

— Moi qui croyais que tous les prêtres étaient *a minima* centenaires, plaisanta Claudia.

— Ils le sont la plupart du temps, confirma Lawrie en riant.

Luke passa un bras autour de la grande brune en la secouant légèrement :

— Bébé découvre la vie !

— Bas les pattes, abruti !

— Faut pas lui en vouloir, elle ne sort pas beaucoup.

Ils s'esclaffaient en faisant mine de se battre.

Lawrie baissa les yeux ; cette proximité, il l'avait eue avec Jo. Une époque malheureusement révolue ;

aujourd'hui, c'était tout juste s'il pouvait l'effleurer sans qu'elle se hérisse.

Le plat, soit quatre énormes paquets de pâtes, était vide.

— J'aurais volontiers roté pour fêter ça, piailla Luke. Mais comme il y a des dames…

— Ah parce qu'avec moi, c'est pas grave ? lui reprocha Claudia.

— Toi, c'est pas pareil. Tu partages une chambre avec nous en supportant sans problème l'odeur de chacal mort qui s'en dégage.

— C'est vos putains de pompes ! siffla Claudia. Expliquez-moi pourquoi vous, les gars, vous sentez autant des pieds ? Y a un truc biologique, non ?!

Daisy éclata de rire, et les deux filles échangèrent un regard de connivence.

— La vaisselle, c'est pour nous ! décida Julian en arrêtant Jo, qui s'était levée pour commencer à débarrasser.

Et il ajouta, en déposant un ramequin et un paquet de compresses devant elle :

— De l'eau de neige. Tu m'avais demandé quelque chose contre les brûlures. Ça marche super, tu verras !

L'ambiance festive se prolongea. Les assiettes volaient dangereusement de main en main pour retrouver leur place dans les placards. Lawrie récupérait *in extremis* celle que lui envoyait Claudia quand Jo l'apostropha :

— Il faut qu'on s'occupe de tes brûlures.

— C'est bon, ça ira.

— Je t'ai vu passer la main dessus pendant tout le repas…

— OK, je m'en occuperai tout à l'heure.

Ce qu'il pouvait être chiant à toujours tergiverser !

— Tu ne le feras pas ! Comme tu ne t'es pas arrêté sur la route quand tu aurais dû le faire ! s'agaça-t-elle.

Il afficha un air coupable.

— C'est un remède de grand-mère, ça ne sera d'aucun secours, prédit-il.

— Assis, Spencer !

— Quoi, tu ne veux pas faire ça ici et maintenant, quand même ?!

— Pourquoi pas ?

— Je dois retirer mon sweat... répondit-il un ton plus bas.

Jo écarquilla les yeux.

— Et alors ?

— Comment ça : et alors ? Il y a des demoiselles... chuchota-t-il avec un air gêné.

Jo se tourna pour évaluer la situation.

— Je doute que Daisy et Claudia soient intéressées par ton anatomie... Elles sont surtout occupées à lier connaissance, si tu vois ce que je veux dire...

— Tu oublies Adélia.

— Oh, arrête de te chercher une excuse bidon ! s'exaspéra-t-elle en lui filant un coup de torchon. Tu te décides à retirer ce sweat, ou il faut que je te l'arrache ?!

Il repéra l'énorme fait-tout resté sur la table à proximité immédiate de la main de Jo et déglutit. Il savait ce dont elle était capable armée d'une modeste poêle à frire. Par égard pour sa boîte crânienne, il prit la précaution de s'asseoir.

Concentrée, elle le soigna. Malgré toute la douceur qu'elle y mettait, il sursautait chaque fois que la gaze se posait sur sa peau à vif.

— Et après, monsieur dit que ce n'est rien.

Atterré, Lawrie la fixait en continuant à se demander s'il n'était pas tombé dans un monde parallèle. L'année dernière, Jo se serait débrouillée pour déléguer cette tâche, mais là, elle était si proche de lui qu'il sentait ses cheveux mi-longs lui chatouiller le biceps.

— Voilà ! J'ai terminé ! annonça-elle en se détournant aussitôt.

Aux prises avec une perfide bouffée de chaleur, elle savait que son visage, qui virait à l'écarlate, était en train de la trahir.

Décidément, on crevait de chaud dans cette cuisine !

7.

Autour de la longue table de la vaste salle à manger, les participants, les yeux encore ensommeillés, zonaient autour du buffet. Toujours monté sur ressort, seul Luke n'avait pas l'air d'avoir passé une nuit blanche.

Jo en profita pour faire plus ample connaissance avec le groupe de filles qu'elle avait aperçu la veille et auquel elle avait à peine adressé la parole. Quatre copines décidées à enterrer une vie de jeune fille de façon originale.

À l'écart, un couple étrange, d'une cinquantaine d'années, échangeait à voix basse. La femme, Irma Cavendish – ça ne s'inventait pas –, prétendait parler aux morts. Celui qui l'accompagnait, un certain John Willer, un type dégarni à la mine perpétuellement malade, s'essuyait nerveusement le front avec sa serviette de table. La Mrs Cavendish en question portait un splendide et non moins énorme pentacle autour du cou.

— Un prêtre anglican… croassa-t-elle en remplissant sa tasse de thé d'une flopée de sucrettes.

Daisy grimaça en la voyant faire.

Son mug de café à la main, Lawrie releva la tête pour soutenir le regard de la prétendue médium.

Une extrême tension s'abattit sur la pièce, et toutes les conversations cessèrent.

— Elle me fout les jetons, la vieille… murmura Daisy à Jo.

Il était vrai qu'avec son visage rubicond, son énorme verrue sur le nez, sa probable perruque et ses manières désagréables, Irma Cavendish avait de quoi faire flipper.

— Je vous ai vu dans la tempête, *pasteur*, reprit la voyante.

Ses nombreux bracelets agrémentés de dizaines de grigris s'agitaient au rythme de ses paroles.

— Allons bon, répliqua Lawrie.

— C'est moi qui vous ai conduit jusqu'ici…

— Il semblerait que ce soient plutôt mes jambes et ma boussole…

— Vous, les prêtres ! Vous croyez tout savoir du monde invisible qui nous entoure, mais en réalité vous ne savez rien !

Jo avala sa gorgée de café de travers.

— Ce dont je suis certain, en revanche, Mrs Cavendish, c'est que vous ne discutez pas plus avec les morts que je ne parle le mandarin, se moqua Lawrie.

La voyante se raidit.

— Je ne vous permets pas ! s'indigna-t-elle.

— Combien prenez-vous par séance ? Cent, deux cents, trois cents livres ?

— Il n'y a aucun mal à vivre du don qui nous a été offert par Dieu !

— Mais il y en a un à vider méthodiquement les comptes en banque de personnes en plein désarroi.

— J'aide ces âmes à trouver le chemin vers la paix.

— Parfait ! Dans ce cas, pourquoi ne pas le faire gratuitement ?!

Séparée de Lawrie par Daisy, Jo, penchée en avant, le vit poser avec une lenteur inquiétante sa fourchette ; il se mettait rarement en colère, mais, quand c'était le cas, mieux valait raser les murs. Elle passa son bras derrière le dossier de chaise de son assistante pour toucher l'épaule du prêtre et, lorsque leurs regards se croisèrent, l'implora silencieusement d'en rester là.

— Bon, alors ! On la commence, cette *murder party* ?! lança Luke en se frottant les mains.

Sans un mot, Lawrie se leva et quitta la pièce.

— Ça va ? s'enquit Jo en lui cavalant derrière.

— Il faut que je sorte Winston, prétexta-t-il, avant de lui conseiller d'aller retrouver les autres.

Pressentant qu'il avait besoin d'espace, Jo n'insista pas et retourna auprès des participants. Ils avaient migré dans le grand salon, où plafonds à caissons de bois, armoiries familiales et autres bizarreries aristocratiques complétaient une décoration savamment étudiée. Dos au bow-window, un élégant sofa recouvert de velours pourpre trônait en plein milieu. Des fauteuils en cuir de style Art déco encadraient la cheminée allumée.

Dans le coin droit, à peine visible, se trouvait un pauvre sapin de Noël rabougri sur lequel quatre boules rouges pendaient tristement.

Lawrie et Winston revenaient de leur promenade. À la vue du bouledogue, Napoléon, couché aux pieds de sa maîtresse, s'éjecta de son coussin pour foncer sur le molosse de vingt kilos en vociférant comme un possédé.

— Au pied, Napoléon ! Au pied ! hurla lady Acroyd.

— Oh la vache ! s'angoissa Daisy.

Peu impressionné par la minuscule taille de l'ennemi fondant sur lui, Winston, toujours aussi impérial, ne bougea même pas une oreille. Il laissa le roquet s'époumoner un moment jusqu'à ce que, lassé, il lui colle un coup de patte autoritaire sur le museau afin de lui faire boucler son clapet. Le résultat fut surprenant : dans un premier temps, le corgi se jeta sur le sol en couinant, puis il rampa aussitôt le ventre collé au parquet pour lécher les pattes de Winston.

— Il est peut-être maso, rigola Daisy.

Lawrie s'installa en équilibre précaire sur l'accoudoir de la bergère où Jo avait pris place.

— Ton chien vient de nous offrir un second Waterloo, plaisanta-t-elle en lui effleurant le genou de la main.

Une fois de plus, il s'étonna de ce contact physique.

— Tu participes avec nous à la *murder party* ?

— Tu veux ?

— Évidemment !

Elle lui souriait, détendue comme elle ne l'avait pas été avec lui depuis une éternité.

Lady Acroyd requérait leur attention :

— Tout d'abord, un point météorologique : c'est avec un profond regret que je me dois de vous annoncer que la tempête que nous essuyons va durer.

— Ce n'est pas grave, puisque nous sommes là pour trois jours encore, balaya Katarina, la pulpeuse et future mariée.

Lady Acroyd prit un air ennuyé.

— Je crains malheureusement que votre séjour ne se prolonge au-delà... On déplore déjà de gros dégâts dans la région, et la voirie m'a confirmé ce matin que, pour le moment, ils manquaient de déneigeuses.

Un murmure monta de la petite assemblée.

— On ne va quand même pas passer le réveillon ici ? s'inquiéta Luke.

— L'avenir nous le dira ! chantonna joyeusement leur hôtesse.

La situation vaguement clarifiée, leur organisatrice se lança dans la distribution des rôles :

— Un ou plusieurs d'entre vous sont impliqués dans le meurtre. Naturellement, vous ne devez pas montrer les cartes qui vous sont attribuées. Votre mission en tant que coupable est bien sûr de brouiller les pistes afin de détourner les enquêteurs de la vérité.

— Waouh ! Trop bien ! s'enthousiasma Luke.

Pendant que chacun découvrait le personnage qu'il aurait à incarner, lady Acroyd continuait à donner ses instructions sur le déroulement de la partie.

— Je suis la bonne, indiqua Daisy, légèrement déçue. Une bonne avec une casquette de Sherlock Holmes, ça le fait quand même ?

— Vous pouvez vous déguiser à votre guise, répondit la baronne, pensant qu'il s'agissait d'une véritable question. Juste une précision pour les petits malins qui voudraient tricher : un brouilleur est activé durant les périodes de jeu. Vous pouvez garder vos téléphones, mais ils ne vous seront d'aucune utilité. Et maintenant, voici le scénario : vous avez été conviés par lord Perdigon dans son château gothique. Vous n'avez aucune idée de la raison de cette invitation. Pour la plupart, vous ne vous connaissiez pas avant. Vous venez de passer une nuit au domaine. Une nuit chaotique durant laquelle vous avez clairement entendu éclater une dispute. Au petit matin, vous, miss Lily – elle désigna Daisy du doigt –, avez découvert le corps sans vie de lady Perdigon.

— Je peux jouer la scène du hurlement ?! s'écria Daisy.

— Si cela vous fait plaisir, répondit lady Acroyd. Je vous conseille de consulter les fiches qui vous ont été fournies et qui vous donnent des indications sur les liens, affinités, passions, traits de caractère des personnages… Des indices y ont été habilement glissés. Ils vous permettront, avec ceux que vous trouverez disséminés dans le manoir, de démasquer le ou les coupables.

Luke piaffait d'impatience.

— Je suis le docteur Poirot ! annonça-t-il.

— Et moi, Merry Marple, une chanteuse d'opéra qui a perdu sa voix après un affreux accident, leur apprit Claudia.

— Moi j'ai hérité de Mr Briant, le jardinier bizarre, rigola Julian.

— Je suis le fils de lord Perdigon, s'esclaffa Jack. J'ai treize ans et je déteste ma belle-mère !

Adélia était la cousine de lady Perdigon ; Alex, un journaliste planqué sous une fausse identité. Dans le groupe des filles, on comptait une actrice sur le déclin accompagnée de sa femme de chambre, une amie du couple et une ex-petite amie de lord Perdigon. La voyante était tombée étrangement sur son propre rôle ; quant à son acolyte, il était pasteur. Il jeta d'ailleurs un regard narquois au véritable prêtre.

— Tu es qui ? demanda Jo à Lawrie.

— James Orwell, j'ai fait la Première Guerre mondiale aux côtés de lord Perdigon. Je suis censé avoir perdu un bras au combat. Et toi ?

Le visage de Jo perdit de ses couleurs.

— Olympe Orwell. À en croire ce qui est écrit là-dessus, je suis… *ta femme…*

Exit l'insouciance de Jo, qui fixait maintenant sa carte avec anxiété.

— Si tu préfères, échange avec Daisy, fit Lawrie, décontenancé par sa réaction.

Au moins, les choses étaient claires : il s'était fait des illusions, aucune évolution notoire entre eux.

— Tu veux que j'échange avec Daisy ? répéta-t-elle avec un air désolé.

Pourquoi avait-elle la mine chagrinée, maintenant ?

— Non, c'est toi qui veux…

— Je n'ai jamais dit ça ! Mais sache que je ne le prendrais pas mal si tu n'avais pas envie que je sois *ta femme*, dit-elle un ton plus bas en avalant presque ses derniers mots. Je t'assure que je comprendrais parfaitement.

— Pourquoi tu ne pourrais pas être *ma femme*, Jo ?!

— Qu'est-ce que j'en sais, moi ? C'est toi qui voulais échanger !

— Mais pas du tout !

— Mais si, c'est toi qui l'as proposé, et ça ne me dérange pas, vraiment. Je comprends, tu sais…

Que comprenait-elle, au juste ?

— Bon sang ! Je n'ai aucun problème avec ça, Jo ! Je ne demande même que ça, que tu sois *ma femme* !!!

Tout le monde tourna la tête dans leur direction, et Lawrie eut un mouvement de recul en entendant ses propres paroles.

— Un problème ? s'inquiéta lady Acroyd.

— Non !!! répondit de concert le couple.

Daisy leva les yeux au ciel en soupirant :

— Putain ! Vous êtes désespérants… s'affligea-t-elle. Bon, alors je vais vous aider : il veut bien être ton mari ; tu veux bien être sa femme ; je vous déclare unis par les liens du mariage ! Amen ou alléluia, comme vous préférez !!! Ça y est, c'est réglé ?! On peut commencer la partie, maintenant ?!

Les joues en feu, Jo fit volte-face en affichant une moue.

Adélia et Alex pouffaient en douce, pendant que Jack se réjouissait à l'avance de raconter ce *splendide* épisode à Violette lors de leur débrief de fin de journée. Pour l'heure, les sœurs McPherson en étaient à mener des interrogatoires dans le village voisin.

Finalement, le patron de Lawrie l'avait peut-être coincé là pour une bonne raison, pensa le septuagénaire, un vague sourire sur les lèvres. Et si c'était une stratégie angélique de sa part, force était de constater qu'elle était diablement efficace !

Chaque groupe jouait en équipe contre les autres. Celui d'Alex, « chef d'enquête », butait depuis une demi-heure sur son Rubik's Cube.

— C'est un truc de votre génération, Tantine, pas de la nôtre, se justifia l'adolescent, contrarié de se faire mettre en échec par un vulgaire casse-tête en plastique.

— T'es gentil, mais on n'est pas si âgées que tu le crois, rétorqua sa tante. Ce truc-là date plutôt des années 1980.

À court de patience, Daisy se saisit de l'objet pour en démonter les petits blocs colorés.

— Mais qu'est-ce que tu fais ? s'alarma Adélia.

— Je résous !

— C'est pas un peu de la triche ? s'informa Jack.

— Personne n'a dit qu'on n'avait pas le droit ! s'excita Daisy.

Jo haussa les épaules ; après tout, puisque ce n'était pas interdit…

L'ingéniosité de Daisy les mena les premiers à l'énigme suivante.

Entre les pattes d'un sphinx en plâtre de mauvaise facture était posé un carton portant une inscription :

« Toute chose, il dévore.

Il ronge le fer, fait disparaître l'acier et réduit les pierres en poussière.

Qui est-ce ? »

Les idées fusèrent. Il fallait entrer le mot de passe sur une matrice ; s'il était exact, une diode verte s'allumait ; dans le cas contraire, un désagréable bip, version « Docteur Maboul », leur cassait les oreilles.

Daisy s'échauffait en sortant tout ce qui lui passait par la tête. Elle eut une montée d'adrénaline en voyant que Claudia, Julian et Luke passaient devant eux en courant, leur Rubik's Cube en ordre à la main.

— Merde, ils ont fait vite eux aussi ! Faut qu'on se grouille !

Alex essaya « rouille », sans succès.

— C'est *il*, fit très justement remarquer sa petite amie.

De son côté, Jo luttait contre le sommeil. Si ça n'avait pas été pour Alex, elle serait déjà partie se recoucher.

L'esprit ailleurs, elle marmonna pour elle-même :

— Cronos, le dévoreur de temps…

— Brillant ! s'enflamma Jack, aussi impliqué que Daisy.

Biiiiiip !

— C'est pas ça, constata Alex, déçu.

— Peut-être « temps » ? proposa Lawrie.

La lumière verte s'éclaira, pour le bonheur de tous.

Toujours à fond de train avec une Jo à la ramasse, ils récupérèrent l'épreuve suivante : une boîte fermée à clé qu'ils devaient ouvrir sans la forcer.

Le coffret était petit, environ vingt centimètres de large sur cinq de haut.

— Vu la taille de la serrure, la clé doit être minuscule, se douta Alex. Autant chercher une aiguille dans une botte de foin.

— Impossible de crocheter un mécanisme aussi petit, se désola Jack.

— Il n'y a aucune indication sur l'endroit où nous devons fouiner ! s'énerva Daisy en déplaçant tous les objets à sa portée.

Lawrie rit en constatant à quel point cette dernière était mauvaise joueuse – peut-être pire que lui, d'ailleurs…

Le son d'un cor de chasse les arrêta net dans leurs investigations. L'heure du déjeuner venait de sonner, et les participants se réunirent dans la salle à manger, où un buffet les attendait.

— Bougez-vous ! s'écria Daisy en remplissant son assiette. Ils ont résolu l'énigme !

Elle faisait référence aux youtubeurs, qui détenaient, eux aussi, leur boîte de Pandore.

— Calme-toi, lui recommanda Jo en sentant poindre une vilaine migraine.

Ses cervicales lui faisaient payer la nuit d'angoisse qu'elle venait d'encaisser.

La mariée et ses demoiselles d'honneur, quant à elles, en étaient toujours à la première épreuve. L'une d'elles, la calme et patiente Mariam, concentrait son attention sur le cube récalcitrant posé près de son assiette. Gentiment, Julian lui glissa une information en douce qui l'incita à consulter sous la table son smartphone. Depuis le matin, le brouilleur ne fonctionnait pas : une information que les youtubeurs s'étaient bien gardés de révéler jusque-là.

Sur Internet, pléthore de tutos expliquaient comment harmoniser chacune des faces. Julian sentit le regard de Jo braqué sur lui : elle l'avait grillé. Il lui sourit en haussant les épaules ; après tout, une petite tricherie ne prêtait pas à conséquence. Ce n'était jamais qu'un jeu.

La tête plus lourde que du plomb, Jo tentait de se motiver, mais avec un estomac plein, c'était pire encore.

La digestion lui serait fatale ! Au radar, elle accapara la cafetière pour se servir à plusieurs reprises.

— Toi aussi, tu sens le poids des années, plaisanta Lawrie en tirant la chaise à côté d'elle.

S'il n'en montrait rien, il ne devait pas être moins épuisé qu'elle après son trek improvisé et la courte nuit qu'ils avaient passée.

— Ils n'ont pourtant que dix ans de moins que nous.

— Manifestement, ça suffit pour faire la différence.

Elle rit brièvement, avant de se taire et de presser ses pouces sur ses paupières.

— Mal de crâne ? suspecta le pasteur.

Il savait que, lorsqu'elle était stressée, elle y était sujette. Jo acquiesça, les yeux toujours fermés.

Elle le sentit bouger ; il disparut trois minutes pour revenir avec un comprimé de paracétamol.

— Merci, souffla-t-elle en le dévisageant.

— Quoi ? demanda-t-il.

Elle secoua la tête.

— Rien…

— Mais si, dis-moi.

— C'est juste que… tu as toujours su quoi faire : les migraines, les coups de mou, les colères… Tu as toujours su comment guérir mes petits bobos…

Les gros aussi, pensa-t-elle sans oser l'exprimer.

Elle préféra s'en tenir là, reportant son attention sur le contenu de sa tasse.

— C'est parce que j'ai de l'entraînement…

Elle esquissa un sourire ; elle se rendait compte que tout était toujours étonnamment plus simple quand il était là.

— On y va ! brailla Daisy en surgissant derrière eux. Allez ! Les autres sont déjà en train de chercher cette foutue clé !

Jo avait remarqué que Julian n'avait pas suivi Luke et Claudia. À la place, il était resté assis à table et tournait dans tous les sens la mystérieuse boîte.

Les « EVJF » (surnom trouvé par Daisy pour qualifier la team de la mariée) accédaient enfin à leur énigme. Dans l'intervalle, Lawrie s'était levé et conseillait maintenant à Daisy de ménager Jo parce qu'elle était claquée.

— Ah oui ? Et à qui la faute, à moi peut-être ?! lui reprocha l'assistante, son chapeau de Sherlock sur le crâne.

— Je peux voir ce truc ? demanda Jo en tendant la main vers le coffret en bois marqueté que Daisy finit par lui céder à contrecœur.

Prenant ses précautions, la scénariste jeta un regard circulaire autour d'elle afin de vérifier qu'on ne les épiait pas.

— Je crois que la clé est tout simplement à l'intérieur, chuchota-t-elle à son équipe.

— Quel intérêt, si on ne peut pas l'ouvrir ? s'étonna Daisy sur le même ton.

— Il doit y avoir un mécanisme secret.

— Maintenant que j'y pense, fit Jack en se penchant au-dessus de l'épaule de Jo, toujours assise, ça me rappelle ces boîtes qu'on trouve dans certains pays de l'Est. Voyons, c'est où déjà ? Autriche ? Allemagne ? Slovénie ?

Il serrait les dents en se tapotant de l'index le front.

— Hongrie, peut-être ! Oui, réflexion faite, il me semble bien qu'il s'agit de la Hongrie.

— Hongrie, boîte, recherche Google, murmura Jo à son neveu.

Il l'interrogea du regard.

— Le brouilleur est HS…

Alex ne se le fit pas dire deux fois. À cet instant, le son du cor de chasse retentit à nouveau.

— La vache, ils pourraient pas utiliser une cornemuse, plutôt ? grogna Daisy. C'est désagréable, ce truc !

— Je ne suis pas certain que tu gagnerais au change, prédit Lawrie.

Un panier entre les mains, Duncan Acroyd entra.

— Vous êtes priés de déposer vos téléphones. Apparemment, le brouilleur ne fonctionne pas, et vous êtes tous des petits resquilleurs.

Confier son « précieux » ?! Jo sentit le sol se dérober sous ses pieds. Il était cinglé ?! S'il voulait, elle lui refilerait sa petite culotte sans objection, mais son iPhone, ça, jamais ! Les scripts incomplets des épisodes de la saison deux étaient dans son Google Doc, accessible depuis son portable.

L'air de rien, elle recula en jetant des coups d'œil de bête traquée à la recherche d'une planque, pendant qu'Alex opposait une résistance héroïque. Il finit néanmoins par se résoudre à remettre, parce qu'Adélia le lui avait demandé, son Xiaomi à leur hôte.

— Il ne reste plus que vous, fit Duncan en s'approchant de Jo.

— Je ne l'ai pas sur moi !

En retrait, Lawrie pouffait, la tête baissée.

Jo lui fit les gros yeux pour le prévenir : « Si tu me trahis, tu es mort ! » Il leva les mains en signe de reddition.

La scénariste négocia le droit de ranger son iPhone dans sa chambre contre la promesse de ne pas y toucher avant la fin de la journée. La pugnace explication avait épuisé le peu d'énergie qui subsistait en elle et, plus à plat que jamais, elle décida d'observer de loin son groupe s'acharner à solutionner ce nouveau casse-tête.

Son esprit divaguait, elle s'absorbait béatement dans la contemplation, par ailleurs parfaitement pathétique, de l'*adorable* dos que lui présentait son meilleur ami.

— Arrête de taper ce truc sur la table, Daisy ! demandait-il à l'assistante en tentant de lui arracher le coffret des mains.

— OK, super pasteur ! Je te laisse essayer pendant que je vais chercher un marteau !

— Reste là ! J'ai une idée.

— Ton *big boss* t'a glissé un truc à l'oreille, espéra-t-elle.

— Ne rêve pas : il est occupé à autre chose… murmura Lawrie, le regard rivé sur une des pièces en bois.

Du pouce, il appuya doucement sur la partie basse de la cassette en bois jusqu'à réussir à la faire coulisser dans le sens de la longueur.

Un « Oh !!! » collectif accueillit le miracle qu'il venait d'accomplir.

— Waouh ! hallucina Daisy. C'est incroyable. Il te parle en direct ou quoi ?!

— Mmmmmh, ce n'est pas terminé… fit-il en continuant son analyse de l'ingénieux système.

— La serrure est un leurre ? demanda Adélia.

— Non, en fait…

Lawrie fit bouger un autre morceau du coffre, cette fois, dans le sens de la largeur.

— … en fait, je crois que ta tante avait raison, Alex. Ce qu'on entend bouger à l'intérieur n'est pas un indice, mais la clé.

Il poussa encore et déplaça une plaque entière, libérant un petit objet qui tomba sur le sol avec un bruit de métal.

— Arghhhhhhh ! cria Daisy en se précipitant pour récupérer la minuscule clé.

Lawrie venait de résoudre la troisième et ultime épreuve de la première période. La team d'Alex en avait terminé ; pour eux, le jeu se poursuivrait le lendemain. *Idem* pour l'équipe des youtubeurs.

Il ne leur restait plus qu'à étudier les indices recueillis pour faire avancer l'enquête. Pêle-mêle, ils savaient maintenant que Lily, la bonne, haïssait sa patronne depuis que celle-ci l'avait ridiculisée devant une salle comble d'invités ; ils avaient aussi une empreinte de pied laissée sur un tapis et une tasse maculée de rouge à lèvres retrouvée dans la chambre de la victime qui, d'après sa fiche, n'en portait jamais. Un peu mince pour en arriver à une déduction.

C'était ingénieux, l'intrigue était bien ficelée, et Jo se félicitait d'avoir choisi cet endroit. Alex se régalait, tout comme Jack, Daisy et Adélia. Quant à Lawrie, avec son sweat Chucky, il avait l'allure du Lawrie d'autrefois, celui avec lequel, à l'époque, elle pouvait tout faire sans éprouver la moindre gêne. Ce n'est que vers l'âge de seize ans qu'il avait commencé à l'intimider. Soudain, elle avait compris qu'elle ne serait jamais à la hauteur avec lui.

— Hé, ça va ? s'inquiéta-t-il alors qu'elle se perdait dans ses réflexions.

— Oui, souffla-t-elle en revenant au présent. Bravo ! C'était bien joué.

— C'est toi qui m'as mis sur la voie.

Elle lui sourit avec un air las. Lui attribuer le mérite de trucs dont elle n'était pas responsable, une autre des habitudes que Lawrie cultivait depuis qu'ils étaient gosses…

— T'as l'air vraiment crevée, tu devrais aller te reposer. Je t'avoue que je ne suis pas bien vaillant non plus, lui confia-t-il en rigolant.

Victorieux et dans une forme olympique, Luke, Julian et Claudia se greffèrent à leur groupe en créant suffisamment d'agitation pour permettre à Jo et à Lawrie de filer à l'anglaise.

En les voyant s'éclipser, Daisy glissa à Jack :

— Il semble que Mr and Mrs Orwell nous faussent compagnie…

Complices, ils échangèrent un clin d'œil. Décidément, Violette ratait le meilleur.

8.

— Jo, Jo, allez ! Il est 19 heures passées, ils vont sonner la cloche pour le repas.

Daisy secouait doucement son amie pour la faire sortir de sa léthargie.

Les paupières lourdes, Jo battit des cils et découvrit, en ouvrant les yeux, le visage souriant de Daisy à trente centimètres du sien.

— J'arrive…

— Franchement, tu me déçois, Jo-Ann Brown !

— Quoi ?! Mais qu'est-ce que j'ai encore fait ?

— C'était le moment parfait pour passer aux choses sérieuses avec ton petit pasteur trop mimi !

Soudain bien réveillée, Jo s'assit dans son lit.

— Qu'est-ce que tu racontes ?!

— Je parle d'une petite sieste crapuleuse… Tu veux un dessin ?!

— Je t'adore, Daisy, mais vraiment, il y a des moments où je me demande si tu as la lumière à tous les étages…

— Je te prierais de ne pas devenir désagréable ! J'essaie seulement de t'aider, tu t'y prends comme une quiche !

— Occupe-toi de Claudia et fous-nous la paix !

— C'est sûr que j'ai plus avancé avec elle en une journée que toi avec Lawrie en un an…

Jo lui écrasa son oreiller sur la figure.

— Dégage !

Pendant la soirée, ils en apprirent plus sur l'équipe des filles. Celle qui portait le joli prénom de Mariam était une future archéologue d'origine syrienne.

— J'aurais adoré visiter les vestiges du château médiéval, leur avoua-t-elle. Malheureusement, selon lady Acroyd, l'accès n'est pas assez sécurisé.

— Je crois que c'est une histoire d'assurance, indiqua Julian. Pour le moment, seule la partie du sous-sol où nous tournerons cette nuit est ouverte au public.

Ils avaient prévu de se raconter des histoires *badantes* à la lueur des bougies. Leurs abonnés respectifs adoraient quand ils réalisaient des *threads* horreur !

Lawrie avait disparu, le temps que lady Acroyd le mette en relation avec le poste de police ; sa voiture était toujours échouée à quelques kilomètres du manoir. Dans l'intervalle, une partie de *Pictionary* s'était engagée sous l'impulsion de Desmond, le jeune fiancé de la baronne. Les groupes se mixèrent : Julian fit équipe avec la baronne et deux des demoiselles d'honneur, Mariam et Jessica ; Luke s'allia à Jo, Jack et Duncan, pendant qu'Alex jouait avec Adélia, Desmond, la future mariée Katarina et Amy, une blondinette sèche au caractère trempé.

Évidemment, la voyante et son acolyte restèrent à distance à siroter une boisson chaude pour mieux se livrer à leurs messes basses.

Au moment où Lawrie revenait, Luke était en train de dessiner sur un tableau blanc. Assise au sol à côté de Jack, Jo se tordait le cou pour deviner de quoi il s'agissait. Le prêtre s'installa dans le sofa, délaissé par les joueurs au profit des tapis. Manifestement, on réfléchissait mieux les fesses par terre.

— *Star Wars* ! tenta Jo.

Luke secoua la tête en agitant les bras.

— *Capitaine Flam* ? lança à son tour Jack.

— *Albator* ? poursuivit Jo, peu convaincue.

— *Calimero*... essaya Duncan sans que personne ne comprenne d'où il sortait une proposition pareille.

Ils devaient trouver un titre de film, de dessin animé ou de série.

— C'est fini !!! hurla Julian.

Luke prit un air affligé en montrant son esquisse du bout de son feutre.

— Mais c'était *Pirates des Caraïbes* !

— Quoi ?! pouffa Jo. Mais d'où tu vois un pirate, là ?! Et ça, là ?! Qu'est-ce que c'est ?! demanda-t-elle en désignant une forme improbable.

— C'est évident, c'est un bateau de corsaires !

Jo s'esclaffa en se couchant à moitié sur Jack ; elle riait à s'en fendre les côtes.

— On dirait une navette spatiale, Luke !!!

Intrigué par le comportement de la sainte patronne du spaghetti, Winston s'approcha.

— Oh, Winston, fit-elle en serrant le bouledogue contre elle. Un bateau de corsaires ! Non, mais même toi tu te débrouillerais mieux !

D'accord avec elle, Winston lui donna un coup de langue.

Lawrie ne la quittait pas des yeux, il lui semblait qu'il ne l'avait pas vue aussi heureuse depuis des siècles. Des souvenirs refluèrent : Jo qui dansait et chantait autour de lui tel un soleil radieux ; Jo aux concerts, perchée sur ses épaules, qui se servait de son crâne comme d'une batterie ; Jo qui lui remplissait la bouche de poudreuse lors de leurs mémorables batailles de boules de neige...

Elle échangea un check avec Luke, se tourna dans la direction de son meilleur ami et, dix secondes plus tard, s'échoua à genoux à côté de lui.

— Un bateau de pirates ! Jack, Duncan et moi avons écopé du pire dessinateur de la soirée !

Elle était en chaussettes et s'appuyait de tout son poids contre son épaule.

— Alors, ta voiture ?

— Toujours au même endroit. Personne ne pourra la dépanner avant plusieurs jours.

— Ça veut dire qu'on est coincés ici ?

— J'en ai peur…

— En fait, je crois que ce n'est pas pour me déplaire… admit-elle en le couvant d'un regard tendre.

Lawrie eut l'impression de fondre, pire qu'une boule de crème glacée en pleine canicule.

Une main sur sa clavicule, elle plissait le nez près de son oreille en le reniflant.

— C'est moi ou tu sens toujours le bonbon ?

— Ça doit être mes cheveux. J'ai pourtant repris une douche, je pensais m'en être débarrassé.

— Hé, Jo ! gueula Luke.

— Quoi ? s'enquit-elle en s'arrachant à son aparté.

— Bah alors ! Qu'est-ce que tu fous, « Tantine d'Alex » ? On joue, là, c'est pas le moment de discutailler. Le temps était écoulé. C'est toi qui es censée surveiller le sablier, j'te signale ! Et non, Julian, vous n'avez pas le point ! Vous avez répondu hors délai.

Jo se leva d'un bond pour soutenir son partenaire, laissant une affreuse sensation de vide à Lawrie.

Ce soir-là, les vidéastes descendirent dans ce que la baronne appelait pompeusement « la crypte ». Les souterrains du château possédaient deux accès : un à l'est, ouvert au public et aménagé pour les visiteurs friands de spiritisme, et un autre, dit « crypte du puits maudit », à l'ouest, interdit, car non sécurisé. La famille attendait d'avoir les fonds nécessaires pour y effectuer les travaux de mise aux normes.

Plus tôt dans la journée, Julian et Claudia avaient installé leur matériel vidéo en vue du tournage. Daisy et Jack s'étaient incrustés à la fête. Alex, Adélia, Claudia, Luke et Julian composaient le reste des conteurs.

Ils étaient assis en demi-cercle, entourés de bougies allumées. Un projecteur éclairait les murs en pierre de taille – le décor parfait pour une activité de ce genre.

Lawrie et Jo géraient la technique. Les autres participants et leurs hôtes étaient partis se coucher.

Affalé au centre, Winston, ventre à l'air, se laissait gratter la bedaine en profitant de sa tranquillité retrouvée. Le pauvre Napoléon, qui décidément ne pouvait plus se passer du bouledogue, avait pleuré, gémi, grogné pour que sa maîtresse cède, mais lady Acroyd n'avait rien voulu savoir.

Habituée aux plateaux de tournage, Jo maniait les caméras des vidéastes amateurs avec aisance. Quatre d'entre elles filmaient sous différents plans. Ils auraient de quoi monter une bonne séquence. Lawrie la regardait faire ; elle était dans son univers. Par moments, elle se souvenait qu'il était là et lui expliquait comment s'y prendre. Ensemble, ils se contentèrent d'écouter les youtubeurs se faire peur. Daisy sursautait à chaque éclat de voix de Luke.

La fable d'Adélia sur une sorcière vaudoue qui aspirait l'âme des vivants fut de loin la plus *creepy* – terme consacré par leur communauté pour désigner les trucs vraiment très flippants. Jack fit lui aussi sensation avec son récit : il avait dû se séparer d'un sextant de son cabinet de curiosités parce que, après l'avoir trouvé, il lui était arrivé tout un tas de calamités.

— Ça s'est arrêté ensuite ? s'enquit Luke, vaguement inquiet.

— Tout à fait.

— Où est le sextant maintenant ? s'intéressa Julian.

— Je l'ai donné à un brocanteur. Il a fermé boutique l'année suivante…

— Non !!! hallucina Daisy.

— Si, je vous jure ! assura le septuagénaire.

Le sourire aux lèvres, Jo frissonna en s'apercevant qu'on gelait dans les bas-fonds du manoir.

— Tu veux mon sweat ? lui chuchota Lawrie pour éviter de gêner Alex, en plein dans son récit.

Ledit sweat, rouge pétant à tête de chien stylisé, appartenait à la collection développée et vendue par Luke.

— Tu comptes rester en T-shirt ?

— Je ne suis pas frileux.

Jo soupira, touchée par toutes ces petites attentions auxquelles elle n'était plus habituée.

— Ce n'est pas ce qu'il m'a semblé, l'autre nuit. Je monte récupérer les manteaux de tout le monde, ils vont attraper la crève. Adélia grelotte.

— Je t'accompagne.

— Il faut que tu surveilles les caméras, l'arrêta-t-elle alors qu'il se levait pour la suivre.

Discrètement, elle sortit. Le rez-de-chaussée était plongé dans la pénombre. Les vestes étaient toutes accrochées au meuble d'entrée près de la grande porte en ogive. Jo les empila les unes sur les autres en espérant ne pas avoir embarqué celles des EVJF, déjà dans les bras de Morphée.

Alors qu'elle retournait sur ses pas, des voix attirèrent son attention. Elles venaient du bureau de la baronne, celui-là même où Lawrie, plus tôt, s'était entretenu avec la police au téléphone. Curieuse, elle tendit l'oreille. Ça ressemblait fort à une dispute. Deux hommes, probablement Desmond et Duncan…

— Je ne comprends pas tes réticences au sujet de ce projet. L'activité du manoir est florissante. Le chiffre d'affaires commence à décoller. Tous les aménagements que nous avons faits, ta mère et moi, portent leurs fruits. Nous avons quatre des plus gros influenceurs du pays entre nos murs en ce moment même. Bientôt, on viendra du monde entier pour séjourner ici, et nous pourrons augmenter les tarifs.

— Cesse de dire « nous ». C'est uniquement l'argent de ma mère qui sert à financer tes délires ! Je sais bien comment ça va se terminer : quand tu auras vidé ses comptes, tu disparaîtras.

— Tu es injuste, Duncan, j'aime ta mère.

— Tu l'aimes tant qu'elle peut t'offrir le dernier Land Rover… Si tu crois que je ne t'ai pas vu flirter avec les demoiselles d'honneur.

Desmond haussa le ton.

— C'est toi le tombeur, Duncan ! J'ai connaissance de ce carnet où tu consignes le nom de toutes les filles avec qui tu as couché. Pathétique… Et j'ai bien remarqué ton petit manège avec la future mariée.

— Ce carnet n'a jamais existé, c'est une invention de ta part pour me salir auprès de ma mère !

— Arrête ! À d'autres, Duncan !

Inquiet de ne pas la voir revenir, Lawrie émergea du couloir en l'appelant :

— Jo ?

Elle fila dans sa direction, sa montagne de doudounes dans les bras, et buta contre lui.

— Chut !

— Quoi ? Qu'est-ce qui se passe ?

— Chut ! répéta-t-elle en le poussant. Faut qu'on déguerpisse.

Il lui emboîta le pas, non sans avoir au préalable récupéré une partie des vêtements. Les explications viendraient plus tard.

Dans l'escalier en colimaçon, elle lui fit part de l'embrouille entre leurs organisateurs.

— Tu écoutes aux portes, maintenant ?

Elle pila et il lui rentra dedans.

— Pardon.

— C'est moi.

— Depuis quand tu espionnes les gens ? s'indigna-t-il faussement.

— Je vais avoir droit à un sermon ?

Chacun derrière sa montagne de fringues, ils se souriaient.

— Ça m'a tout l'air d'être explosif entre ces deux-là... reprit-elle.

— Cela dit, le beau-fils a l'âge du fiancé, fit remarquer Lawrie. Pas sûr que ça aide à pacifier les relations.

— Non, c'est certain. Je sens une tension ici depuis qu'on est arrivés. Bon, en même temps, je suis fatiguée et j'ai du mal à suivre l'équipe de choc en bas...

Jo rit en ajoutant :

— Jack tient le rythme bien mieux que moi.

— Que nous, corrigea Lawrie. Je le suspecte de mentir sur son âge. Je ne vois pas d'autre explication.

— Ou alors c'est nous qui ne sommes plus dans le coup.

9.

7 h 30. Une cornemuse s'égosillait à l'étage inférieur. Daisy tomba de son lit. Jo enfonça sa tête sous son coussin, et Adélia poussa un gémissement plaintif.

Dans la chambre d'en face, Clemie, qui dormait contre Lawrie, partit se cacher sous les draps. Jack, les yeux écarquillés, se bouchait l'oreille avec laquelle il entendait encore correctement. Alex grogna à la recherche de ses écouteurs, et Winston, en alerte, se mit à aboyer avant de se réfugier sous le lit de Jack.

— C'est bon, mon chien, tout va bien, c'est juste le réveille-matin.

Le bout du museau de Clemie émergea de dessous la couette pour aller se planquer avec le bouledogue.

— Vous faites vraiment la paire, tous les deux, s'amusa le pasteur.

De l'autre côté du couloir, Jo râlait.

— Qu'est-ce que tu disais hier, à propos de la cornemuse que tu préférais au cor de chasse, Daisy ?

— Je promets de la fermer à compter d'aujourd'hui.

— Si je prends un pari là-dessus, je pense que je peux me faire un max de pognon.

Adélia gloussa.

— Je veux bien en être, je ne suis pas contre augmenter mon argent de poche.

— Oh, c'est bon les filles, ronchonna Daisy. Je suis capable de me taire quand il le faut.

Jo lui fit les gros yeux.

— Arrête, tu vas me vexer à force, prévint l'assistante.

Une heure plus tard, douchés et habillés, ils étaient fin prêts à entamer cette deuxième journée. Les participants sortaient de leurs chambres. On se saluait. Adélia et Alex échangèrent leur timide bisou matinal sous le regard attendri de Jo, qui les trouvait décidément trop mignons.

Les EVJF manquaient encore à l'appel.

— Elles n'ont pas fini de se pomponner, présuma Luke.

Des éclats de voix derrière leur porte remirent sérieusement en cause sa théorie.

Le battant s'ouvrit sur Katarina, qui se précipita dans l'escalier en pleurant.

— Merde ! C'est quoi, le problème ? s'inquiéta Daisy.

Sur le seuil, Jessica, plus verte que la plante posée sur la console près d'elle, tirait nerveusement sur un élastique qu'elle avait autour du poignet. Amy la poussa violemment pour suivre Katarina.

— Il y a du crêpage de chignon dans l'air, dit Luke avec un air détaché.

Derrière Jessica apparut Mariam.

— C'est vrai ? demanda-t-elle à sa copine.

Jessica ne répondit pas.

— Comment tu as pu faire ça à Katarina ?!

— Ce n'est pas ce que je voulais…

— Ça dure depuis combien de temps ?

— Ça ne s'est produit qu'une fois.

Dans le couloir, les autres équipes assistaient à la crise.

— T'es vraiment une salope ! Te taper le mec d'une de tes meilleures amies… Juste avant son mariage, en plus ! Sérieux, j'espère que tu as honte de toi ! s'exaspéra Mariam en bousculant Jessica pour se lancer elle aussi à la poursuite de la future mariée.

— Ouch… murmura Luke.

Jo remarqua qu'Irma Cavendish souriait perfidement, un air victorieux vissé sur le visage.

— C'est pas un cas pour toi, Lawrie ? fit Daisy en se plantant à côté de lui.

— Si, j'y vais.

Lawrie rejoignit le cortège de la future mariée au rez-de-chaussée.

À l'étage, une dizaine de paires d'yeux étaient toujours fixées sur Jessica, figée sur place. De grosses larmes glissaient sur ses joues, et Jo se décida à aller lui parler.

— Qu'est-ce que tu fais ? Tu ne vas quand même pas la consoler, lui reprocha Daisy.

— « Que celui qui n'a jamais péché… » Toi, descends avertir la baronne. Je crois que la *murder party* risque d'être sacrément compromise.

Jo jeta un regard angoissé vers la fenêtre. Le temps était toujours déplorable, et les quatre filles seraient encore forcées de cohabiter quelques jours.

— Mauvais plan, chuchota-t-elle pour elle-même.

La scénariste s'enferma avec Jessica.

Assise sur son lit, la jeune femme, en larmes, répétait en boucle qu'elle n'avait jamais voulu faire de mal, que ça avait dégénéré entre elle et le fiancé de Katarina. Qu'elle n'avait rien prémédité. Qu'elle ne savait même pas comment ils en étaient arrivés là.

Bryan aimait Katarina ; il avait dérapé à cause de la pression du mariage. Plusieurs fois, elle bafouilla des paroles qui firent tiquer Jo, mais Jessica était trop bouleversée pour expliciter certains de ses propos.

Bien pratique, le prétexte du stress anté-mariage… Du point de vue de Jo, Bryan était juste un salopard.

— Si cette vieille chouette l'avait fermé ! rugit Jessica entre deux hoquets.

— Qui ?

— Cavendish !

— La voyante ?

— Oui, renifla-t-elle. Elle a conseillé à Katarina de regarder dans mon portable parce qu'elle y trouverait des choses « intéressantes ».

— Comment elle l'a su ? s'étonna Jo. Vous vous connaissez ?

— Non, je ne l'avais jamais rencontrée avant de venir ici, mais elle l'a vu…

— Vu ? répéta Jo.

— Elle a eu une vision, s'impatienta Jessica. Cette sorcière a vraiment des dons.

Jo secoua la tête. Comme tous les gens de son espèce, Irma Cavendish avait dû sentir la gêne de Jessica vis-à-vis de Katarina ou la surprendre en train de lire un message compromettant. Ce n'était pas si improbable ; Jo elle-même avait ce genre de don. Cavendish avait bluffé, et ça avait fonctionné. En tout cas, elle avait fichu une belle pagaille.

— En plus, vous savez, Katarina et moi, enfin… c'est vraiment… je n'ai jamais… la trahir…

Jessica s'embrouillait tant que Jo avait du mal à la comprendre.

— Je ne suis venue… je voulais me racheter…

La porte s'ouvrit brutalement sur Katarina, accompagnée de Lawrie.

— Dégage de ma chambre !

— Katarina…

— Tire-toi ! C'est compris ?

Manifestement, le prêtre avait échoué à apaiser la jeune femme. Elle avait les yeux exorbités, et des traces de mascara maculaient son visage rouge de colère.

— On va l'aider à prendre ses affaires, promit doucement Lawrie.

— Faites-la sortir, supplia Katarina en s'effondrant dans les bras du pasteur.

Il croisa le regard de Jo, qui lui indiqua tacitement qu'elle s'en chargeait.

Une demi-heure plus tard, Jessica était installée dans une pièce tout juste rénovée au second étage, le premier étant complet. Très vite, Jo redescendit et croisa Daisy.

— Dans le genre ambiance mortelle, on peut difficilement faire pire, marmonna cette dernière.

— Alors, on la reprend, cette *murder party* ?! s'écria la future mariée en émergeant de sa chambre. La pouffiasse ne va gâcher ni mon mariage ni ce séjour ! Parole de Katarina King !

Et la *murder party* recommença.

Alex, redoutable sur la première épreuve, résolut une équation mathématique avec une facilité qui déconcerta sa tante, allergique aux chiffres. Leur team cherchait maintenant à décoder un nouveau message.

« Sois toujours avec moi… Prends n'importe quelle forme… Rends-moi fou ! Mais ne me laisse pas dans cet abîme où je ne puis te trouver ! Oh ! Dieu ! C'est indicible ! Je ne peux pas vivre sans ma vie ! Je ne peux pas vivre sans mon âme ! »

— On peut dire que c'est de circonstance, grinça Daisy.
— Ça me rappelle quelque chose, réfléchit tout haut Adélia.
— Une citation littéraire ? se risqua Jo.
— C'est très chiant et pompeux, alors c'est possible, déclara Alex.
Étonnée qu'il tienne un tel discours, sa petite amie fronça les sourcils.
— L'extrait est probablement tiré d'un grand classique, Alex…
— Beuh, oui… bredouilla-t-il.
— Par ailleurs, je trouve ce passage très joli et poétique.
Jo et Lawrie échangèrent un regard amusé pendant qu'Alex sortait les rames. Comme toujours quand il s'agissait d'Alex, Daisy vola à son secours :
— Moi, je crois que ça désigne juste un lieu à fouiller. Alex a raison : c'est relou, comme tirade ! Et c'est loin d'être du Shakespeare. À mon avis, la baronne est là-dessous. Voyons… « Sois toujours avec moi » : qu'est-ce qu'on a toujours avec soi ?
— Son téléphone, répondit Jo.
Un sourire moqueur se dessina sur les lèvres de Daisy.
— Toi, tu as un vrai problème, faudra songer à consulter.
Jo s'abstint d'argumenter en voyant que tout le monde se payait sa tête.
— Un bijou, proposa Jack.
— Ah oui ! Une alliance ou un truc du genre… fit l'assistante en se tapotant le menton avec son index.
Elle portait toujours son couvre-chef « Sherlockholmesien », mais avait complété sa tenue d'un petit tablier de soubrette pour mieux coller à son personnage.

— Pour moi, c'est forcément issu d'un livre, insista Adélia.

— « Abîme où je ne puis te trouver »... marmonna Daisy sans faire cas de l'avis de la jeune fille. Abîme, puits... les douves du manoir !

— Ce ne sont pas des douves, précisa Jack.

— On s'en fout, c'est du pareil au même !

— Daisy, dans « je ne puis », « puis » n'a rien à voir avec un puits, objecta Adélia.

— On joue juste sur les mots et leur prononciation ! Et il reste abîme ! On ne peut pas tromper un brillant esprit tel que le mien, Watson ! Allez ! On descend !

Inutile de discuter, le boute-en-train de l'équipe était déjà parti en éclaireur.

Ils se retrouvèrent à l'endroit où les vidéastes avaient tourné leurs histoires d'horreur.

— Tu vois bien qu'il n'y a rien ici, s'exaspéra Adélia.

Superdétective lui colla un doigt sous le nez.

— Très chère demoiselle, c'est sans compter sur mon flair légendaire et mon intelligence hors norme. J'ai étudié le plan du manoir ce matin – vous savez, celui qui est sous verre dans le salon. Et... si je ne m'abuse, de ce côté, il y a un puits.

— Pile à l'emplacement du chantier, qui est interdit au public, réprouva Jack, qui la pensait sur une fausse piste.

— La baronne a tellement insisté sur ce point que c'en est devenu suspect, non ?

— Peut-être parce que c'est vraiment dangereux, rétorqua Lawrie.

Daisy haussa les épaules.

En effet, dans cette cavité, on trouvait un puits... clos par une grille cimentée. Ce qui n'était pas plus mal, parce que, dans le cas contraire, Daisy aurait tout fait pour s'y engouffrer.

— « Prends n'importe quelle forme » : la terre peut prendre n'importe quelle forme ! s'exclama-t-elle.

— Elle est en roue libre, là, non ? chuchota Lawrie à Jo.

— Complet ! Alors autant te dire qu'on est mal barrés…

— Je vous entends, Mr et Mrs Orwell !

Daisy se rapprocha d'eux pour leur glisser :

— D'ailleurs, vous êtes mes principaux suspects ! À comploter tout le temps comme ça… Vous n'êtes pas très catholiques.

Contente de sa blagounette, elle se tourna et, avec un air de dramaturge, annonça :

— L'indice est là-dedans !

Elle désignait un boyau s'enfonçant dans le sol.

— Il faudrait envoyer Winston, préconisa-t-elle.

— Winston est en haut avec Clemie pour échapper à Napoléon, et il est absolument hors de question que mon chien te serve de cobaye ! prévint le prêtre. D'ailleurs, tu vois bien que c'est en travaux, il y a des monticules de glaise partout. On ne devrait pas être là !

— Très bien, fit Daisy en se drapant dans sa dignité bafouée. Puisqu'il le faut, je me dévoue.

Dans un concert de protestations, Daisy se mit à genoux pour se faufiler à l'intérieur du soupirail.

— Quelle idée à la con, jugea Alex.

— Donne-moi ton porte-clés qui fait lampe de poche, gamin !

À contrecœur, le garçon décrocha l'objet de son ceinturon pour le tendre à leur Mike Horn en carton.

Daisy s'enfonça tête la première dans le conduit étroit, beaucoup trop exigu pour elle.

— Tu es coincée ? s'inquiéta Jo.

— Pas du tout, j'ai juste besoin qu'on m'aide. Si monsieur le pasteur costaud voulait bien se donner la peine de me pousser.

La voix de l'assistante leur parvenait étouffée.

— J'ai pas trop envie de faire ça, Daisy.

— Pousse, j'te dis ! Je vois quelque chose qui brille au fond.

Lawrie plaça une planche en bois aux pieds de l'assistante pour qu'elle puisse prendre appui dessus, sans succès.

— Mon derrière ne passe pas. Appuie dessus !

Après une longue hésitation, lassé des injonctions de Daisy, Lawrie se résigna à lui obéir. Elle progressa d'un demi-mètre, puis plus rien.

— Je l'ai ! cria-t-elle.

— Super ! Sors maintenant ! s'empressa de répondre Jo.

Daisy restait statique.

— Qu'est-ce que tu fais ?

— Euh, je crois que je suis bloquée…

La scénariste leva les yeux au ciel.

— Je t'avais prévenue que tu étais trop large pour passer dans ce trou !

— Pourtant, les trous, ça me connaît… Et retire le mot « large », s'il te plaît !

— Si tu veux bien nous éviter tes allusions graveleuses, il y a deux jeunes personnes avec nous, je te rappelle, rouspéta Jo.

— Je parlais de golf ! Dis donc, pasteur, elle file un mauvais coton, miss Brown. Il serait temps de la remettre sur le droit chemin.

— J'imagine qu'elle a de mauvaises fréquentations, plaisanta Lawrie.

— Tu parles de toi, bien sûr ?! Un prêtre qui pose les mains sur le fessier d'une de ses administrées avec autant d'enthousiasme…

— Tu as fortement insisté, Daisy. Et maintenant tu n'arrives plus à sortir.

— Dans ce cas, tu n'as pas d'autre choix que de me tirer !

— Qu'est-ce qui se passe ici ?! vociféra Duncan Acroyd en surgissant derrière eux. Qu'est-ce que vous faites là ? Vous êtes dingues ! Nous avons pourtant été clairs : cette partie du manoir n'est pas ouverte au public. Ma mère va en faire une jaunisse quand elle va le savoir !

Alors qu'ils se faisaient copieusement enguirlander par le fils de la propriétaire, Lawrie, non sans mal, réussissait à extraire Daisy de son tunnel.

— Merci de m'avoir « tirée » avec autant d'efficacité, chanoine Spencer, minauda-t-elle en s'époussetant.

— Un tout petit peu plus et tu deviendrais lourde, l'avertit le prêtre en riant.

Duncan leur passait toujours un savon.

— C'est bon, pas la peine de nous gronder comme ça, nous avons compris, le coupa Daisy en tapotant de sa main sale la chemise blanche immaculée du baron. J'ai trouvé l'indice !

— Quel indice ?

— Celui que vous avez planqué là-dessous !

— Nous n'avons rien mis dans ce soupirail.

— Et ça, alors ?

Elle brandit sa trouvaille : la partie droite d'un médaillon en forme de cœur. Duncan eut un temps d'arrêt. Il prit l'objet entre ses doigts pour l'étudier plus attentivement.

— Ce bijou ne fait pas partie du jeu, désolé. Vous vous êtes donné beaucoup de mal pour rien. Sûrement un des ouvriers qui l'a perdu quand ils ont consolidé les fondations.

Il glissa le butin dans sa poche.

— Mais c'est à moi ! protesta Daisy. C'est moi qui l'ai trouvé !

— Que voulez-vous en faire ? Ma mère doit avoir gardé les coordonnées de l'entreprise qui a effectué les travaux. Ce médaillon a sûrement de la valeur pour celui qui l'a perdu.

Plus calme, Duncan leur enjoignit de remonter. Une fois à l'étage, la baronne leur demanda de retirer leurs chaussures pleines de poussière ocre – le manoir reposait sur un terrain argileux.

L'équipe de Luke les accueillit en se moquant. Pendant que Daisy faisait son show, eux avaient largement avancé dans leur enquête.

La mémoire d'Adélia lui revint subitement.

— Je sais ! annonça-t-elle. La bibliothèque !

En chaussettes, ils la suivirent.

— Voyons, ils sont rangés par ordre alphabétique.

— On cherche quoi ? demanda Alex.

— Brontë. Emily. *Les Hauts de Hurlevent.* Je suis sûre d'y avoir lu cette phrase.

Impressionné, Alex regardait sa chérie balayer les rayonnages.

— Trouvé !

Lorsqu'elle ouvrit le grand classique de la littérature britannique, un papier en tomba. Il s'agissait d'une empreinte de doigt – celle du tueur, vraisemblablement.

La baronne annonça alors le *tea time* ; Jo en profita pour prendre des nouvelles de Jessica, toujours dans sa chambre au second étage. Mais, encore trop honteuse, celle-ci refusa de lui ouvrir.

— Comment va-t-elle ? s'enquit Lawrie en tendant une tasse de thé de Noël à sa meilleure amie.

— Moyen/mal. La pauvre, elle ne peut même pas prendre la fuite. Il neige sans cesse, ça devient anxiogène.

— En tout cas, c'est gentil à toi de t'occuper de la « méchante ». Je ne t'imaginais pas endosser ce rôle.

Il posait un regard un peu trop brillant sur elle, et Jo se sentit rougir.

— Pourquoi ? À cause de mon passé de « cocufixiée » ?

Prêt à engloutir un petit bonhomme sablé recouvert de sucre, Lawrie manqua s'étrangler.

— Où as-tu pêché une expression pareille ?

— C'est de circonstance, non ? Et puis, je crois que c'est plus grave qu'une simple tromperie.

— Grave dans quel genre ?

— Grave comme une fille qui a eu une relation sexuelle avec un mec à qui elle a pourtant dit non plusieurs fois, chuchota-t-elle.

Lawrie accusa le coup, alors que Luke les apostrophait avec l'ambition d'égayer cette fin de journée. L'ex-future mariée et ce qui lui restait de demoiselles d'honneur avaient besoin de divertissement.

— Puisqu'on va sûrement se tartiner un réveillon ici, autant qu'il soit extra. Claudia trouve que ce sapin craint, et la baronne est d'accord pour qu'on en fasse un autre.

— Oh, je kiffe ! s'écria Daisy.

Évidemment, pensa Jo. Manifestement, le petit cœur tout tendre de son assistante recommençait à battre pour quelqu'un.

Julian proposa de sortir pour couper un sapin, Katarina approuva, mais Amy s'y opposa – il était, selon elle, dégueulasse de tuer un arbre –, tandis que Mariam répétait qu'elle s'en fichait et qu'elle espérait rentrer chez elle au plus vite.

Se désintéressant de l'affaire du sapin, Irma Cavendish et son sinistre sbire continuaient, eux, à se balader dans toute la demeure, pendule à la main, à la recherche de quoi ? Ça, personne n'en savait rien. De temps à autre, ils s'accordaient une halte pour s'empiffrer de scones tartinés de crème et de confiture.

— C'est bien la peine, les sucrettes, se moqua Jack en les voyant verser de l'édulcorant dans leur thé.

— Ils ne sont pas nets, c'est sûr, chuchota Daisy. Quelle idée de bouffer du faux sucre… Le sucre, c'est la vie ! Regarde, chacun a sa petite boîte : la bleue pour lui, la rouge pour elle. Et ils ne partagent pas, hein…

Jack et Daisy gloussèrent, incitant Irma à se tourner vers eux pour les fusiller du regard.

— Je peux entendre vos pensées ! les prévint-elle avec un air mauvais.

Daisy entraîna Jack plus loin. Après tout, on ne savait jamais, et l'assistante n'avait pas trop envie qu'on s'introduise dans son crâne.

Quinze minutes plus tard, Jack négocia avec Amy de planter trois autres arbres en remplacement de celui qui serait abattu, ce que la jeune écologiste accepta – avant tout pour adoucir le moment critique que vivait sa copine.

Ravi par l'initiative, Duncan fit une entrée remarquée, une montagne de cartons pleins de décorations dans les bras. La magie de Noël reprenait ses droits, avec l'infatigable et enthousiaste Luke à la manœuvre.

— Tu l'aimes bien, devina Lawrie en s'asseyant à côté de Jo sur le canapé.

Elle riait des frasques du youtubeur.

— Il a une telle énergie. Il faut un don pour arriver à faire naître autant de sourires, surtout sur des visages tristes. Ce type devrait être remboursé par la Sécurité sociale. Je ne plaisante pas ! Il est extraordinaire !

— Moi, je trouve que vous vous ressemblez un peu…

— Tu rigoles ?! Je suis chiante comme la lune, alors que lui…

— Déjà, tu n'es pas chiante. Ensuite, vous faites des jobs similaires en vous y prenant différemment, mais au bout du compte vous procurez l'un comme l'autre de chouettes émotions aux gens.

Il marqua une pause avant d'ajouter, plus pour lui-même que pour elle :

— Et Dieu sait que nous en avons besoin en ce moment…

Touchée, Jo glissa ses doigts dans les siens pour les serrer brièvement.

— Merci, souffla-t-elle. C'est sans doute une des plus gentilles choses que tu pouvais me dire…

10.

Ça s'agitait joyeusement autour du sapin apporté par Julian. Luke fouillait dans les cartons, jetait des boules à sa meilleure amie Claudia qui, aidée de Daisy, les accrochait n'importe comment à l'arbre.

— C'est moche, décréta Alex. Vous vous y prenez comme des manches. Poussez-vous, laissez faire l'artiste !

Le trio se disputa la place un moment, jusqu'à ce que l'adolescent confisque d'autorité toutes les décorations.

Pendant ce temps, Luke s'enguirlandait tout seul dans son coin.

— Tu les emmêles, lui reprocha Amy.

— Quoi ?! Je ne suis pas beau comme ça ? J'ai l'air d'une grande dame du monde, non ? fit-il en balançant une guirlande rose bonbon par-dessus son épaule. Dis-moi, t'es pas une rigolote, toi. Détends-toi, c'est Noël, on est là pour se marrer !

Agacée par son attitude perpétuelle de gamin, Amy haussa les épaules.

— Une grande dame avec un début de calvitie, se moqua Claudia.

Atteint dans sa dignité capillaire, le youtubeur se coiffa d'un affreux bonnet de Père Noël dont la fourrure blanc sale avait viré depuis longtemps au gris.

Tel un artiste en pleine crise d'inspiration, Alex, à chaque boule accrochée, s'écartait de son œuvre, analysait le rendu, ajustait si nécessaire, puis finissait par approuver avec un hochement de tête satisfait.

Katarina lui servait d'assistante en lui tendant ce qu'elle trouvait dans les cartons. Elle était bien entourée. Jessica, en revanche… Jo était retournée la voir mais s'était, une nouvelle fois, heurtée à une porte close. La scénariste lui avait alors apporté un plateau qu'elle avait laissé devant le seuil de sa chambre.

Le dîner terminé, on chercha collectivement un moyen d'occuper la soirée.

Le temps de se mettre d'accord sur l'activité, Luke était en train de s'essayer à tous les instruments de musique à sa portée – une guitare tout d'abord, puis, au dam de tout le monde, à la cornemuse. Le résultat fut le même : des grincements de dents et des supplications pour qu'il s'arrête.

Les guirlandes lumineuses clignotaient joyeusement autour du conifère multicolore pendant que tasses, mugs et chocolat chaud passaient de main en main dans un salon qui sentait enfin bon la cannelle et le clou de girofle.

Lawrie, qui avait récupéré ses vêtements propres et secs – un col roulé gris chiné et un jean noir –, s'empara l'air de rien de la guitare.

— Oh, non… murmura Jo assez fort pour qu'il l'entende.

Il se tourna vers elle en lui lançant un clin d'œil, et elle se mordit la lèvre avec une expression consternée.

— Vous savez jouer ? s'enquit aussitôt Amy.

— Un peu…

Assise sur le canapé, Winston et Napoléon à ses pieds, Jo secoua la tête. Mais quel pipeauteur, ce Lawrie… se désola-t-elle.

Il s'installa, avant de faire tinter les cordes. Elle pouffa devant son habile numéro de charme et il lui fit son regard « Ne me balance pas » – le même exactement qu'il employait quand ils avaient quinze ans.

Les premières notes, parfaites. « Unsaid », du groupe The Fray. Un morceau qui avait bercé leur jeunesse.

Not that you're the one
Not to say I'm right
Not to say today
And not to say a thing tonight…

La voix grave de Lawrie provoquait les soupirs de son auditoire féminin. Même la baronne s'extasiait.

Prise d'un fou rire, Jo se pencha sur le bouledogue.

— Ça te dirait une balade pendant que ton maître se prend pour Liam Gallagher ?

Elle pouvait déjà prédire le morceau suivant : « Wonderwall », d'Oasis.

Winston, collé de près par Napoléon, faisait son petit tour aux abords du manoir. Le vent était enfin tombé, mais il neigeait toujours. Engoncée dans sa doudoune, l'écharpe de Lawrie autour du cou, Jo s'était posée sur les marches de l'entrée principale pour fumer une des cigarettes fauchées à Daisy.

La porte d'entrée s'ouvrit, et le parfum de Lawrie, porté par une faible brise, lui parvint.

— Je trouve pourtant que j'ai progressé, se défendit-il en s'installant près d'elle.

— Tu as mué depuis.

— C'est faux, j'avais déjà mué à l'époque, rigola-t-il. Sérieusement, tu ne trouves pas que je chante hyper juste ? J'aurais pu faire carrière.

Elle gloussa.

— Quoi ? s'offusqua-t-il.

— Tu connais seulement deux morceaux, Lawrie !

— Mais je les maîtrise parfaitement !

— Ah ça, mes oreilles en saignent encore !

Il riait. Jo sentait sa main dans son dos prendre appui sur le sol. Ils étaient si proches que leurs coudes se touchaient.

— Tout ça à cause de Bettie Miller, poursuivit-elle.

— Bettie Miller, soupira Lawrie. Mon plan était du tonnerre. Je suis finalement sorti avec elle, tu t'en souviens ?...

— Si je me rappelle ta passade avec Miss Monde ? Qu'est-ce que tu as pu être débile, avec celle-là : Bettie par-ci, Bettie par-là, Bettie au petit déj, Bettie au déjeuner, Bettie au dîner, et entre-temps Bettie... J'en avais plein la tête, de la *merveilleuse* Bettie ! T'étais tellement crétin à cette période... Cette chipie te menait par le bout du nez.

Jo prit une voix de crécelle et, tout en battant des cils, ajouta :

— Lawrence, tu peux m'aider, je vais déchirer ma robe ? Lawrence, va me chercher ci. Lawrence, donne-moi ça. Lawrence, reste assis là... Lawrence, Lawrence, encore Lawrence, et toi... Ce que tu pouvais être exaspérant à jouer les larbins de service !

— Tu exagères. Elle était plutôt gentille, en fait.

Jo pivota dans sa direction.

— Pardon ? Elle a piétiné ton petit cœur avec ses jolies ballerines vernies. Qu'est-ce que je détestais cette fille !

Il lui décocha un de ces sourires malicieux dont il avait le secret.

— Ça, c'est parce que tu étais un peu jalouse...

— Cet été-là, j'ai surtout découvert que mon meilleur ami, le mec que je mettais au-dessus de tous les autres, était un abruti ! Tu imagines ma déconvenue.

— Au-dessus de tous les autres ? répéta-t-il, étonné.

— Tu trouves ça surprenant ?

— Oui.

— Va pas prendre la grosse tête, Spencer. Depuis, Bettie Miller t'a éjecté du piédestal où je t'avais élevé.

Il rigola en se passant la main dans les cheveux.

— Je suppose que les EVJF sont toutes folles de toi après le show que tu viens de leur servir, conjectura-t-elle en tirant sur sa cigarette.

— C'était pour détendre l'atmosphère.

— Combien de filles as-tu emballées avec tes deux pauvres chansons ? Dieu seul le sait.

— D'abord, ce n'est pas tant que ça… Ensuite, j'ai beaucoup travaillé pour en arriver là.

De profil, il la voyait sourire.

— C'est nouveau, la cigarette ? demanda-t-il.

— Je fume occasionnellement, quand les journées sont éprouvantes.

— Tu m'as piqué mon écharpe, observa-t-il.

— J'avais la flemme de monter chercher la mienne.

Il la dévisagea en silence avant de reprendre la parole.

— Joanne fumait comme un pompier quand on était étudiants. C'était d'ailleurs notre seul sujet de discorde… se remémora-t-il.

Le cancer de la femme de Lawrie…

Jo se leva pour écraser la Marlboro Light dans la neige. Sans un mot, elle retrouva sa place auprès de lui – et dissimula à la vue de son meilleur ami le mégot qu'elle comptait jeter à la poubelle.

— Ce n'était pas pour que tu l'éteignes.

— Elle m'écœurait, éluda-t-elle. Tu sais, Lawrie, toi et moi, on n'a jamais parlé de Joanne, mais si un jour tu en as besoin…

Elle ne savait pas trop comment le formuler.

— … enfin, je suis là…

Il prit une inspiration. Winston faisait des allers-retours entre eux et le perron, le corgi toujours dans son sillage.

— Oui, tu es là… répéta-t-il, pensif.

— Je suis désolée pour hier matin.

— À propos de quoi ?

— Cette histoire de mari et de femme… J'espère que ça n'a pas remué trop de choses douloureuses.

Il s'écarta en écarquillant les yeux.

— C'est pour ça que tu avais l'air aussi contrariée quand tu as découvert que j'étais James Orwell ?

— Évidemment, qu'est-ce que tu t'es figuré ?

Il la fixait avec une attention bien trop soutenue. Par sécurité, Jo rompit le contact visuel avec lui.

— J'ai cru que…

Il ne termina pas sa phrase ; c'était inutile, elle avait parfaitement compris. Jo resserra sa parka en enfonçant son menton dans le cache-nez imprégné de l'odeur réconfortante de son meilleur ami.

Ils se turent.

Jo luttait contre la tentation de poser sa tête sur son épaule. Lawrie était si tendre. Elle rêvait depuis si longtemps de se réfugier dans ses bras protecteurs. Après tout, qu'adviendrait-il si elle acceptait, juste une seconde, de se laisser aller ?

Effrayée à l'idée de perdre le contrôle, elle se releva au prétexte que les bouledogues sont de santé fragile : Winston ne devait pas rester trop longtemps dans le froid.

À leur retour dans le salon, une mauvaise surprise les attendait. Irma Cavendish avait convaincu les joueurs de participer à une séance de spiritisme.

— Tu viens, Tantine ? lui demanda Alex alors qu'il était déjà installé à la table ronde près du bow-window.

— Non merci, je n'y tiens pas.

Du coin de l'œil, elle guettait la réaction de Lawrie.

— J'espère que ce n'est pas à cause de moi, lui dit-il tout bas.

— Tu as oublié l'épisode de *L'Exorciste* ?

Une tentative de plaisanterie. Elle le savait crispé.

En troisième, elle et ses copines du pensionnat avaient investi la salle de biologie pour visionner en cachette le film d'horreur. Trop fière pour flancher en public, elle s'était obligée à regarder jusqu'au bout. Bien mal lui en avait pris. Les jours suivants, elle n'avait pas fermé l'œil, et c'est terrorisée et planquée sous sa couette qu'elle avait saoulé son meilleur ami par téléphone, à des heures avancées de la nuit, pour qu'il la rassure.

— C'est vrai, sourit-il.

Il remarqua qu'elle n'avait pas retiré son écharpe.

— Tu préfères qu'on aille ailleurs ? l'interrogea-t-elle.

En d'autres circonstances, il aurait sauté sur l'occasion, mais là…

— Mieux vaut garder un œil sur Mrs Irma. Dieu sait ce qu'elle mijote.

— J'interdis à Alex et à Adélia de participer ?

Lawrie secoua la tête.

— Non, laisse-les. Tant que ça reste du divertissement, tout va bien.

Lawrie choisit un fauteuil en cuir comme poste d'observation. Il leva un regard éberlué sur Jo quand elle s'en attribua l'accoudoir. Une jambe croisée sur l'autre, elle posa son bras sur le dossier juste derrière son crâne.

— Ça va, je ne te dérange pas si je me mets là ?

À quelques centimètres près, la joue de Lawrie aurait presque pu toucher le cachemire de son pull.

— Elle te fout la trouille, devisa-t-il.

— Un peu…

La tête penchée, elle grimaçait avec un air contrit.

— Quelle pétocharde, alors ! se moqua-t-il.

Irma Cavendish était en train de tendre ses mains devant elle en exhortant les autres à faire de même. Cette bonne femme était à elle seule un cliché, se désola Jo. Au centre de la table, un verre et, disposées tout autour, les lettres de l'alphabet inscrites sur des cartes.

— Sentez passer le fluide… professa Irma, les paupières closes en mode gourou connecté. Quoi qu'il arrive, ne rompez pas la chaîne d'union…

Vaguement mal à l'aise, Lawrie s'agita.

Soudain, les yeux de la voyante s'ouvrirent en grand, et son regard brûlant de ressentiment vint se ficher sur le prêtre.

— Les esprits me préviennent que vous n'êtes pas le bienvenu !

D'un seul homme, c'est tout le groupe qui se tourna vers Lawrie.

— Ne rompez pas la chaîne ! s'écria la voyante.

— Je ne vais pas sortir, Mrs Cavendish, rétorqua Lawrie avec un calme olympien. Vous et moi savons parfaitement que c'est vous qui désirez que je quitte cette pièce, puisque aucun esprit ne vous parle.

Contrariée, elle renifla, et ses gros yeux globuleux se révulsèrent comme si elle était investie par une force extérieure.

Quelle actrice, hallucina Jo en frissonnant.

— Lawrie, Lawrie, chéri, gémit la médium. Je ne t'en veux pas, elle a toujours été faite pour toi, et tu mérites de connaître à nouveau le bonheur.

La colonne vertébrale de Jo se raidit en même temps que les poings du pasteur se serraient.

— Qu'est-ce qu'elle fout ? grinça Jo. Elle est vraiment en train de faire ce que je crois qu'elle est en train de faire ?!

— T'énerve pas, lui conseilla Lawrie à voix basse. C'était tout à fait prévisible de sa part.

L'année précédente, les vies de Lawrie, de Jo, accessoirement celle d'Alex avaient été étalées dans les tabloïds. Il avait suffi à Irma et à John d'une petite recherche sur Google pour apprendre que Lawrence Spencer était veuf et qu'il était devenu prêtre après la perte de sa femme. Évidemment, toute l'Angleterre était au courant que Jo-Ann Brown et lui étaient amis d'enfance. Surtout depuis que la scénariste l'avait héroïquement sauvé des griffes d'une tueuse en série grâce à une poêle à frire. Par la suite, les nombreux sous-entendus d'Andrew, l'ex de Jo, distillés sur Twitter, avaient laissé planer le doute quant à une idylle entre eux, et la rumeur avait fait le reste.

Dire que Jo était furax était encore loin de la vérité. C'était dégueulasse de se servir de la mort de Joanne pour attaquer Lawrie ! Hors d'elle, elle amorça un mouvement, bien décidée à éclaircir le flou sur la grande affaire qui turlupinait les occupants du manoir depuis le début du séjour : Irma portait-elle une perruque ? Partie comme elle l'était, Jo leur apporterait une réponse sans ambiguïté : elle allait lui arracher sa tignasse, à cette garce !

Lawrie la retint fermement.

— Ne la laisse pas gagner !

Remontée pire qu'un coucou suisse, Jo retrouva, en fulminant, son accoudoir.

— Ne recommencez pas un truc de ce genre, Mrs Cavendish, l'avertit-elle. J'ai le sang chaud, et je perds assez vite mes nerfs !

— Je ne fais que relayer les messages de nos disparus, répondit tranquillement l'autre en sortant de sa pseudo-transe.

— Alex, Adélia ! C'est terminé pour vous ! Venez ici ! ordonna Jo.

Les adolescents se désolidarisèrent du jeu avec soulagement.

— Ne rompez pas la chaîne ! tempêta la voyante.

— Allez vous faire foutre ! lui lança Alex.

Jack et Daisy leur emboîtèrent le pas, et cette dernière s'attarda une seconde pour prévenir :

— Moi aussi, j'ai des pulsions de violence, méfiez-vous, Mrs Cavendish.

C'était certes beaucoup moins crédible de sa part, mais le soutien indéfectible de son assistante réconforta Jo.

St Mary Hill faisait bloc autour de Lawrie.

Pour ne pas laisser les EVJF et la famille Acroyd avec « la cinglée », les vidéastes restèrent à leur place.

Les esprits s'exprimaient. Ils pouvaient donc se lâcher les mains afin que chacun pose son index sur le socle du verre qui, comme par magie, glissa d'une lettre à l'autre.

— A-S-S-A-S-S-I-N, épela Luke. Waouh, ça commence fort ! grommela-t-il en jetant un regard inquiet au groupe de Jo.

— Qui ? demanda Irma.

Le verre s'orienta vers Katarina avant de s'arrêter brusquement ; la voyante simulait une autre transe.

— Je suis làààààààààà !!! Sous vos pieds, aidez-moi !!! gémissait-elle d'une voix qu'on aurait cru sortie d'outre-tombe. Je…

La table se souleva pour retomber lourdement, et le verre partit dans le décor, manquant d'éborgner Desmond.

— Putain, c'est trop badant !!! s'écria Luke. Moi, j'arrête là !

Irma Cavendish, elle, continuait, et sa voix se mua en une sorte de croassement flippant.

— Cette nuit, quelqu'un va mourir…

Quasi en même temps, Julian, Claudia et Duncan se retirèrent à leur tour, juste avant que la baronne, décrétant que ça allait trop loin, mette un terme à la mascarade.

Cavendish ne se tut pas pour autant :

— Justice doit être rendue, le coupable est dans cette pièce… Il faut retrouver le corps, le rendre à la famille…

Terrifié, Duncan avait rallumé les lumières, tandis que Desmond essayait de réveiller la médium en la poussant du bout des doigts.

— Faites quelque chose, supplia-t-il en s'adressant à John Willer.

— Je n'y peux rien, il faut que l'entité la quitte d'elle-même.

— Si on lui balançait un peu d'eau bénite, ça pourrait marcher, proposa assez sérieusement Daisy – mais, selon Lawrie, un verre de flotte « normale » ferait l'affaire.

Cependant, Jo n'aurait pas parié là-dessus. Les spasmes qui secouaient Irma l'alarmèrent. Elle s'éjecta de son accoudoir.

— Je crois qu'elle fait un malaise ! avertit-elle.

Cavendish hoquetait maintenant si violemment que de la bave s'échappait de ses lèvres.

— Épileptique ? s'enquit Jo auprès de John en allongeant la voyante sur le sol.

Deux secondes plus tard, Lawrie l'aidait à la mettre sur le côté en position latérale de sécurité.

— Pas que je sache, répondit son associé.

— Merde, elle vomit ! s'affola Jo, qui lui tenait la tête pour contenir la crise.

Après quelques minutes, le corps de la médium se relâcha.

Lawrie et Jo échangèrent un regard angoissé. L'un comme l'autre avaient deviné qu'il ne s'agissait pas d'une bonne nouvelle. Sans attendre, le pasteur se mit en quête d'un pouls et, ne le trouvant pas, plaça Irma sur le dos pour commencer un massage cardiaque.

— Pas de bouche-à-bouche ! ordonna-t-il à Jo.

Elle savait pourquoi il le lui défendait. Elle aussi avait senti l'odeur…

Ils se relayèrent pour tenter de relancer le cœur de la voyante mais, après une demi-heure d'efforts, ils durent se rendre à l'évidence : sans défibrillateur ni assistance médicale, ils ne la ramèneraient pas. Irma Cavendish était bel et bien morte.

Sous le choc, Jo prit appui sur le parquet pendant que Lawrie fermait les yeux de la défunte, avant de tracer un signe de croix sur son front.

Katarina pleurait dans les bras de Duncan ; les autres filles, accrochées les unes aux autres, cherchaient à se rassurer. Dans l'intervalle, Jack avait doucement invité Alex et Adélia à remonter à l'étage avec lui.

Affalé sur une chaise, John Willer accusait le coup. Quand il réussit enfin à parler, ce fut pour lancer une accusation : quelqu'un avait empoisonné la voyante !

— C'est vous ! Vous la détestiez ! Vous lui vouliez du mal ! fit-il en désignant Lawrie. Qui irait suspecter un prêtre ?

À St Mary Hill, on aurait pu lui rétorquer qu'on connaissait au moins deux énergumènes qui, l'année précédente, s'en étaient montrés capables.

— OK, du calme, temporisa Julian. Vous allez un peu vite en besogne. Pourquoi un empoisonnement, d'abord ?

— La forte odeur d'amande, commenta Jo.

Lawrie hocha gravement la tête.

— Il faut prévenir la police ! déclara Julian en dégainant son téléphone.

— Quoi ?! demanda Claudia en voyant qu'il s'était figé.

— Je n'ai pas de réseau…

Les portables émergèrent des poches, et le constat fut le même pour tout le monde.

— Le brouilleur ? suggéra la baronne.

— Je vais vérifier ! déclara son fils. Ce serait tout de même étonnant, il ne fonctionnait pas jusqu'ici.

— Avec tout ce qu'il neige, il s'agit peut-être d'une panne, estima Desmond. Essayons le fixe.

Quelques tentatives plus tard, le fiancé de la baronne reposa le combiné sur son socle.

— Pas de tonalité, dit-il d'une voix blanche.

L'anxiété monta d'un cran. D'autant que Duncan leur confirma que le brouilleur était bel et bien éteint. Non seulement ils avaient un cadavre sur les bras, mais ils étaient désormais coupés du monde. Insidieusement, le spectre de l'Overlook se dessinait dans beaucoup d'esprits.

Après un tour d'horizon de l'assistance, Jo s'aperçut que Jack, Alex et Adélia manquaient à l'appel.

— Ils sont en haut, lui apprit Julian.

— Je monte les voir ! décréta-t-elle.

— Pas toute seule, déclara Lawrie en lui emboîtant le pas.

— Hé ! On fait quoi, nous, pendant ce temps ? s'angoissa Amy. Qui va gérer, euh… *ça*, si vous nous abandonnez, pasteur Spencer ?!

— J'accompagne Jo et je reviens.

Lawrie s'adressa ensuite à lady Acroyd.

— Personne ne touche à rien avant que je sois redescendu !

Dans le couloir, le duo garda le silence. Ce n'est qu'une fois dans l'escalier, loin des oreilles indiscrètes, que Jo s'autorisa à reprendre la parole :

— Tu crois vraiment à un assassinat ?

— Tu l'as sentie comme moi, l'odeur d'amande amère. Tu te souviens ? Je t'avais raconté l'agonie du chien de mon oncle, les convulsions, les vomissements… Tout s'est passé exactement de la même manière pour Irma Cavendish.

Le labrador de son oncle Leonard avait ingéré des boulettes de viande farcies de raticide. La malchance avait voulu que l'animal meure en présence de Lawrie, qui n'était alors qu'un jeune garçon.

— Il faut prévenir Jessica ! pensa soudainement Jo.

— Et vérifier ce qu'elle est en train de faire…

— Pourquoi ?

— Si quelqu'un avait de bonnes raisons de s'en prendre à Irma Cavendish, c'est bien elle.

— Tu crois ?! Mais elle n'est même pas sortie de sa chambre.

— Ça, nous n'en savons rien…

— Non, Jessica n'a rien d'une meurtrière, la défendit Jo.

Sur ce, ils s'assurèrent que les ados n'étaient pas trop effrayés, puis grimpèrent au second.

11.

Jessica les avait laissés entrer. Terriblement choquée, elle avait eu une attaque de panique. Les oreilles de Jo résonnaient encore de ses supplications : « Je veux quitter ce manoir maudit ! Cavendish l'avait dit ! Des choses affreuses se passent à St Andrew ! » Lawrie et Jo patientèrent avec elle le temps qu'elle se calme, puis se dépêchèrent de quitter sa chambre, pressés de redescendre. Sur le trajet, la scénariste fit halte devant un des chevaliers pour lui *emprunter* son épée.

— Qu'est-ce que tu comptes faire avec ça ? s'inquiéta Lawrie.

— C'est pour Jack, au cas où il aurait besoin de protéger Alex et Adélia.

— Tu es sérieuse ?

Manifestement, elle l'était.

— Je ferai un détour par la cuisine tout à l'heure pour faucher une poêle à frire… C'est plus facile à manier.

Lawrie ne trouvant rien à y redire, ils confièrent le glaive au septuagénaire, puis eurent un échange avec Alex à propos du brouilleur. Selon lui, la panne pouvait tout aussi bien être attribuée à un autre appareil qui n'appartiendrait pas nécessairement aux Acroyd.

La nuit était tombée. Dehors, il neigeait toujours abondamment.

— Tu crois qu'on nous isole volontairement ? Qu'on cherche à nous priver de tout contact avec l'extérieur ? chuchota Jo dans l'escalier.

— Si c'est le cas, c'est vraiment inquiétant, et ça signifie que cette personne a peut-être l'intention de s'en prendre à quelqu'un d'autre...

— Mais à qui ? Et pourquoi ?

— Aucune idée, mais à partir de maintenant, tout le monde dans ce manoir devient un suspect potentiel.

— Pas les youtubeurs, tout de même ?! s'indigna Jo.

— Pourquoi pas ? Qui mieux qu'eux aurait l'idée de se servir d'un brouilleur ?

Elle réfléchit, puis, secouant la tête, décida :

— Non, c'est impossible, ça ne peut pas être eux.

— Jo, nous n'en savons rien, insista Lawrie.

Ils étaient très attendus au salon, où personne n'avait osé bouger durant leur absence. Luke, les EVJF et lady Acroyd pleuraient en silence. Dans son coin, John Willer, l'air plus malade que jamais, était toujours avachi dans son siège. Lawrie s'approcha de lui pour lui demander doucement :

— Vous savez ce qui a pu se passer, John ?

— Irma est morte...

Son regard s'éclaircit une seconde quand il reconnut son interlocuteur.

— Vous l'avez tuée, mon révérend ?

— Non, John, ce n'est pas moi.

— Oh, Seigneur ! Irma est morte ! répéta-t-il en se mordillant le pouce nerveusement.

— Essayez de vous rappeler ce que vous avez fait avant la séance de spiritisme, John, l'encouragea le prêtre.

— Elle avait vraiment un don. Vous pensez qu'elle jouait la comédie tout à l'heure, mais c'est faux. C'était réellement votre femme qui vous parlait à travers elle. Louisa, ma petite-fille, me parlait grâce à Irma…

Lawrie se frotta le menton, désolé de détruire les illusions du dernier pigeon de la médium.

— Je suis navré, John, mais si mon épouse avait dû s'adresser à moi, elle n'aurait pas employé le terme « chéri ». Elle ne m'appelait jamais ainsi. Allons, John, combien vous a-t-elle extorqué ?

— Pas un sou ! Vous voyez, vous vous trompez à son sujet ! s'anima John.

— D'accord, concéda Lawrie pour ne pas le brusquer, jugeant qu'il était assez secoué comme ça.

— C'est l'esprit de Mary McMillan qui l'a conduite jusqu'ici, reprit Willer.

— La dame blanche ? s'enquit Jo.

— Oui. Elle voulait qu'Irma l'aide à passer de l'autre côté.

Convaincu qu'il ne tirerait rien de plus de Willer ce soir-là, Lawrie s'apprêtait à laisser tomber. C'est alors que le quinquagénaire, sortant de sa torpeur, s'accrocha au bras du prêtre.

— La salle à manger ! s'écria-t-il, les yeux illuminés d'une étincelle de folie. Nous avons bu une tasse de café avant de rejoindre les autres !

Jo fut la première arrivée. La salle à manger avait été débarrassée. Aucune tasse sale ni cafetière ne traînait.

— Qui a nettoyé ? demanda Lawrie aux Acroyd.

— Martha Jacobson, notre bonne, répondit la baronne.

— Où est-elle à cette heure ?

— Peut-êtrc encore à l'entresol, ou rentrée chez elle avec son mari, notre cuisinier, ils vivent à l'extérieur, dans la maison du gardien.

— Le café que vous avez bu venait de la même cafetière que celui d'Irma ? questionna Jo.

Willer hocha la tête.

— C'est donc que ce n'était pas le café, conclut la scénariste. Sauf si c'est vous, John, qui l'avez empoisonnée.

— Comment aurais-je fait sans qu'elle s'en rende compte ?! Elle était médium !

— Et pourtant, elle est morte, rappela Lawrie. Ça aurait pu être la tasse.

Pour la forme, ils descendirent à la cuisine, où Lawrie arrêta le programme déjà lancé du lave-vaisselle.

— Votre femme de ménage est-elle toujours aussi rapide et efficace ? s'intéressa Jo en se tournant vers la maîtresse de maison.

— Martha ?

Jo opina du chef.

— Oui, enfin, il me semble… À vrai dire, je n'y ai jamais prêté attention.

Le couple Jacobson était d'une telle discrétion que c'était à peine si les participants à la *murder party* les avaient remarqués jusque-là.

— OK, fit Lawrie. C'est sûrement trop tard, mais on peut essayer de préserver d'éventuelles preuves.

Jo et lui transférèrent le contenu du lave-vaisselle dans des sacs poubelle qu'ils scellèrent et remisèrent sous clé dans le cellier. Faute de mieux, et en attendant que les secours arrivent, ils dissimulèrent le corps d'Irma sous un drap. Puis tout le monde partit se coucher.

Lawrie avait pris la tête des opérations avec un sang-froid de circonstance. Minuit était largement passé quand ils remontèrent dans la chambre, où Jack, Alex, Adélia et Daisy patientaient en compagnie des animaux.

Alex essayait encore, en vain, de se connecter au wifi.

— Alors ? les interrogea-t-il lorsqu'ils entrèrent.

— Nous avons fait notre possible pour préserver ce qu'il y avait à préserver, répondit Lawrie. J'aurais préféré surveiller le corps, mais ta tante ne l'entend pas de cette oreille.

— J'ai dit qu'on pouvait dormir en bas, opposa Jo.

— Je ne veux pas que tu veilles un cadavre avec moi ! Je préfère que tu sois en sécurité, ici.

— Tu ne restes pas seul là-bas, Lawrie ! fulmina-t-elle.

— Inutile de recommencer à vous embrouiller, les arrêta Alex. J'ai la solution !

Il sortit de sa valise trois minuscules caméras noires.

— Elles sont à vision nocturne. Il suffit de les fixer en douce, et on pourra enregistrer les allées et venues de tout le monde.

Cette fois, Jo et Lawrie s'entendirent tacitement. Le plan d'Alex était brillant.

Mais sa contribution aux investigations se limiterait à ses explications sur le fonctionnement des mouchards. Hors de question pour sa tante qu'il soit mêlé de près ou de loin à ce crime.

— Julian doit en avoir d'autres… pensa tout haut le petit génie.

— Je vais aller le lui demander, déclara Jo.

Alors qu'elle s'approchait de la porte, Lawrie la retint en l'attrapant par le poignet.

— C'est trop tôt pour lui faire confiance.

— Julian et ses amis n'ont rien à voir avec le décès d'Irma, j'en mettrais ma main au feu.

— Nous ne pouvons pas nous fier à ta seule conviction. Nous les connaissons depuis, quoi ? Trois jours ? C'est un peu léger pour se forger une opinion. Quelqu'un est mort, Jo.

Il tenait toujours son poignet, et elle céda.

— Et ça vaut pour Claudia et toi… ajouta Lawrie à l'intention de Daisy.

— C'est bon, j'avais compris, ronchonna-t-elle.

— Bon, puisque danger il y a, mieux vaut que nous restions ensemble jusqu'à ce qu'on ait fait la lumière sur cette histoire.

— C'est-à-dire ? se méfia Jo.

— On va passer la nuit ici, avec vous, décréta-t-il.

— Pardon ?! hallucina sa meilleure amie. Pourquoi donc ?!

— Tu devrais être satisfaite, c'est toi qui ne voulais pas qu'on se sépare.

— Mais ça n'a rien à voir ! J'ai dit que je ne voulais pas que tu couches seul auprès d'un macchabée dans une pièce ouverte aux quatre vents où un tueur pourrait s'introduire. Pas que tu ne pouvais pas dormir comme un grand dans une chambre qui ferme à clé, avec Jack et Alex.

— Comme tu l'as si bien relevé, il y a un assassin dans ce manoir. J'estime donc de mon devoir de vous protéger.

Jo arqua un sourcil.

— Quand tu dis « vous », tu parles de « nous les femmes », c'est ça ?!

— Où est le mal à vouloir m'assurer qu'il ne vous arrive rien ? s'agaça-t-il.

— Mais nous sommes tout à fait capables de prendre soin de nous ! Toutes seules !

— Moi, je serais plus rassurée s'ils restaient, glissa Adélia avec un sourire contrit.

Jo lui lança un regard désapprobateur.

— Voilà ! Adélia est raisonnable, elle ! dit Lawrie en prenant la balle au bond.

Inévitablement, la conversation dégénéra. La question du patriarcat fut mise sur le tapis, et Lawrie riposta en déclarant qu'il ne comprenait pas ce que cela avait à voir dans leur situation. Jo le traita alors de réac'. Ce que le pasteur prit terriblement mal.

La dispute durait déjà depuis quinze bonnes minutes. Les joues gonflées, Daisy soufflait lentement pour gérer son stress.

— J'aime pas quand papa et maman s'engueulent, chougna-t-elle.

— Nous n'avons qu'à mettre ça au vote, finit par proposer Jack.

Le septuagénaire savait que, s'il n'intervenait pas, la brouille risquait fort de s'étendre jusqu'au petit matin.

Tout le monde vota en faveur de Lawrie, excepté Jo et Daisy – cette dernière optant prudemment pour une abstention.

— Franchement, je trouve ça disproportionné, rouspéta Jo.

— Tu l'as déjà dit ! râla Lawrie. Et ça s'appelle la démocratie !

— Je te remercie pour cette précision ! Mais là, le vote était clairement orienté !

— Alors prends ça comme un compromis !!! s'exaspéra le pasteur. Un compromis, Jo ! Tu connais les compromis ?! Ça te parle, comme concept ?! Qu'est-ce que tu peux être chiante, à la fin !

— Et c'est reparti, s'affligea Daisy en s'affalant sur son lit.

Elle ramena son oreiller sur sa tête pour ne plus les entendre.

Cinq minutes plus tard, dans le couloir du premier où logeaient tous les participants – excepté Jessica –, trois matelas migraient pesamment sous l'œil furibond de Jo. Elle détestait les ronflements et suspectait Jack d'en être un émetteur. Pour Winston, elle ne se faisait aucune illusion : c'était une locomotive.

Lawrie cala sa couchette de fortune contre le bureau, aux pieds de Jo.

— J'espère pour toi que tu ne ronfles pas, Spencer, grogna-t-elle.

Menaçante, elle lui montra un de ses chaussons.

— Je promets que tu y goûteras, dans le cas contraire…

— Qui dit que ce n'est pas toi qui ronfles, étant donné que tu baves déjà ?

Elle afficha un air profondément offusqué et lui balança une pantoufle en pleine tête. Il esquiva en rigolant.

— Raté ! Tu as déjà un projectile de moins, prévint-il en s'appropriant la munition à oreilles de chat.

— Rends-la-moi !

— Hors de question ! Tu devras me passer sur le corps si tu veux la récupérer !

Tous les regards convergèrent sur eux, et Lawrie, prenant la mesure de ses propos, se mit à rougir violemment.

— Ah, bah comme ça, c'est dit ! se moqua Daisy.

Au moins, ce séjour ne serait pas entièrement gâché. La cohabitation façon colonie de vacances s'annonçait fort divertissante !

Tous commençaient à fatiguer. Jo et Lawrie patientèrent, espérant que le reste des occupants du manoir glisseraient, malgré les circonstances, dans les bras de Morphée.

Assis l'un en face de l'autre sur le renfoncement intérieur de la fenêtre, ils chuchotaient dans la pénombre pour se tenir éveillés. Les longues jambes de Lawrie prenaient toute la place, jusqu'à toucher les pieds de sa meilleure amie.

— C'est là que tu m'attendais l'autre soir… devina-t-il.

— Tu parles du soir où tu étais beaucoup trop en retard ?

— Je suis désolé, Jo.

— Vu la tournure des événements, je suis finalement bien contente que tu sois coincé là avec nous. Et d'ailleurs, c'est ma faute si tu es venu jusqu'ici.

— Ce n'est pas toi qui as placé cette plaque de verglas sur la route.

— Non, mais si tu n'avais pas eu à récupérer Clemie, tu ne te serais jamais aventuré dans une région aussi isolée.

Un silence.

— Tu te sens toujours responsable, Jo. Un jour, il faudra que tu lâches cette culpabilité qui te suit depuis que tu es gamine. Tes parents étaient comme ils étaient, pas parce que tu avais mal agi, mais simplement parce qu'ils n'avaient pas envie de s'occuper de leurs enfants.

Elle soupira. Il la connaissait si bien.

— Merci pour tout à l'heure, ajouta-t-il.

— À propos de quoi ?

— Tu sais… Joanne, Irma… C'était gentil de prendre ma défense.

— Il m'arrive parfois d'être gentille.

— Je suppose que ça n'inclut pas le moment où tu m'as accusé d'être un gros macho… Et puisque nous abordons le sujet, si je suis un gros macho, toi, tu es une sacrée emmerdeuse.

Elle lui fila un coup de pied.

— Je ne te permets pas, Spencer !

— Eh, doucement, pas de violence à mon encontre, s'il te plaît. Je suis doux comme un agneau.

— Un agneau qui retient ma pantoufle en otage !

— Mesure de précaution au cas où je ronflerais vraiment.

Jo consulta l'heure sur son smartphone : 1 h 30. À l'extérieur, aucun bruit. Il était temps pour eux de se lancer dans leur mission d'espionnage.

Telles deux couleuvres, ils se glissèrent du premier au rez-de-chaussée pour atteindre le salon. Une équipe qui gagne ne changeant pas, ils se chamaillèrent au sujet des endroits où poser les enregistreurs vidéo. Ils étaient sur le point de remonter quand un froufroutement de tissu les mit en alerte. Quelqu'un venait.

— Merde, s'affola Lawrie en poussant Jo derrière une tenture.

— Mes orteils, râla-t-elle.

— Chut !

Il était collé à elle. Elle sentait son souffle contre son oreille. Le cœur de Jo battait à un rythme alarmant. La trouille ? Lawrie trop proche d'elle ? Les deux ? Mentalement, elle s'exhorta au calme. Dans un script, ça l'aurait fait rire, elle aurait levé les yeux au ciel, mais là, ça lui coupait les jambes – et accessoirement – la respiration aussi. Il l'écrasait. La vache ! Il avait pris du muscle ces dernières années. Elle s'en était déjà aperçue en l'observant dans la chambre et dans la cuisine.

Ils attendirent que le danger s'éloigne. Une éternité, estima la jeune femme. Lawrie s'écarta d'un coup pour traquer le mystérieux visiteur.

Il ne réussit pas à l'identifier, mais leurs mouchards, eux, savaient. Cependant, ils s'accordèrent pour ne pas les désinstaller tout de suite (la nuit serait encore longue) et montèrent enfin se coucher.

12.

Jo ouvrit un œil. Elle avait mal dormi. En cause, les ronflements de Winston et un bruit suspect qui avait réveillé toute la chambrée. Elle se releva, appuya son dos contre le montant du lit, et s'étira. La tête de Lawrie émergea ; lui semblait frais comme un gardon.

— Bonjour, chantonna-t-il, manifestement d'excellente humeur. Bien dormi ?

— Ton chien…

— *A priori*, il ne fait pas que ronfler, ronchonna Daisy.

Winston jeta un regard courroucé à l'assistante, qui lui tira la langue.

— Si c'est au sujet du dégazage intempestif que nous avons entendu vers 4 heures du matin, je déclare officiellement Winston innocent.

— Bah voyons ! rétorqua Daisy.

— Je dors avec lui toutes les nuits, je sais reconnaître les gaz de mon chien ! Je te trouve un peu pressée de l'accuser…

— Je suis une princesse. Un bruit pareil ne peut pas sortir du trou de balle d'une fille !

— N'importe quoi, se mêla Alex. Je ne vois pas le rapport.

— Justement, jeune homme, les désordres intestinaux, ça te connaît, non ? On en parle, de tes séjours répétés aux toilettes quand tu commençais à fréquenter Adélia l'année dernière ?

— Oh mon Dieu… marmonna Jo.

Alex s'empourpra dangereusement pendant que sa petite copine rigolait.

— C'est pas vrai, se défendit-il. Elle exagère. C'est elle la coupable, elle essaie juste de faire porter le chapeau à quelqu'un d'autre.

— Je sais que ce n'est pas toi, assura Adélia en le couvant du regard sous ses longs cils.

Les adolescents se sourirent niaisement.

— C'était qui, alors ?! s'excita Daisy.

— Oh ! Mais on s'en fout de qui c'était ! s'agaça Jo en virant rageusement sa couette sur le côté. En revanche, une chose est certaine : vous retournez dans votre piaule de mecs ce soir !

Elle ouvrit la porte en grand et, du doigt, indiqua la porte d'en face.

— Là-bas, piaule de mecs ! Ici, piaule de filles, sans ronflements, gaz, ni odeur de pompes ! C'est compris ?!

Winston fixait avec un air désolé sa Pastamamma adorée – il ne ronflait pas si fort que ça. Son volume sonore était dans la norme des bouledogues anglais. Et concernant ce pet spectaculaire, il pouvait jurer sur son paquet de croquettes qu'il n'y était pour rien.

— Tata Jo veut faire chambre à part, plaisanta Lawrie en tapotant la tête de son fidèle compagnon.

Allongée dans son lit, Daisy ricana :

— Champion de l'allusion. Tu es d'attaque dès le matin, Lawrie… Note que je n'ai rien contre me marrer un peu, parce qu'avec la journée de merde qui nous attend…

Les esprits revinrent à l'empoisonnement d'Irma.

— Ils ont un plan, Mr et Mrs Orwell ? s'intéressa l'assistante.

— J'y ai réfléchi une bonne partie de la nuit, répondit Jo. John Willer était choqué, mais ce qu'il nous a dit n'était pas sans intérêt.

— Notamment au sujet de la dame blanche, précisa Jack. On avait un peu traîné sur la toile avec les jeunes hier, avant le dîner. D'après la légende, Mary McMillan aurait été mise en terre avec un diadème d'une grande valeur. Les chroniques de l'époque relatent qu'il s'agissait d'un cadeau du roi d'Écosse en personne, Robert Bruce. Ils auraient eu une histoire passionnelle secrète.

Le septuagénaire était en train d'ouvrir les volets. Dehors, une accalmie : il ne neigeait plus. Lawrie s'en aperçut et se leva pour se poster à la fenêtre en T-shirt et caleçon.

— Je pourrais tenter une sortie si le temps se maintient, pensa-t-il tout haut.

— Seul ? s'inquiéta aussitôt sa meilleure amie.

— Sauf si tu te sens d'attaque pour marcher dans la neige sur trente kilomètres, c'est à peu près à cette distance que j'ai rencontré le dernier lieu habité, une station-service isolée où j'ai fait mon plein d'essence… Tu détestes les randos, Jo, répondit-il en se tournant vers elle.

— On en a déjà discuté, Lawrie. Tu ne vas nulle part tout seul, le prévint-elle calmement.

Il inclina la tête, et un sourire naquit sur ses lèvres.

— OK. Comme il est un peu tôt pour qu'on se prenne le chou toi et moi, miss Brown, je vais en rester là pour le moment. Ceci dit, après le petit déj, il est fort possible que ce sujet revienne sur le tapis. Je suis plus en forme le ventre plein.

En bas, l'ambiance était à couper au couteau. Les résidents se jaugeaient. La méfiance était de rigueur. Le cuisinier et son épouse semblèrent découvrir le drame qui s'était produit la veille. Difficile de savoir si ces deux-là étaient impliqués de quelque manière que ce soit. En tout état de cause, puisque la confiance était rompue, tout le monde chercha dans les cuisines du poison susceptible de contaminer les prochains repas.

— On pourrait se servir des chiens comme goûteurs, dit Willer.

— Ou de vous ! s'indigna Amy.

Lawrie et Jo fouillèrent les placards jusqu'à en extraire la totalité des produits dangereux, raticides et autres substances anti-nuisibles, afin de les mettre sous clé – sans être persuadés de l'utilité de la manœuvre.

En retrait, muette et blême, Jessica tenait entre ses mains une tasse de café. Ses copines l'ignoraient toujours. D'un geste nerveux, elle faisait glisser d'un bout à l'autre de sa chaîne le médaillon pendu à son cou. La tension dans la pièce était à son comble ; même Luke avait perdu le sourire. Julian, observateur jusque-là, sortit alors de sa réserve.

— Je crois qu'à partir de maintenant, les décisions devraient être prises collectivement.

— Je suis d'accord, répondit Lawrie. Nous sommes tous dans la même galère.

— Sauf que l'un d'entre nous est à l'origine de cette galère, rebondit Julian en plissant les yeux.

Il coula un regard suspicieux sur toutes les personnalités présentes.

— Je pensais aller chercher du secours à l'extérieur, l'informa Lawrie. Peut-être que nos portables capteront du réseau plus loin.

Sautant sur l'occasion, Julian lança :

— J'en suis, dans ce cas !

Jo se raidit : Lawrie et Julian semblaient avoir le même penchant pour l'aventure.

— Une autre tempête est prévue, les prévint Duncan. Enfin, c'est ce qu'annonçait la météo juste avant la panne.

— Avec de l'équipement, ça ne posera pas de problème, éluda Lawrie.

La dernière boîte de mort-aux-rats entre les mains, Jo lui demanda de quel équipement il était question. En guise de réponse, elle reçut un vague haussement d'épaules.

— Je peux te parler en privé, Lawrie ?!

— Et allez ! s'affligea Daisy. C'est reparti pour un tour ! Vous pouvez reprendre un café. Ils en ont pour un moment…

— C'est quoi au juste le problème entre eux ? demanda Claudia.

— Trop de tension sexuelle… Ça ira mieux quand ils se seront envoyés en l'air.

— Ah ? Parce que ce n'est pas encore fait ? Ils ne sont pas ensemble ? s'étonna la youtubeuse.

— Eh bah non. Je sais, c'est dingue. Une longue histoire…

Ils s'isolèrent dans le garde-manger. Jo chuchotait.

— Tu soupçonnais Julian, en même temps que ses amis, et maintenant tu veux partir avec lui ?

Lawrie appuya son dos contre les étagères en croisant les bras.

— Eh bien, s'il essaie de me tuer, nous serons fixés.

Elle écarquilla les yeux.

— C'est ça, ta stratégie ? Faire sortir le loup du bois ?

— Tu as probablement raison : je n'ai rien à craindre de Julian.

— Mais nous n'en sommes pas certains…

— Jo, il y a un cadavre là-haut. Nous avons besoin d'aide.

Borné comme il l'était, le meilleur moyen de le faire changer de plan était encore de jouer sur la corde sensible.

— Donc, tu nous laisses ici avec un potentiel tueur… Hier, tu ne souffrais même pas qu'on dorme dans des chambres séparées, et aujourd'hui tu veux quitter le manoir. Ce n'est pas un peu contradictoire ?

Il se mordit l'intérieur de la joue.

Touché ! s'enthousiasma-t-elle.

— Et s'il vous arrivait quelque chose ? Nous n'avons aucun moyen de garder le contact avec vous, enfonça-t-elle.

Lawrie soupira bruyamment.

— Le corps d'Irma va commencer à se décomposer, argumenta-t-il.

— Il faudra nous résigner à le déplacer dehors. Avec le froid, on gagnera du temps. Et on pourrait essayer de démasquer l'assassin en attendant.

— Nous ne sommes pas policiers, Jo.

— Nous avons résolu une affaire de tueur en série.

— Techniquement, ce n'est pas tout à fait exact. C'est surtout l'inspecteur Sloane qui s'en est chargé.

— Si seulement on pouvait le joindre… Il est tellement brillant.

— Sloane ?

Un moment de gêne. Lawrie bougea légèrement et décroisa ses bras pour fourrer les mains dans ses poches.

— Pour l'instant, il va falloir nous débrouiller sans lui. Alors, mettons-nous d'accord. Julian et moi tentons une sortie pour capter du réseau aux abords du manoir, et, si ce n'est pas le cas, nous aviserons. Ça te convient ?

Elle hocha la tête avant d'ajouter :

— On t'accompagne avec Jack, Daisy et les jeunes. Je préfère que nous restions tous groupés.

— OK, céda Lawrie.

Pourquoi ne lâchait-elle jamais l'affaire ?

— Si nous déplaçons le corps d'Irma, continua-t-il, il faudra figer la scène de crime en prenant des photos. Les enquêteurs en auront besoin. Je sens qu'on se souviendra longtemps de ces vacances de Noël…

— Et si Irma avait réellement eu des visions ? avança prudemment Jo. Elle a dit qu'il y avait un tueur parmi nous. C'est peut-être pour ça qu'on a voulu la faire taire.

Lawrie fixa ses chaussures.

— Ou alors elle savait que quelqu'un avait de bonnes raisons de lui en vouloir. Pour le reste, ce n'était qu'une affabulatrice, comme toutes les canailles de son espèce.

— Je peux te poser une question ?

Il acquiesça.

— Pourquoi tu détestes autant ces gens, Lawrie ?

Quelque chose de plus personnel se cachait forcément derrière son inimitié envers les médiums.

— Moi-même, je me suis fait avoir… après le décès de Joanne…

Il baissa la tête, peu enclin à entrer dans les détails. Ce moment de sa vie, il avait tout fait pour l'oublier.

— Oh, Lawrie, se désola Jo en s'approchant.

Il sortit une main de sa poche pour lui effleurer la joue.

— T'inquiète pas, c'est passé, maintenant.

Mais, visiblement, ça ne l'était pas autant qu'il voulait le laisser croire.

Ils avaient de la neige jusqu'aux genoux. Une angoisse terrible s'empara de Jo. Comment allaient-ils se dépêtrer de là ? Autour d'eux, il n'y avait rien d'autre qu'un enfer blanc.

Note pour plus tard, mentalisa-t-elle : *éviter les coins perdus à l'avenir...*

Lugubre, le manoir les dominait de son imposante structure. Ils progressaient avec difficulté, leurs smartphones en l'air. Julian paraissait tendu et leur jetait des regards insistants.

— C'est quoi, le problème ?! l'apostropha la scénariste.

— Vous n'êtes pas nets, lâcha-t-il, accusateur.

— Si tu veux mon sentiment, tu ne l'es pas tellement non plus.

Fatiguée par l'effort physique, Jo lui répondait en soufflant comme un vieux phoque en fin de vie.

— Je vous ai vus hier dans le salon.

Jo pila.

— C'était toi ? comprit-elle.

— Pourquoi vous rôdiez près du cadavre ?

— Je peux te retourner la question !

— OK, alors je vais jouer cartes sur table. J'étais là pour poser une caméra de surveillance.

Jo se détendit.

— Nous avons fait pareil...

— Sérieux ?

Elle acquiesça.

Comme ils traînaient, Lawrie rebroussa chemin jusqu'à eux.

— Qu'est-ce qui se passe ?

— C'était Julian, cette nuit, lui apprit sa meilleure amie. Il a eu la même idée que nous...

— Putain, fit Julian avec soulagement. J'ai vraiment cru que vous étiez mêlés au meurtre.

— Je reconnais que ça prêtait à confusion, l'excusa Lawrie. Je crois qu'à force nous devenons tous un peu paranos.

— Y a un truc de pas normal dans ce manoir… marmonna Julian.

Jo l'encouragea à développer pendant que Daisy, Alex, Adélia et Jack venaient vers eux en ahanant.

— Je n'en sais rien, j'ai simplement une sale intuition.

— Ça doit être tous ces fantômes… conjectura Daisy en frissonnant. Vous ne trouvez pas la baronne effrayante avec sa face poudrée toute blanche ?

Sur ces paroles, l'assistante s'appuya lourdement sur Alex.

— J'en peux plus, moi ! déclara-t-elle. Vous comptez vraiment vous taper trente kilomètres dans ces conditions ?

— Là, tout de suite, ils ne comptent rien faire du tout ! se braqua Jo.

— Il est probable que nous n'ayons plus le choix si personne ne vient nous sortir de là… la contredit Lawrie.

Ils parcoururent encore trois cents mètres, sans succès : les barres de 4G et de 5G ne montraient pas signe de vie.

Le moral en berne, ils opérèrent un demi-tour.

À leur retour, les EVJF étaient en train de prendre Jessica à partie dans la salle à manger. Luke et Claudia tentaient de calmer le jeu, mais le ton entre les filles montait dangereusement.

Puis une claque vola. Le coup porté par Katarina surprit tout le monde, et c'est la joue en feu que Jessica battit en retraite au second étage.

— T'as de la chance, salope ! Je devrais te faire la peau ! lui cria la future mariée.

Comme s'ils avaient besoin de cette complication supplémentaire… Jo commençait à étouffer. Son jean trempé, elle s'apprêtait à grimper à la suite de Jessica quand Lawrie l'arrêta :

— Tu iras plus tard.

— On la laisse seule ?

— Elle va s'enfermer dans sa chambre, et il faut que tu m'aides pour... Irma...

Lui demandait-il vraiment de s'occuper du cadavre avec lui ?

— Je ne suis pas sûre de pouvoir, Lawrie. Je ne crois pas avoir les épaules pour jouer les croque-morts...

Le visage crispé de la voyante au moment où elle avait rendu son dernier souffle la hantait toujours.

Le pasteur secoua la tête.

— Non, non ! Pas question que je te mêle à ça ! J'ai juste besoin que tu consultes la baronne afin de trouver un endroit où entreposer la dépouille à l'extérieur.

Soulagée, Jo inspira bruyamment.

Lawrie marchait sur des œufs. Même pour lui, qui avait l'habitude des deuils, c'était une expérience étrange. D'ordinaire, il gérait le chagrin des vivants ; le reste incombait aux pompes funèbres.

— J'ai besoin d'un coup de main pour déplacer Irma, expliqua-t-il en haussant le ton. Des volontaires ?

Luke s'excusa, c'était trop pour lui.

— Je me charge des photos pour la police ! proposa Daisy.

— Moi aussi ! embraya Claudia.

Julian échangea un regard avec le prêtre avant d'annoncer d'une voix blanche :

— Je vais vous aider, mon révérend...

Lady Acroyd pensait l'abri de jardin adapté à la situation. Avec Jo, elles partirent en éclaireur pour débarrasser l'établi qui accueillait en temps normal les outils du jardinier.

De retour à l'intérieur, Jo demeura figée dans le hall pendant que les deux courageux du manoir portaient

Irma dehors. En les regardant passer, elle se demanda comment ils auraient géré sans Lawrie.

À cran et peu désireuse d'assister à la suite, elle fila en direction du second étage pour y retrouver Jessica.

Le visage ravagé, la jeune femme lui ouvrit.

— Je voudrais tellement m'en aller, gémit-elle en la laissant entrer.

— C'est ce que nous souhaitons tous…

L'attention de Jo se fixa sur le médaillon que Jessica faisait glisser nerveusement de droite à gauche autour de son cou.

— Je peux ? l'arrêta la scénariste en l'immobilisant.

Jessica baissa les yeux vers la main posée sur la sienne.

— Vous en avez perdu un morceau ? demanda Jo.

— Quoi ? Du médaillon ? Non. Vous ne connaissez pas ? Ce sont ces cœurs qui se brisent en deux et que l'on peut partager avec quelqu'un qui vous est cher, expliqua Jessica en souriant tristement.

Jo fronça les sourcils.

— Mon assistante en a trouvé une moitié similaire dans les soubassements du manoir. Il était à vous ?

— Non, ces bijoux sont communs, beaucoup de gens en portent.

C'est tout de même étrange, pensa Jo.

— Cela dit, les nôtres étaient gravés. Le mien porte un K.

Elle montra à son interlocutrice la lettre inscrite dans le métal.

— K comme Karen. C'était le prénom de ma sœur, reprit-elle. J'imagine qu'il n'y avait pas d'initiale sur celui que vous avez découvert.

— Pour être honnête, je n'ai pas eu le temps de l'observer attentivement, mais il me semble plus prudent de vérifier. Je suis fâchée avec les coïncidences…

— C'est impossible que ce soit celui de Karen.

Gênée, Jo lui demanda :

— Pourquoi impossible ?

— Karen a disparu il y a quinze ans, un matin, pendant les vacances d'été. Elle s'est volatilisée et, à ce jour, personne ne sait ce qu'il lui est arrivé, dit-elle en proie à une vive émotion.

— Je suis désolée, Jessica.

— Merci... Nous avions neuf ans d'écart, elle et moi. C'était mon modèle, mon héroïne, et lorsqu'elle n'est pas rentrée, c'est tout mon monde qui s'est effondré.

Jessica marqua une pause avant de poursuivre :

— La police a privilégié la piste de la fugue, mais moi j'étais convaincue, et je le suis toujours, que jamais Karen ne m'aurait abandonnée. Si elle ne donnait plus de nouvelles, c'était pour une raison évidente : elle était en danger, ou pire encore. Quand les enquêteurs sont enfin parvenus à cette conclusion, il était trop tard.

L'affaire Karen Chapman. Il y avait de grandes chances pour qu'Alex ait traité ce sujet sur sa chaîne.

Jessica était si bouleversée que Jo n'osa pousser plus avant ses investigations. Elle prit congé en espérant qu'Alex serait en mesure de compléter les pans manquants de cette histoire.

C'est ce qu'il fit cinq minutes plus tard dans la chambre des filles, où Jack le gardait en sécurité auprès d'Adélia.

— Le père, Norman Chapman, a été suspecté, lui apprit l'adolescent. Mais il avait un alibi. D'après les archives, le type avait un penchant pour les jeunes filles. On s'est même demandé si Karen n'avait pas été victime d'abus, ce qui aurait pu expliquer sa fuite.

Alex raviva ses souvenirs avant de continuer :

— Ensuite, les soupçons se sont portés sur un garçon qui fréquentait le même pensionnat qu'elle. Il s'est d'ailleurs suicidé quelques années plus tard.

— Il faut qu'on vérifie ce pendentif, pensa Jo tout haut.

— C'est Duncan qui l'a, dit Adélia.

— Dans ce cas, trouvons-le !

Sur les indications de lady Acroyd, Jo débusqua Duncan au grenier, où il était occupé à remettre en état un vieil émetteur radio grâce auquel il espérait pouvoir contacter l'extérieur. Son tournevis à la main, il sursauta quand elle entra.

— Bon sang ! Vous m'avez fait une peur bleue.

Le regard de Jo glissa sur l'objet en pièces détachées sur la table.

— Je crains de ne pas être la personne adéquate pour ce genre de tâche, regretta-t-il. C'est tout juste si je sais changer un pneu… En plus, les piles ont coulé dans le système.

Tout en se grattant la tête, il ajouta :

— D'ailleurs, nous n'avons pas de piles de ce modèle, alors je ne sais même pas pourquoi je m'acharne. Encore une occasion manquée d'impressionner ma mère…

— Quelqu'un pourrait peut-être vous aider ? suggéra Jo, touchée par son désarroi.

— Oui, peut-être…

— Duncan, j'aimerais jeter un coup d'œil au pendentif que mon amie Daisy a trouvé.

— Quelqu'un l'a réclamé ? Parce que, si c'est le cas, cette personne aussi a enfreint le règlement !

Le bijou aurait pu en effet appartenir à Jessica. Et si la jeune femme avait menti ? Mais dans quel but ?

— Je n'en sais rien, je souhaite seulement vérifier quelque chose.

Il arqua d'abord un sourcil avant d'opiner du chef.

— Je n'y vois aucun inconvénient. Il faudra tout de même qu'on m'explique pourquoi ce groupe persiste à vouloir se rendre dans les endroits les plus dangereux du manoir !

— Merci, Mr Acroyd, c'est très aimable à vous.

— Lord Acroyd, je vous prie. Je suis l'héritier, par conséquent je porte le titre de mon défunt père. Au moins une chose que n'aura jamais cette crapule de Desmond, maugréa-t-il.

Comme elle restait plantée devant lui, il se ressaisit :

— Ah, vous voulez le voir tout de suite ? Notez que je ne suis pas contre une pause, se désola-t-il en considérant l'objet démonté devant lui. Ça vous est déjà arrivé de vous sentir si nul que vous préféreriez vous enfouir dans le sol ? Sept ans d'études, et je ne suis même pas capable de réparer une radio.

Il lui sourit avec un air penaud.

Cinq minutes plus tard, Jo patientait dans le salon, devant la cheminée.

Persuadés de pouvoir aider, Alex et Adélia avaient insisté pour descendre ; ils étaient maintenant assis serrés l'un contre l'autre sur le sofa. Jack, lui, avait investi un des fauteuils club en cuir.

C'est à cet instant que Julian apparut pour les informer que « c'était fait ».

— Où est Lawrie ? s'inquiéta Jo.

— Resté là-bas pour veiller Irma.

— Je n'aime pas le savoir seul.

— J'y vais, se proposa le septuagénaire.

— Merci, Jack. Je ne sais pas ce qu'on aurait fait sans toi, soupira Jo.

— Je me sens l'âme d'un baby-sitter depuis que nous sommes dans ce manoir, plaisanta-t-il avant de s'en aller.

Émergeant du couloir, Duncan se présenta à son tour, le visage cramoisi :

— Plus de pendentif !

— Quoi ?! s'étonna Jo.

— Le bijou ! Envolé ! Je l'avais remis à ma mère, qui l'avait rangé dans le tiroir du haut du bureau, dans la boîte à objets trouvés, et il n'y est plus !

— Il n'a pas pu être déplacé ailleurs ?

— Dans quel but ? C'est absurde !

— Quelqu'un aurait volé ce médaillon ? s'enquit Jo.

— Aucune idée ! répondit Duncan en haussant les épaules.

Puis son expression se durcit.

— Cette petite raclure qui sert de gigolo à ma mère, pensa-t-il tout haut. Ça ne peut être que lui, toujours à s'approprier ce qui ne lui appartient pas !

— Avant d'accuser votre beau-père, mieux vaudrait demander à votre mère si elle ne sait pas où il se trouve.

— Desmond Gold n'est pas mon beau-père !

L'animosité entre ces deux-là avait de quoi effrayer, et Jo, alarmée par la tournure que prenaient les événements, confia Alex et Adélia aux youtubeurs pour rejoindre Lawrie. À la va-vite, elle enfila bottines, doudoune, écharpe, gants et bonnet pour se rendre à l'abri de jardin, édifié à une dizaine de mètres derrière le manoir. Un vent violent balayait la lande et, au-dessus d'eux, le ciel continuait de s'obscurcir. *Si seulement ce fichu temps pouvait se lever…* s'agaça-t-elle.

Les mains jointes, Lawrie et Jack se recueillaient auprès de la voyante. Le grincement des gonds incita le pasteur à sortir de ses prières. Il fronça les sourcils en découvrant Jo fixée devant eux, la porte encore grande ouverte derrière elle.

— Tu es venue sans être accompagnée ?

— C'est tout à côté, Lawrie. Et Jack est venu seul, lui aussi… se défendit-elle en refermant.

— Ne le refaites plus, ni l'un ni l'autre.

— Promis. Mais, Lawrie, il faudrait que tu rentres maintenant…

Elle restait à moitié tournée pour ne pas être confrontée au corps, éclairé par la faible lueur des bougies. Elle déglutit, tandis que ses jambes flageolaient.

Lawrie, qui devinait qu'elle flanchait, s'approcha pour lui passer un bras autour des épaules.

— On y va. Tu es tétanisée.

Du vestibule, ils perçurent plusieurs disputes. À leur gauche, des voix féminines s'élevaient dans la salle à manger : « Tout pourvu que tu attires l'attention sur toi ! Tu n'en as pas déjà assez fait comme ça, connasse ?! »

— Merde ! découvrit Jo. Apparemment, Jessica est sortie de sa chambre et a retrouvé les EVJF.

Dans l'aile ouest, deux hommes s'égosillaient en même temps : « C'est toi ! J'en suis sûr ! Je ne vois pas pourquoi ma mère aurait volé ce médaillon ! Avoue que tu as fouillé dans le bureau ! »

— Tu comprends pourquoi je t'ai demandé de revenir ? dit Jo à son meilleur ami. Sérieusement, je vais réellement finir par croire qu'une entité malfaisante tape sur le système de ceux qui séjournent ici !

13.

Le prêtre adopta une attitude conciliante avec les EVJF. C'était un des traits de caractère de Lawrie que de savoir arrondir les angles. Il n'avait pas son pareil pour amener les gens à se parler, à s'écouter, à trouver des terrains d'entente. Il gérait les conflits mieux que personne. Et la scénariste se fit la réflexion que, de la même manière, il la gérait, elle (et son fichu caractère), mieux que personne…

Katarina était à bout de nerfs. Ses copines, loin de l'aider, montaient tout en épingle en feignant l'indignation à propos des faits et gestes de Jessica. De sorte qu'à un moment, Jo, passablement gonflée par leurs réactions de gamines, finit par s'en mêler.

Si la méthode douce de Lawrie ne portait pas ses fruits, peut-être que la sienne fonctionnerait.

— Écoutez-moi, toutes les trois ! Alors, oui, c'est avéré, Jessica et Machin Chose ont couché ensemble ! Mais ce n'est pas aussi limpide que ça en a l'air… On pourrait parler de… comment il s'appelle déjà ?

— Bryan, répondit Amy.

— Ah oui, voilà, Bryan ! Avant de juger trop vite, vous devriez vous pencher sur la teneur de la situation.

La showrunneuse se tourna vers l'ennemi public numéro 1.

— Je crois qu'il est temps de leur raconter, Jessica !

La jeune femme secoua vigoureusement la tête.

Elle s'était confiée à Jo sur l'attitude équivoque du fameux Bryan.

— Ce cher Bryan, si désespéré, pensait rompre avec toi, Katarina ! lança Jo.

— Quoi ?!

— Eh oui ! Et comme ta copine ne voulait pas qu'il te fasse du mal, elle a accepté de le rencontrer plus souvent. Il l'a harcelée pendant des semaines ! Il avait besoin, disait-il, qu'elle le soutienne, il ne se sentait pas bien, il ne savait pas quoi faire ! Il t'aimait, Katarina, mais il n'était pas prêt, blablabla...

Lawrie se grattait la tête. Jo avait une bonne expérience des manipulateurs : elle avait vécu avec un expert dans ce domaine pendant huit ans.

— Un soir, il lui a sorti son grand numéro de mec larmoyant et, alors qu'elle cherchait juste à le consoler, il en a profité.

— Il n'a profité de rien du tout ! C'est elle qui lui a fait des avances ! s'enflamma Amy.

— Qu'est-ce que tu en sais, toi ?! Tu étais là ? la remit à sa place Jo.

— Il l'a juré à Katarina. De toute façon, Jessica n'avait qu'à dire non ! Moi, j'aurais dit non !

— Mais c'est ce qu'elle a fait, Amy ! asséna Jo.

Cette information glaça l'assemblée.

— Jessica a dit non, insista Jo. Elle lui a demandé de la laisser tranquille.

— C'est faux ! Elle ment ! rugit Katarina. Bryan n'est pas comme ça !

Embarrassée, Mariam se tordait les mains pendant qu'Amy s'agaçait.

— Franchement, je serais étonnée qu'il n'ait pas essayé avec une autre d'entre vous ! enfonça Jo.

— Jamais ! s'exaspéra Amy.

Plongée dans ses pensées, Mariam gardait le silence.

— Dis-leur, Mariam, l'encouragea Katarina. Dis-leur que Bryan n'a jamais tenté quoi que ce soit avec toi.

Tandis que la demoiselle d'honneur s'empourprait, Jo devina qu'elle avait tapé dans le mille.

— C'est que... pour être honnête, il y a bien une fois... C'était dans sa voiture, un soir où il m'a raccompagnée... J'ai cru que je l'avais encouragé...

— Encouragé à quoi ?! tempêta Katarina.

— Il a voulu m'embrasser, mais ce n'était rien de grave.

— Vous mentez ! s'exclama la future mariée. Vous mentez toutes les deux !

Près du buffet, Adélia, Alex, Daisy et les vidéastes assistaient à la mise au point. Luke approuvait gravement en hochant la tête, impressionné par les talents de tata Jo pour faire éclater la vérité. Le clown du groupe applaudit silencieusement. Claudia, d'un regard sévère, lui intima d'arrêter.

— Donc voilà ! conclut Jo. Plutôt que de vous embrouiller les unes avec les autres, vous feriez mieux de diriger votre colère contre celui qui la mérite.

— Elles mentent ! s'entêta Katarina, qui, malgré les circonstances, persistait malgré tout à vouloir épouser Bryan.

— Vous vous connaissez depuis combien de temps, Jessica et toi ?

— Douze ans, grimaça Katarina.

— Et est-ce qu'elle t'avait, jusque-là, fait défaut une seule fois ?

— Comment je pourrais le savoir ?

— Essaie de raviver les liens qui vous unissent depuis si longtemps et demande-toi si Bryan t'a épaulée autant que la fille qui se tient devant toi ?

Katarina vacilla en se remémorant sa vie avant de rencontrer Jessica. Mise au ban de ses camarades, harcelée, molestée, elle n'avait trouvé de repos que lorsque cette dernière avait décidé de la prendre sous son aile.

— Elle lui a dit non, répéta Jo en s'adoucissant.

— Bryan n'est pas un violeur, si c'est ce que tu sous-entends ! réagit Katarina. Et si elle a vraiment dit non, elle n'a pas dû être très persuasive !

Jo soupira.

— Fallait-il vraiment qu'elle le soit ? Un simple non ne suffit-il pas ? Je te laisse méditer sur la question. Écoutez, les filles, vous allez devoir vous entendre jusqu'à ce que nous soyons tous sortis de là ! Après, vous ferez ce que bon vous semble. Pour le moment, nous sommes sur une embarcation qui prend l'eau, alors, vraiment, ce serait super si vous écopiez avec nous plutôt que de contribuer à remplir la barque.

À l'autre bout de la maison, Duncan criait sur son futur beau-père. Péniblement, lady Acroyd tentait de faire tampon entre eux.

À l'écart, dans la bibliothèque, Jo et Lawrie prirent le temps de s'entretenir en conciliabule. Le prêtre était d'accord : il y avait matière à creuser cette histoire de pendentif.

— On a affaire à une tripotée de menteurs, ici, pressentit-il.

— Et Willer ?

— Il nous raconte des craques, c'est certain. Nous allons devoir gentiment l'inciter à nous expliquer les raisons de sa présence, avec Irma, à St Andrew Manor.

Jo acquiesça.

— D'après toi, ces deux-là pourraient avoir un rapport avec l'affaire Karen Chapman ?

— Mettons le sujet sur le tapis et observons ce qui se passe. En tout état de cause, si ce médaillon a vraiment disparu, c'est qu'il dérangeait.

— Tu penses que Jessica pourrait être impliquée ?

— Elle avait l'air au courant de son existence quand tu lui en as parlé ?

— Non, sincèrement, je suis prête à mettre ma main au feu qu'elle ignorait tout. D'ailleurs, pour le moment, rien n'indique qu'il y ait une quelconque correspondance entre le *cold case* Chapman et le reste.

— En effet, rien, confirma Lawrie, l'oreille attentive à ce qui se déroulait à l'extérieur de la pièce. Allons nous occuper des Acroyd avant qu'ils s'écharpent.

Le mystère s'épaississait. L'étau se resserrait.

Desmond Gold agitait les bras en signe d'impuissance.

— Je ne comprends rien à ce que tu me reproches, Duncan ! Pourquoi aurais-je subtilisé un pauvre bout de métal ? Je ne savais même pas qu'il était rangé là !

— Bien sûr, oui… Et ma mère ne te l'a pas dit !?

— Mais non !

Contrarié, Duncan renifla.

— Je suis certain de vous avoir entendus en discuter.

— Tu délires, mon pauvre !

— Desmond dit la vérité, le soutint lady Acroyd.

— Vous êtes de mèche ! Je ne vois que ça. Pourquoi vous mentez ?!

— Tu deviens paranoïaque, Duncan ! tempêta Desmond.

— Comment ne pas l'être ? Nous sommes enfermés avec un tueur !

— Qu'est-ce que tu crois ? Nous aussi, nous avons peur ! s'emporta la baronne.

— Les papiers dans le bureau ont été dérangés, quelqu'un a fouillé, c'est évident. Et je suis certain que Desmond est le coupable !

— Pourquoi aurais-je fouillé si ta mère m'avait révélé l'emplacement du médaillon ? le contredit Desmond. N'importe qui aurait pu entrer : le bureau, tu le sais pertinemment, n'est jamais fermé à clé. Et puis, pourquoi faire une telle histoire d'un minuscule bijou sans importance ?

— Comment sais-tu qu'il est minuscule, puisque tu es censé ne jamais l'avoir vu ?!

— La petite rousse qui s'est coincée dans le soupirail l'a décrit l'autre soir au dîner. Franchement, tu es ridicule, Duncan.

L'épisode avait été, en effet, largement relayé par Daisy, toujours très fière de ses frasques. Autour de la table, on s'en était amusé, sans prévoir que l'événement engendrerait une crise au sein du clan Acroyd.

Lawrie et Jo se présentèrent sur le seuil.

— Vous nous autorisez à jeter un œil à cette pièce ? demanda le prêtre.

— Allez-y, accepta la baronne, pressée d'en terminer.

Le duo d'enquêteurs improvisés retourna tout ce qu'il y avait à retourner pendant que Duncan persistait à accuser Desmond.

— Tu cherches à instiller le trouble dans l'esprit de ta mère, se désola ce dernier. Bien pratique de me faire passer pour un voleur, hein, Duncan ? Tu serais prêt à utiliser n'importe quel subterfuge pourvu que je sorte de sa vie.

— Ça, c'est l'hôpital qui se fout de la charité !

Tandis qu'ils s'invectivaient, Jo et Lawrie continuaient leurs investigations.

La scénariste bloqua sur une photo de classe. Alignés et souriants, des jeunes gens portaient l'uniforme de la célèbre école écossaise qui avait inspiré le Poudlard de *Harry Potter*.

Le regard de Jo s'attarda sur le visage, certes plus jeune, mais très reconnaissable, de Duncan. La légende indiquait : *Fettes College 2009*. Elle était sur le point de se désintéresser du cliché quand elle se figea, le nez collé sur le cadre. Puis elle s'étonna tout haut :

— Vous étiez élèves ensemble ?

Lawrie arqua un sourcil en s'approchant pour observer par lui-même la photo.

— Desmond était mon meilleur ami, bougonna Duncan. Enfin, avant que ce sale petit intrigant libidineux décide de séduire ma mère pour faire main basse sur *mon* héritage.

— Tant que je ne suis pas morte, il n'y a pas d'héritage, s'irrita la baronne.

— Au train où il dépense ton argent, aucun doute là-dessus, Mère !

La terrible animosité de Duncan à l'égard de Desmond apparaissait soudain plus logique. Ce n'était pas qu'une question de gros sous ; il s'était senti trahi.

La dispute repartit de plus belle, et Lawrie joua à nouveau les médiateurs pour calmer les esprits. Fatiguée de les entendre hurler, Jo, qui sentait poindre un insidieux mal de tête, sortit dans le couloir.

— Ça va ? s'inquiéta Lawrie en la rejoignant quelques minutes plus tard.

— Ils ne hurlent plus ?
— Non, enfin, pour le moment…
— Tu es très fort, plaisanta-t-elle.
— Toi aussi.
Il la dévisagea une seconde avant d'ajouter :
— Paracétamol ?
Un sourire las s'imprima sur les lèvres de sa meilleure amie.
— Comment tu fais ça, Lawrie ?
— Quoi ? Deviner tes migraines ?
Elle opina du chef.
— Tu as une façon très particulière de plisser les yeux quand elles arrivent… Allons retrouver les autres pour faire le point, proposa-t-il en sautant du coq à l'âne.
— Tu as une théorie ?
— Pas encore.
Une discussion avait lieu entre le groupe de St Mary Hill et les youtubeurs. Un comprimé pétillant dans son verre, Jo n'écoutait que d'une oreille ce qui se racontait. Quelque chose la travaillait, un élément sur lequel elle ne parvenait pas à mettre le doigt, mais qui lui semblait de première importance.
Une demi-heure plus tard, Jo et Lawrie s'accordèrent pour aller cuisiner John Willer dans sa chambre. Quelles étaient les véritables raisons de leur présence, à lui et Irma, à St Andrew Manor ?
Le duo frappa à la porte ; Willer paraissait s'agiter derrière. À travers le battant, ils l'entendaient faire des allers-retours d'un pas précipité.
— J'arrive ! Une seconde !
— Bon, il n'est pas clair, celui-là, murmura Jo à Lawrie.
Au bout de plusieurs minutes, il leur ouvrit enfin, et Lawrie l'incita à les laisser entrer pour qu'il les aide à faire la lumière sur l'assassinat d'Irma.

— Je l'ai rencontrée il y a environ six mois, commença Willer. Elle était bluffante. Je le répète : contrairement à ce que vous croyez, ce n'était pas une usurpatrice. Elle pouvait me mettre en relation avec ma fille. Je l'assistais donc volontiers dans ses déplacements.

Lawrie, qui n'avait aucune envie de repartir sur ce sujet, recadra l'entretien.

— Très bien, John, admettons… Mais vous n'avez pas répondu à notre question. Pourquoi êtes-vous venus ici ? Il est évident que ce n'était pas pour participer à la *murder party*.

L'autre baissa les yeux.

— Non, c'est vrai, finit-il par reconnaître. Nous cherchions Mary McMillan.

— La dame blanche ? s'étonna Jo.

— Irma voulait l'aider à passer de l'autre côté…

Willer radotait. Le prêtre soupira sans relever.

— … tant qu'elle n'aura pas une sépulture décente, elle ne pourra pas être délivrée.

— Le pendule et tout le tralala, c'était donc dans l'unique but de trouver le corps de Mary ? hallucina Jo.

Lawrie trouvait que le discours, s'il ne sonnait pas complètement faux, manquait tout de même de crédibilité.

— Vous, mon révérend, vous devriez comprendre nos motivations mieux que quiconque, insista Willer.

Lawrie éluda afin de relancer son interlocuteur sur ce qui les préoccupait vraiment :

— Et qu'ont donné vos investigations ?

— Mary parlait à Irma.

Lawrie et Jo échangèrent un regard à demi amusé.

— Que lui disait-elle ? s'intéressa Jo en faisant mine de le prendre au sérieux.

— Elle la suppliait de la délivrer, de rendre sa dépouille à sa famille.

— OK, et ce corps ? L'avez-vous localisé ? questionna Lawrie.

Une drôle d'expression passa sur la figure anguleuse de John Willer.

— Non ! Votre attitude, pasteur Spencer, contrarie les spectres qui hantent ce domaine. Vous les agacez. Irma m'avait prévenu avant de mourir qu'ils allaient s'en prendre aux vivants à cause de vous ! Quand on leur manque de respect, ils se vengent. Maintenant, je vais vous demander de me laisser tranquille. Vous nous mettez tous en danger, et je n'ai rien d'autre à ajouter !

Dans le couloir, Jo se moqua :

— Tu vois, il n'y a pas qu'à moi que tu mets les nerfs en pelote.

— C'est un baratineur, il se fout de nous.

— Je suis bien d'accord !

— Je te mets les nerfs en pelote ? répéta Lawrie.

— Tout le temps.

Il ne répondit pas, prenant un air songeur.

— Mais j'adore ça, tu le sais… avoua-t-elle en espérant ne pas l'avoir blessé.

— Je sais… Sinon, je ne le ferais pas. Tu es définitivement plus marrante quand tu t'énerves.

Ils restèrent sur ce registre à se chamailler jusqu'à la salle à manger, où ils découvrirent les autres attablés, aussi silencieux que s'ils participaient à une veillée funèbre.

Ce confinement contraint pesait sur le moral.

Le réveillon de Noël tombait le lendemain et, à moins d'un miracle, ils seraient encore tous reclus ici, entourés d'inconnus, dont l'un était un tueur.

Le dîner ne fut pas des plus réjouissants. Il commença par une irruption de Mr Jacobson, qui, compte tenu du calendrier, vint tout de même proposer de préparer un menu de fête. Une énorme dinde, prévue à l'origine pour les Acroyd, était conservée dans la chambre froide. Un *christmas pudding* aussi. La baronne, de plus en plus anxieuse, l'interrogea sur le stock de nourriture, qui baissait à vue d'œil.

— Il ne faudrait pas que ça dure encore plusieurs jours, expliqua le cuisinier. Dans le cas contraire, nous serions obligés de mettre en place un rationnement.

— Si ça continue, on va finir par se dévorer entre nous, s'angoissa Daisy.

La scénariste pouffa ; quelquefois, l'imagination de son assistante valait amplement la sienne.

— On enverra les hommes à la chasse avant d'en arriver à cette extrémité, la rassura Jo.

— Oh ouais, trop styléééé ! approuva Luke.

— Bah, si on compte sur toi, on nous trouvera tous morts de faim après le dégel, répliqua Claudia.

Le repas se déroula dans un climat à peu près serein jusqu'au dessert. Mais alors que les assiettes se remplissaient de crumble aux pommes et de glace vanille-cannelle, une nouvelle dispute éclata devant le buffet entre Duncan et Desmond au sujet de qui aurait la dernière part.

Fourchette en l'air, Amy demanda sournoisement à la baronne :

— Ce n'est pas trop dur de vivre avec deux fils qui ne s'entendent pas ?

En pleine dégustation, Daisy manqua s'étouffer, et Jo dut lui taper vigoureusement dans le dos pour qu'elle recrache le morceau de pomme coincé au fond de sa gorge.

— Et pour vous, ce n'est pas trop compliqué d'être une sale petite garce qui ferait mieux de se mêler de ses affaires ?! rétorqua la propriétaire.

Choqué qu'une grande dame de l'aristocratie puisse employer un langage si peu châtié, Luke écarquilla exagérément les yeux tout en ouvrant et refermant la bouche à la manière d'une carpe.

Un silence plombé s'abattit sur l'assemblée et Daisy se pencha vers Jo pour lui chuchoter d'une voix rauque à l'oreille :

— Décidément, je la trouve un tantinet agressive, cette Amy…

Pour Jo, c'était plutôt la réflexion de lady Acroyd, d'ordinaire charmante et enjouée, qui avait de quoi surprendre.

Lawrie mit un terme à la prise de bec en décrétant que, compte tenu de l'extrême tension qui régnait, il était préférable pour tout le monde que chacun retourne dans ses pénates.

Dans le QG de St Mary Hill (la piaule des filles), on faisait le point sur la journée écoulée.

— J'aurais quand même préféré que Jessica descende ici avec nous, regretta Jo.

Malgré tous ses efforts pour la convaincre, la jeune femme avait obstinément refusé de quitter son isolement.

— On est *full* de toute façon, fit remarquer Daisy.

— Nous ne le serons plus quand ces messieurs auront plié bagage.

Tous les regards, excepté celui de Jo, convergèrent en direction du prêtre, qui fixait sa meilleure amie avec une expression déterminée.

— Ils vont encore s'engueuler, prédit Adélia.

Un concert de hochements de tête accueillit sa prémonition.

— Je croyais le sujet clos, Lawrie, bougonna Jo à l'autre bout de la pièce.

— Ouaip ! Ils remettent ça ! confirma Daisy à ses acolytes.

— Je n'ai jamais dit que j'étais d'accord, c'est toi qui as décidé ça toute seule ! La démocratie, tu te souviens… ?

Étonnamment, Jo reporta son attention sur son neveu sans insister.

— Tu peux nous donner tous les éléments que tu as sur l'affaire Karen Chapman ?

L'adolescent acquiesça.

Assise sur son lit, la scénariste tapota la place à côté d'elle pour y inviter Lawrie, planté devant la porte. La tête inclinée, elle lui souriait en battant légèrement des cils, et c'est non sans une certaine méfiance que le pasteur s'installa.

Ses fesses avaient à peine touché le matelas qu'elle lui murmura :

— S'il te plaît, Lawrie, sois raisonnable… Je suis très fatiguée, j'ai besoin de sommeil.

Il se mordit l'intérieur de la joue pour éviter de rire.

— Tu essaies de me manipuler, Jo ?

— De t'attendrir, Lawrie, ce qui est très différent…

Cette fois, il pouffa.

— Tu es…

Il se passa une main sur la nuque à la recherche du terme approprié.

— Adorable ? compléta-t-elle.

— J'allais dire : insupportable !

Prêt à se lancer dans son récit, Alex patienta le temps que sa tante en termine avec son petit jeu du chat et de la souris. Au spectacle, Daisy, les ados et Jack prirent les paris sur qui, de Jo ou de Lawrie, céderait le premier.

La conversation secrète se poursuivit quelques secondes, jusqu'à ce que le pasteur grommelle :

— C'est bon, tu as gagné.

Jo émit un petit gloussement victorieux.

— Modeste, le triomphe, la prévint-il. Je pourrais changer d'avis.

Plusieurs billets sortirent de la poche de Jack : il était le seul à avoir misé sur la force de conviction de Lawrie.

— OK, Alex, nous t'écoutons, s'enthousiasma sa tante.

— Ma vidéo date de l'année dernière, donc c'est encore frais dans mon souvenir. Karen Chapman est portée disparue depuis quinze ans. Pendant les vacances d'été, un matin, elle a pris quelques affaires, l'argent dont elle disposait, et a quitté la maison familiale vers 9 heures en prétextant avoir rendez-vous avec ses amies.

— Et c'était le cas ? s'informa Lawrie.

— Non, elles n'avaient pas prévu de se voir.

— On comprend mieux pourquoi la police a privilégié la piste de la fugue, glissa Jack.

— C'en était probablement une au départ, mais elle a mal tourné, présuma Alex.

— Elle avait peut-être un petit ami caché ? pensa tout haut Adélia.

— Le garçon qui s'est suicidé ? suspecta Jo.

— Il a toujours juré n'avoir rien fait à Karen. D'ailleurs, il était à des centaines de kilomètres au moment où les faits se sont produits. Ils se connaissaient du pensionnat, mais habitaient loin l'un de l'autre.

— Pensionnat ? releva Jo cette fois-ci.

La première fois qu'il l'avait évoqué, elle n'y avait pas prêté attention.

— Oui, ils étaient scolarisés au Fettes College.

Jo et Lawrie se raidirent en même temps.

— Le Fettes College, tu dis ? répéta le prêtre. Tu en es certain ?

— Formel ! Pourquoi, ça a une importance ?

Les deux inspecteurs improvisés échangèrent cette fois un regard inquiet.

— Desmond Gold et Duncan Acroyd y étaient élèves, annonça le pasteur.

— Merde alors ! éructa Daisy.

— Attendez, il n'y a peut-être aucun rapport, temporisa Jack en sentant l'emballement général. Si ça se trouve, ils ont fréquenté l'établissement à une tout autre période. Ils sont bien plus âgés que Jessica.

— Les deux sœurs avaient neuf ans d'écart, et, sur la photo du bureau, il était indiqué Fettes College 2009 précisa Jo.

— Karen a disparu il y a quinze ans… donc ça colle ! réfléchit Adélia.

— Vous pensez qu'ils se connaissaient ? s'enflamma Daisy.

— Ce n'est pas impossible en tout cas, fit Lawrie en se frottant le menton nerveusement. Il faudra le leur demander.

Jo essayait de se souvenir si l'un des visages sur la photo ressemblait à Jessica. Après tout, puisqu'elles étaient sœurs, elles pouvaient avoir des caractéristiques physiques communes.

— Tu ne voudrais pas qu'on retourne dans le bureau pour jeter un œil aux autres élèves ? proposa-t-elle à Lawrie.

— OK, accepta-t-il aussitôt. Vous, vous restez ici. À deux, nous serons plus discrets.

— Et récupérez les caméras du salon, tant que vous y êtes ! les héla Alex avant qu'ils s'en aillent.

Toute la journée, ils avaient essayé, mais la voie n'avait jamais été libre.

Dans la bâtisse endormie, le duo fila jusqu'au bureau, où ils empruntèrent la photo de classe. Puis ils grimpèrent au second pour la montrer à Jessica, encore éveillée. Elle ne reconnut pas sa sœur dessus, mais leur confirma que

Karen avait été pensionnaire au Fettes College en même temps que Duncan et Desmond. Néanmoins, elle doutait qu'ils aient pu se fréquenter. Karen n'avait jamais parlé ni de l'un ni de l'autre à la maison.

Ils remirent le cadre à sa place, firent un crochet par le salon mais rebroussèrent chemin en découvrant Napoléon endormi sur le sofa. Le corgi avait toutes les chances de les faire repérer. Bredouilles, ils retournèrent au premier.

— Désolés pour les mouchards, Alex, mais Napoléon a installé son bivouac pour la nuit pile au mauvais endroit. Nous réessaierons demain. Et pour le reste, nous sommes probablement en présence d'une coïncidence, apprit Lawrie au reste de la chambrée.

— Après tout, c'est possible. Ce pensionnat est immense, il doit y avoir énormément de classes.

— Je ne suis pas tranquille, déclara pourtant le prêtre.

Jo le voyait arriver, chaussé de ses gros sabots.

— N'y pense même pas, Spencer ! Vous réintégrez vos appartements ce soir même !

— Tu sais que tu deviens flippante à lire dans mon esprit comme ça. C'est bon, mais vous gardez le glaive, les filles.

Jo arqua un sourcil.

— Si un jour on m'avait dit que tu prononcerais une phrase pareille…

— N'empêche que, s'il se passe quelque chose, nous n'avons même pas de téléphone, s'angoissa-t-il.

— Il reste la bonne vieille méthode, Lawrie : les hurlements ! Par ailleurs, Daisy et moi sommes parfaitement capables de veiller sur nous et sur Adélia.

— Ouais, tout à fait capables, affirma la petite rousse en levant la lourde épée devant elle.

— Daisy, baisse ce machin, tu vas blesser quelqu'un, lui intima Jo.

Le prêtre s'inclina cette fois pour de bon et, une migration de trois matelas plus tard, les garçons, Winston et Clemie réinvestissaient leur piaule de mecs.

Sur leur seuil, Jo tendit sa couette à son meilleur ami.

— Merci, Lawrie.

Elle se hissa sur la pointe des pieds pour déposer un baiser sur sa joue.

— Bonne nuit, fit-elle en s'éclipsant aussitôt.

Le pasteur resta figé, son dessus-de-lit en boule dans les bras. La tête de Daisy apparut alors dans son champ de vision. Pouces en l'air, elle lui lançait des clins d'œil.

— Daisy ! s'impatienta Jo à l'intérieur.

— J'arrive ! Moi aussi, je dis bonne nuit.

— Ferme cette porte !

— Ce que tu peux être autoritaire quand tu t'y mets…

Les yeux rivés au plafond, Jo ne cessait de se repasser en boucle les éléments en leur possession. Plusieurs projets faisaient leur chemin : interroger Duncan et Desmond, mettre le nez dans les affaires de John Willer dès qu'il aurait le dos tourné et creuser la légende de Mary McMillan.

L'esprit de la scénariste retourna à son meilleur ami. Qu'est-ce qui lui avait pris de l'embrasser sur la joue ? Et pourquoi pas, après tout ? Il n'y avait tout de même pas de quoi fouetter un chat… Elle inspira et, les paupières closes, mentalisa Lawrie, debout en caleçon et T-shirt devant la fenêtre, avant de rouler sur le côté en s'agaçant d'y repenser.

À quelques mètres, Lawrie cogitait en cherchant si lien il pouvait y avoir entre Duncan, Desmond et John Willer. Il regrettait qu'Internet ne puisse l'éclairer et envisageait déjà la manière dont ils se sortiraient de là.

Comme il était exclu qu'ils restent tous à St Andrew Manor jusqu'au dégel, Julian et lui devraient se mettre en route, au plus tard après Noël – tout du moins, si les déneigeuses ne les délivraient pas, ou si le réseau n'était pas rétabli d'ici là.

Il se toucha le visage à l'endroit précis où Jo avait posé ses lèvres, se félicitant que, dans l'obscurité, personne ne puisse déceler son sourire d'imbécile heureux. À vrai dire, s'il n'y avait pas eu un tueur dans l'affaire, il aurait trouvé ce séjour forcé tout à fait agréable.

Couchée contre son flanc, Clemie ronronnait en se laissant gratouiller la tête. Winston roupillait sur une couverture au pied du lit, et bon sang, c'était vrai qu'il ronflait comme un moteur de tracteur. Ce serait un déchirement pour son maître mais, si Jo s'installait chez eux, le bouledogue devrait faire panier à part.

Lawrie déglutit en s'apercevant à quelle vitesse prodigieuse il était capable d'échafauder des plans sur la comète. *Tout doux*, s'intima-t-il mentalement. *Parce que, si tes espoirs ne sont pas fondés, tu vas tomber de très haut ! Et dans dix ans, on ramassera encore les morceaux de toi éparpillés sur le sol…*

14.

Un terrible hurlement. Dans l'instant qui suivit, Lawrie cognait à leur porte.

— Qu'est-ce qui se passe ? demanda Jo en ouvrant.

Elle était encore tout ensommeillée. Daisy arriva derrière elle pendant qu'Adélia patientait, assise dans son lit.

— Ça ne venait pas d'ici, constata le prêtre avec soulagement.

— En bas ! lança Julian à l'autre bout du couloir.

Les vidéastes avaient eux aussi été réveillés en sursaut. Les EVJF émergèrent à leur tour.

— Je descends, décida Lawrie.

Jo enfila à la va-vite pantoufles et robe de chambre pour l'accompagner.

Le jour filtrait au travers des interstices des volets intérieurs fermés.

— Quelle heure il est ? s'enquit Jo.

— 7 h 30…

Ils descendirent le grand escalier au pas de course.

Au rez-de-chaussée, Mrs Jacobson, la domestique, pleurait à chaudes larmes dans les bras de son mari. Tous deux étaient dans le hall. Le cuisinier, blanc comme un linge, désignait de l'index le couloir menant à la partie est du domaine.

— La bibliothèque, gémit-il.

Sans perdre une minute, Lawrie et Jo se rendirent à l'endroit indiqué, où ils découvrirent Jessica, inanimée sur le plancher. Une petite tache de sang sous sa tête maculait le tapis persan.

Lawrie se précipita pour vérifier le pouls de la jeune femme. L'index et le majeur sur sa carotide, il chercha, en vain, une trace de vie. Le visage défait, il se tourna vers les autres en secouant la tête et, sous le choc, s'assit par terre.

Agglutinés sur le seuil, Jo, les Acroyd, Luke, Julian, Claudia et Daisy frémissaient de terreur autant que de froid. La pièce était glacée ; une fenêtre avait été mal refermée et le volet intérieur, ouvert, laissait pénétrer la lumière éclatante du soleil. La tempête s'était levée, mais le manoir comptait un cadavre de plus.

— Faut se tirer d'ici, murmura Daisy en s'accrochant au bras de Claudia.

À côté du corps, un tisonnier que lady Acroyd reconnut comme étant celui du salon.

Lawrie finit par se ressaisir et, à nouveau, traça un signe de croix sur le front d'une des participantes à la *murder party*. Rassemblant son courage, Jo s'approcha, et c'est chancelant que le prêtre lui passa un bras autour des épaules pour l'inviter à sortir.

La tension montait d'un cran. Le tueur s'en était pris à quelqu'un d'autre. Dans toutes les têtes tournait maintenant la même question : à qui le tour ?

Quand les EVJF se présentèrent, elles interrogèrent du regard Lawrie, qui tenait toujours Jo contre lui.

— Jessica a été assassinée, leur annonça-t-il.

— Quoi ? souffla Katarina en blêmissant.

Amy chercha un endroit où elle pourrait s'avachir, pendant que Mariam, une main devant la bouche, luttait contre la nausée.

En dehors de Jack et des ados, toujours à l'étage, il ne manquait plus qu'une personne.

— Où est Willer ? s'enquit Jo en s'écartant de Lawrie.

Un bref échange de regards plus tard, ils gravirent les marches en sens inverse, Julian sur les talons.

— Willer ! Sortez de là !

Aucune réponse. Malgré les coups portés sur le battant, la porte de sa chambre restait close. Plusieurs possibilités : soit Willer refusait d'ouvrir, soit il était absent, soit… il était mort.

— Vous avez un passe ? demanda Julian à la baronne qui arrivait derrière eux, escortée de son fils et de son fiancé.

— Non, se désola-t-elle.

— Alors, nous allons devoir enfoncer cette porte ! lança Julian.

Plus facile à dire qu'à faire : le vidéaste imaginait déjà la douleur dans son épaule quand elle rencontrerait la résistance du solide bois de chêne. *Un bélier…* pensa-t-il en avisant un petit banc décoratif poussé contre le mur.

— Bonne idée ! confirma Lawrie en suivant son regard.

Le raffut dans le couloir avait incité Jack, Adélia et Alex à sortir de leur tanière. L'occasion pour Daisy de les informer qu'un autre crime venait d'être commis.

— Je sais crocheter une serrure… rappela tranquillement Jack, alors que Lawrie et Julian avaient déjà empoigné le banc.

Il disparut une seconde dans la piaule des garçons.

— Il va récupérer son matériel de pro, expliqua Alex, hyper fier.

— Voilà ! Allez messieurs ! Vous êtes peut-être jeunes, vigoureux et sans déperdition capillaire, mais Houdini, c'est moi ! Faites place, et admirez l'artiste !

Il lui fallut moins de cinq minutes pour parvenir à ses fins. Quand il tourna la poignée pour ouvrir, les gonds, mal graissés, grincèrent lugubrement.

— À qui l'honneur ? demanda-t-il, la mine triomphante.

— J'y vais, s'imposa Lawrie.

— Sois prudent ! le supplia Jo.

Quelques secondes plus tard, il ressortit en annonçant :

— Vide ! Il n'y a personne !

Où se trouvait donc l'acolyte d'Irma Cavendish ? Les participants partirent à sa recherche, en vain. John Willer n'était nulle part, l'oiseau s'était envolé.

Le petit déjeuner fut servi dans une ambiance morose, et Jo fut soulagée de voir la cafetière en argent émerger du monte-plats. Sa tasse à la main, elle se retrancha dans un coin avec Julian, Lawrie et Jack pour discuter à voix basse.

— Et s'il se cachait toujours dans le manoir ? théorisa-t-elle.

Il y avait tout de même peu de chances. Du sous-sol au grenier, tout avait été méticuleusement fouillé. Les dépendances et la maison du gardien aussi. La version la plus probable était que John, après avoir attaqué Jessica, s'était enfui.

— S'il est parti, il n'a pas pu aller loin, présuma Jack.

— Il est en moins bonne condition physique que nous, déclara Julian. Il ne nous faudrait pas longtemps pour le rattraper.

Lawrie approuva d'un mouvement de tête.

— Vous comptez vous lancer à sa poursuite ? Vous ignorez dans quelle direction il est allé ! s'agaça Jo.

— On ne peut quand même pas le laisser filer sans rien faire, argumenta Julian.

— Ça pourrait être dangereux, insista-t-elle.

— Jo… commença Lawrie.

— Je n'ai pas fini ! le coupa-t-elle. Qu'est-ce qui vous dit qu'il n'est pas armé ? Et s'il vous tirait dessus ? Nous n'avons aucun moyen de garder le contact avec vous. Si ça tourne mal dehors, vous serez livrés à vous-mêmes !

Elle avait légèrement haussé le ton, de sorte que Duncan se greffa à la conversation.

— J'en suis ! décida-t-il. Il faut ramener ce fumier ! Le domaine ne se relèvera jamais d'une histoire pareille. Je veux qu'il paie pour les dommages causés.

— C'est un plan stupide et inutilement dangereux, répéta Jo. La police finira de toute façon par arrêter Willer.

— Il aura plusieurs jours d'avance sur elle, et Dieu seul sait quand on viendra nous libérer, rétorqua le prêtre. S'il quitte le pays dans l'intervalle, il sera presque impossible à retrouver.

— À ce stade, Lawrie, j'estime que ce n'est pas ton problème !

— Eh bien, je ne suis pas d'accord, Jo !

— Le drone ! s'interposa Alex. Regardez, il fait beau, le temps est idéal pour le faire voler. On n'a qu'à l'utiliser pour le localiser.

Trente minutes plus tard, ses lunettes FPV sur le visage, Alex fit décoller son engin avec un frisson d'excitation.

— Je n'ai pas encore la technique, prévint-il. Si je n'assure pas, Julian prendra le relais. Et c'est parti, vole, petit bébé. Va trouver le vilain Mr Willer.

— Ce truc a une portée de combien ? s'intéressa Jo.

— Il peut couvrir une dizaine de kilomètres sans problème, expliqua Julian en surveillant les manœuvres d'Alex.

Il leur fallut moins d'un quart d'heure pour repérer le fuyard, à cinq kilomètres du manoir. Il progressait lentement ; le rattraper serait aisé. La perspective n'enchantait pas Jo, mais elle renonça à s'opposer.

Desmond leur offrit alors une aide pour le moins inattendue. Après s'être éclipsé quelques minutes, il revint avec un long étui de cuir dans les mains.

— Au cas où, pour vous défendre.

La baronne le dévisagea avec une expression colérique.

— C'est un fusil ? demanda-t-elle, interloquée.

Mal à l'aise, Desmond acquiesça.

— Qu'est-ce que cet objet de malheur fait chez moi ?

— Chez nous, rectifia-t-il. Chez nous, ma chérie.

— Ne détourne pas la conversation. D'où sort ce fusil ?

— Je l'ai acheté.

— Dans quel but ?

— Chasser.

— Je croyais que nous étions d'accord sur ce point : je ne veux pas qu'on abatte des animaux sur mon domaine.

— Il faudra bien réguler la population de cervidés, Minerva. Si on ne fait rien, ces bestioles vont bientôt pulluler, et nous devrons payer quelqu'un pour nous en débarrasser.

— Tu comptais agir dans mon dos ? se méfia-t-elle.

— Bien sûr que non, mon trésor. Tu aurais fini par te ranger à mon avis.

— Comme pour tout le reste… grommela Duncan.

Sa mère lui décocha un regard haineux.

— Mêle-toi de tes affaires, Duncan !

— Ah, parce que ce ne sont pas les miennes ?

— En aucun cas !

— Évidemment…

— C'est bon, nous l'emmenons, décida Lawrie, coupant court à leur nouvelle dispute.

Compte tenu de la tension qui régnait, mieux valait ne pas tenter le diable avec une arme à feu.

Le prêtre, Julian et Duncan s'équipèrent pendant qu'Alex rechargeait son précieux drone.

Appuyée contre le mur lambrissé, Jo fixait avec appréhension son meilleur ami, qui enfilait ses chaussures de randonnée. Desmond leur avait aussi dégoté dans le grenier plusieurs paires de raquettes en bon état qui leur permettraient de ne pas s'enfoncer dans la neige à chaque pas.

En levant les yeux, Lawrie croisa le regard de Jo.

— On sera revenus très vite, promit-il.

— Tu as intérêt, Spencer, si tu ne veux pas t'attirer de gros ennuis… Pas deux fois dans la même semaine. Je n'ai plus d'ongles à ronger.

Il rigola en secouant la tête.

— Ça vaut pour toi aussi, Julian ! prévint-elle.

— Et moi, non ?! s'offusqua Duncan.

— Si, bien sûr, balbutia Jo.

— Personne ne s'en fait jamais pour moi, râla le fils de la baronne.

Il jeta un regard en direction de sa mère et de son fiancé puis, d'un mouvement de menton, désigna Desmond en lui lançant :

— On préfère tirer sur des pauvres bêtes sans défense, hein ! Pour le reste, on n'est pas très courageux… Tu vas rester ici au chaud dans les jupons de maman… C'est ton truc, les jupons, non ? T'es un spécialiste pour te glisser dessous, pas vrai ?

15.

Comme elle ne pouvait toujours pas récupérer les caméras du salon, parce que les EVJF s'y trouvaient, Jo décida de s'occuper de la chambre de Willer, en la passant au peigne fin. Winston, Clemie et, évidemment, le corgi poisson-pilote étaient avec elle.

De temps à autre, le bouledogue donnait un coup de langue à son humaine quand elle s'approchait de la fenêtre pour vérifier que tout se passait bien à l'extérieur – où Jack, Adélia, Luke et Alex suivaient à distance le trio qui pourchassait John Willer. En cas de problème, on viendrait la prévenir.

— Je sais, Winston : ton maître est un grand garçon, et jusque-là il a très bien survécu sans moi. Enfin, si on exclut l'épisode de l'année dernière…

Le chien jappa, mettant en joie Napoléon, qui l'imita en remuant la queue.

— Il est vraiment bizarre, ton nouveau pote…

Winston gémit ; si seulement sainte Pastamamma savait à quel point elle était loin du compte. Ce Napoléon lui tapait sur le système à le suivre comme un toutou à sa mémère. Clemie, telle une vraie petite détective, furetait partout, grimpait sur le lit, les commodes, les chaises, s'introduisait sous les meubles.

Jo examina le contenu de la valise du tueur présumé, mais n'y trouva rien de louche. Au rez-de-chaussée, Daisy et Claudia surveillaient le corps de Jessica. Celui-ci reposait toujours dans la bibliothèque, où il avait seulement été recouvert d'un drap.

L'image de la jeune femme fauchée en pleine jeunesse obsédait la scénariste. Rien sous le matelas ; elle le laissa retomber lourdement, ce truc pesait une tonne. Elle défit les draps, passa en revue l'intégralité de la pièce et s'attaqua à la salle de bains.

— Jo ?

— Adélia ? Un souci avec Lawrie et Julian ?

— Non, ils vont parfaitement bien, mais je voulais te montrer quelque chose…

La petite amie d'Alex entra en tenant serrés contre elle plusieurs gros ouvrages anciens.

— J'ai emprunté ça hier dans la bibliothèque. Ils parlent tous de la légende. Et j'ai aussi trouvé des informations sur le clan McMillan.

Elles s'installèrent sur le lit.

— Le manoir leur appartenait jusque dans les années 2000, commenta Adélia.

— Ah bon ? Il n'était pas aux Acroyd ?

— Les McMillan n'avaient pas les fonds nécessaires pour l'entretenir ; la banque leur a accordé différents prêts qu'ils n'ont pas réussi à rembourser. Le domaine a fini par être mis aux enchères. De vieux journaux relatent cette histoire. Les anciens propriétaires ont *a priori* très mal vécu la perte de leur patrimoine familial. Glenn McMillan a même menacé lady Acroyd devant témoin le jour de la signature du transfert de propriété.

— Il s'agit du Glenn McMillan qui nous a conduits jusqu'ici ?

Adélia montra la photo noir et blanc de leur chauffeur qui, poing en l'air, invectivait une lady Acroyd plus jeune sur le perron d'un tribunal.

— Il a intenté un procès aux Acroyd quand ils ont lancé des travaux, continua Adélia.

— C'est très intéressant…

— Et ce n'est pas tout. Ce monsieur McMillan aurait une fâcheuse tendance à terrifier les vacanciers qui séjournent à St Andrew Manor.

Ils en avaient fait personnellement l'expérience.

— À un moment, la publicité était si mauvaise que plus personne ne réservait. Mais c'était sans compter sur l'habileté de Desmond qui, en ayant l'idée d'utiliser la prétendue hantise du lieu, a sauvé l'exploitation d'un désastre commercial.

Absorbée dans ses pensées, Jo dit pour elle-même :

— Glenn McMillan aurait tout intérêt à ce que des meurtres se produisent ici…

— C'est ce que je pense aussi.

— Une façon extrême de se venger, tout de même.

— On ne peut jamais savoir, argumenta Adélia.

— Tu as raison, ton hypothèse tient, d'autant que McMillan aurait pu ne pas reprendre la route après nous avoir déposés. Si St Andrew était à lui, il a possiblement connaissance d'endroits où se cacher. Il pourrait même se planquer à l'intérieur du manoir…

— Il y a aussi plusieurs cabanes de chasseurs aux abords de la propriété.

Jo blêmit.

— Les garçons sont dehors…

— Lawrie a le fusil, lui rappela Adélia.

— Il n'a jamais manié une arme de toute sa vie.

— Ça ira, Jo. Si c'est McMillan qui est derrière tout ça, il ne prendra pas le risque d'attaquer trois hommes en même temps et en plein jour.

Une idée frappa Jo.

— Tu penses qu'il existe un accès secret qui mènerait au manoir et que McMillan utiliserait pour entrer et sortir sans se faire voir ?

— C'est une très vieille bâtisse, c'est plus que probable, admit l'adolescente.

Clemie piétinait depuis un moment dans le tas de cendres froides laissées dans l'âtre. Jo s'interrompit : pourquoi un feu avait-il été allumé dans cette cheminée ? « Ne les utilisez pas », les avait prévenus la baronne lors de leur visite, le premier jour.

Les pattes grises, la chatte ressortit, un objet dans la gueule, en laissant l'empreinte de ses coussinets sur le tapis beige.

— On dirait qu'elle a trouvé quelque chose, découvrit Adélia en prenant l'animal dans ses bras. C'est quoi ? Un morceau de tissu ?

Jo récupéra le butin. Un carré de deux centimètres sur deux.

— Oh non, c'est… On dirait du… parchemin ? hallucina Jo.

Dessus étaient tracées des lettres calligraphiées comme celles qu'utilisaient les moines copistes jadis. *Le début d'un mot en latin*, estima Jo. Et, dans le coin gauche, une minuscule enluminure représentant une fleur jaune et blanche était dessinée.

— Si ce n'est pas un faux, ce document date de plusieurs siècles, expliqua Jo. Qu'est-ce que ça fait là ? Et pourquoi avoir voulu s'en débarrasser ?

La scénariste vida une boîte d'allumettes abandonnée sur le manteau de la cheminée pour y glisser la trouvaille de Clemie. Elle continua avec Adélia à retourner chaque recoin de la chambre.

Derrière un cadre, elles dénichèrent un nouvel élément intéressant : un plan détaillé du manoir qui indiquait l'emplacement des vestiges de l'édifice médiéval encore existants sous leurs pieds.

— Pourquoi dissimuler cette carte ici ? s'étonna Jo.

Adélia haussa les épaules avant d'écarquiller les yeux, frappée par une théorie :

— Et si Irma Cavendish et John Willer ne cherchaient pas Mary, comme ils ont voulu nous le faire croire ?

— Développe, l'encouragea Jo.

L'adolescente se précipita sur un des ouvrages qu'elle avait emportés avec elle. Nerveuse, elle l'ouvrit en faisant défiler les pages.

— Voilà ! Tu te souviens de la légende ? Mary aurait été enterrée avec ses bijoux, dont le précieux diadème offert par Robert Bruce…

— Irma et John ne cherchaient pas Mary, mais le diadème, pensa tout haut Jo.

— Nous sommes partis du postulat que ce joyau était une légende. Irma et John ont peut-être trouvé une preuve concrète de son existence et savaient où le débusquer…

— Ce qui ferait d'eux de vulgaires chasseurs de trésor… en déduisit Jo. Ça tient la route, Adélia, ça expliquerait tout le reste. Bravo, c'est brillant !

La jeune fille s'empourpra, trop heureuse d'avoir mis au jour un indice important.

L'esprit en ébullition, Jo se leva pour jeter un rapide coup d'œil à son neveu qui, à l'extérieur, manœuvrait toujours calmement son drone.

Daisy la fit sursauter en apparaissant sur le seuil.

— Ils l'ont eu ! Ils reviennent ! annonça-t-elle avec un frisson d'excitation.

De soulagement, Jo se posa une main sur le cœur, et Winston lui donna un petit coup de tête sur le tibia.

Il fallut une heure de plus aux poursuivants de Willer pour parcourir le chemin en sens inverse.

Tout le monde les attendait sur le perron.

— J'ai les pieds gelés, se plaignait Duncan.

Les jérémiades du baron se faisaient désormais entendre, le quatuor n'était plus très loin. Ils émergèrent, avec Julian en premier de cordée. Lawrie, lui, fermait la marche, le bout du fusil, accroché dans son dos, dépassant de l'arrière de sa tête. Le drone stationnait au-dessus d'eux, toujours parfaitement piloté par son jeune propriétaire.

Willer, exsangue et désorienté, s'affala sur les marches d'accès au manoir.

— Il faut qu'il rentre et se repose, ordonna Lawrie en tendant fusil et sac à dos à Jack.

Le pasteur retira ses raquettes et celles que Willer avait aux pieds.

— Qu'est-ce qu'il a ? s'alarma Jo.

— Je soupçonne une commotion cérébrale.

— Vous vous êtes battus ?

— Non, il était comme ça quand on l'a trouvé.

Lawrie se pencha pour aider le quinquagénaire à se lever.

— On va le mettre au chaud et le réhydrater.

— Une commotion cérébrale ? répéta Jo en prêtant main-forte à son meilleur ami.

Ils échangèrent un regard, et Lawrie précisa :

— Il a pris un sacré coup sur le crâne.

— Mais quand ?

— Il est confus. Discutons-en à l'intérieur, si tu veux bien.

Nettement moins conciliant que le prêtre, Duncan insistait pour qu'on attache le prisonnier.

— Il y a un cachot dans la partie médiévale, on pourrait l'enfermer là !

— Avec des rats et du gruau, s'agaça Lawrie.

— Au moins, il ne fera plus de mal à personne.

La baronne proposa le cagibi sans fenêtre de la cuisine.

Se désintéressant du sort de Willer, Desmond et les EVJF leur avaient faussé compagnie.

Dans le salon, hagard, John Willer, une couverture sur les épaules, se balançait d'avant en arrière sur le fauteuil où on l'avait installé.

— Buvez, John, ça vous réchauffera, promit Lawrie en glissant une tasse entre les mains de leur présumé coupable.

Willer leva un regard horrifié vers lui.

— Je n'ai pas tué la jeune fille, balbutia-t-il en grelottant. Je jure que je ne lui ai rien fait...

Malheureusement, ses vêtements couverts de taches de sang racontaient une tout autre histoire, et il se mit à pleurer.

— Essayez de vous souvenir de ce qui s'est passé, l'encouragea Lawrie.

La baronne, son fils, le couple de domestiques, Daisy, Jack, Adélia, Alex, les vidéastes et Jo écoutaient, suspendus aux lèvres de John Willer.

— Quand je me suis réveillé, j'ai découvert la petite... morte à côté de moi dans la bibliothèque... C'était affreux !

— Pour sûr que c'est affreux ! s'emporta Duncan. Vous l'avez assassinée !

— Non ! Ce n'est pas moi ! Je ne sais même pas comment j'ai atterri là-bas !

— De quoi vous souvenez-vous, exactement ? reprit Lawrie calmement en imposant, d'un geste autoritaire de la main, le silence à Duncan.

— De rien, gémit le quinquagénaire en sanglotant. Je n'ai aucun souvenir.

— Il va nous jouer le coup de l'amnésique. Oh Seigneur, il y a un tueur dans la maison maintenant, se morfondit Duncan d'une voix blanche.

— Je ne suis pas un tueur, et je jure que je ne me souviens de rien !

— C'est bien pratique, s'agaça lady Acroyd.

— Pour autant, la bosse à l'arrière de son crâne est bien réelle, nuança Lawrie.

— Il a pu s'assommer lui-même pour faire croire à une attaque !

— C'est vrai qu'il aurait pu, admit Daisy.

— Et quand bien même, ce n'est pas ça qui l'innocente ! s'exaspéra lady Acroyd. La jeune femme aurait très bien pu essayer de se défendre.

— Il y a trop de monde dans cette pièce, décida Lawrie. Je vous propose d'aller vaquer à vos occupations pendant que Jo et moi tentons d'éclaircir cette affaire.

— Rien de plus facile que de convaincre un prêtre crédule, grogna Duncan.

— Hé ! Lawrie n'est pas crédule ! le défendit Daisy.

Excédé, Duncan préféra sortir avant de professer des paroles qui dépasseraient sa pensée.

Une heure plus tard, Jo et Lawrie durent se rendre à l'évidence : ils ne tireraient rien de Willer.

On enferma donc l'associé d'Irma dans sa chambre, en prenant soin de cadenasser les volets intérieurs pour qu'il ne puisse pas fuir par la fenêtre.

Restait à Lawrie et à Julian une dernière tâche macabre à accomplir : porter Jessica jusqu'à l'abri de jardin, où se trouvait déjà Irma.

La nuit était tombée quand ils en eurent terminé avec leur sinistre besogne. Emmitouflée jusqu'au nez, Jo, cette fois escortée par Jack, les rejoignit.

— Le repas de Noël va être servi, les informa-t-elle.

— Je ne suis pas près de l'oublier, celui-là… se désola Jack.

Lui et Julian partirent devant, en laissant à Jo l'opportunité de raconter à Lawrie ce qu'Adélia et elle avaient découvert pendant son absence.

— Le chauffeur qui vous a conduit jusqu'ici était donc l'ancien propriétaire ? s'étonna Lawrie.

Jo acquiesça.

— Et Willer et Irma seraient des chasseurs de trésor…

— Il était trop incohérent tout à l'heure pour que je lui pose la question, mais demain il faudra l'attirer sur ce terrain, préconisa Jo. Et puis, il y a ça…

Du bout des doigts, elle souleva le linceul sous lequel était dissimulée la dépouille de Jessica pour désigner, de l'index, les traces couleur rouille sur le bas de son jean.

Lawrie récupéra la lampe baladeuse pour mieux éclairer la scène.

— Tu devines assez bien où elle s'est tachée…

Lawrie se redressa, les sourcils froncés.

— Qu'est-ce qu'elle est allée faire là-bas ?

— Et qu'est-ce que Willer y faisait aussi ?

— Sur sa chemise… prononça lentement Lawrie.

Tous deux avaient remarqué la même chose.

— Ce n'est pas tout : Clemie a trouvé ça.

Jo batailla pour retirer ses gants, avant de plonger la main dans la poche de son pantalon pour en sortir la boîte d'allumettes où elle conservait le bout de parchemin à moitié carbonisé.

— C'était dans la cheminée de Willer et d'Irma.

— Des lettres gothiques… Du latin ?

— Je pense que ça vient d'un grimoire ancien, indiqua Jo.

— Possible… C'est tout ce que tu as ?

— Le reste est parti en cendres.

Elle rabattit le drap sur la cheville de Jessica en soupirant et eut alors une pensée pour la mère de Karen Chapman, à qui il faudrait annoncer le décès de sa seconde fille.

Le buffet de Noël était tristement dressé. Personne n'avait vraiment le cœur aux réjouissances.

Présidant la tablée, la baronne demanda à Lawrie :

— Révérend, accepteriez-vous de réciter un bénédicité pour cette veillée de Noël ?

Croyants ou pas, aucune protestation ne s'éleva, et c'est dans un silence de recueillement que les mains se joignirent.

Le visage légèrement penché, Jo se prêta à l'exercice tout en observant du coin de l'œil son meilleur ami devenu prêtre prononcer des paroles de réconfort, les paupières closes. Elle s'aperçut au passage que les expressions s'adoucissaient sous l'effet de la prière.

Quand Lawrie ouvrit les yeux, il la découvrit en train de le fixer. Elle ne cillait pas, la mine grave. Il ignorait ce qu'elle pensait à cet instant précis, mais devinait dans son regard un questionnement intense.

Jo aimait Lawrie, c'était un fait, et c'était ainsi depuis longtemps, mais le reste… La liturgie, le col romain, le sacerdoce, sa vocation, Dieu lui-même…

— Ça va ? s'inquiéta-t-il.

Elle ne répondit pas et retourna à son plat de volaille farcie.

Les discussions reprirent ; on tentait d'inclure de la légèreté dans cette soirée.

Les EVJF composaient avec la terrible culpabilité qui les accablait. Elles avaient pourri les derniers jours de Jessica, l'avaient volontairement isolée, molestée, mise à l'écart. Peut-être que si elles avaient été plus compréhensives, leur amie serait encore là pour fêter Noël avec elles.

Ce séjour prenait des airs de leçon. Une leçon amère.

Desmond se redressa pour porter un toast, et Duncan gonfla les joues avant d'ironiser :

— Je ne vois pas de quoi nous pouvons nous réjouir.

— C'est là que tu te trompes ! Je voudrais remercier Amy, ici présente.

Il tendait sa coupe dans sa direction.

— On a raté un épisode ? chuchota Jo à Lawrie.

« On ». Le pasteur sentit un élancement dans sa poitrine, soulagé qu'elle s'adresse enfin à lui.

— Grâce à Amy, nous aurons bientôt remis en état cette fichue radio ! continua Desmond tout sourire.

Julian et Jack échangèrent un regard intrigué.

— Eh oui, messieurs, je suis ingénieure en microélectronique ! exulta Amy. Alors, ça vous la coupe, hein ?!

— Pourquoi ça nous la couperait ? s'offusqua Julian.

— Allons, c'est évident. En dehors de Desmond et du pasteur Spencer, vous nous avez toutes traitées comme des écervelées !

Quelques œillades brûlantes plus tard à l'intention de Lawrie, elle se tourna vers le jeune fiancé de lady Acroyd pour ajouter :

— Merci à vous deux. Vous êtes les seuls hommes présents à cette table qui relèvent le niveau !

Jo pouffa en voyant les expressions outragées des autres spécimens masculins.

— Ne riez pas, miss Brown ! Vous ne valez pas mieux qu'eux !

Piquée au vif, la scénariste retrouva instantanément son sérieux.

— C'est vrai, ça, lui chuchota Lawrie sur le ton de la plaisanterie. Je note qu'il y en a au moins une ici pour s'apercevoir que je ne suis pas un sale macho réac'.

Le regard furieux que Jo lui décocha incita le prêtre à la mettre en veilleuse.

— Demain, nous serons en mesure de lancer un appel de détresse, promit Desmond.

La fin du cauchemar se profilait, enfin !

16.

Jo et Lawrie s'étaient éclipsés juste avant le dessert pour récupérer en douce les caméras laissées dans le grand salon. Ils espéraient que le contenu numérique leur apprendrait quelque chose.

Alex s'occupa de lancer la lecture des vidéos sur son MacBook pendant que Jack mettait le matériel de l'ado en charge en vue d'une nouvelle utilisation.

Les premières images montraient Lawrie qui poussait Jo derrière une tenture, puis Julian qui entrait.

— Mmmmmh, s'emballa Daisy, la bouche pleine de guimauve. On peut savoir ce que vous avez fait là derrière tous les deux ?!

— Il m'écrabouillait les orteils avec ses immenses pieds, rouspéta Jo.

Les minutes défilaient à l'écran.

— Intéreffant ! C'est que vous y êtes reftés un moment…

Assis sur le sol au pied du lit de sa meilleure amie, Lawrie se marrait.

— Ne l'encourage pas, toi ! rugit-elle en lui filant une tape sur l'épaule.

— Nous comprenons tous mieux ces promenades nocturnes auxquelles vous vous adonnez dès que l'occasion se présente, insista Daisy en se léchant consciencieusement les doigts avec un bruit de succion équivoque.

— Il faut bien que quelqu'un installe et désinstalle les caméras, se défendit Jo. Et comme tu as la trouille de croiser un fantôme dans les couloirs à la nuit tombée…

— Ce manoir est *creepy*, OK ? C'est normal d'avoir les jetons.

— T'es une poule mouillée, Daisy !

— Mouais mouais, tu peux détourner la conversation, n'empêche que nous sommes tous ici témoins que mimi pasteur et toi vous vous pelotez derrière les tentures.

Un éclat de rire collectif emplit la pièce, pendant que Jo tentait d'éteindre l'incendie qui lui embrasait les joues.

Elle ravala la justification désespérée qu'elle avait au bord des lèvres en mentalisant le petit juge dans sa tête qui, marteau à la main et perruque sur le crâne, braillait : « Coupable ! » pour revenir à St Andrew et à ses assassinats :

— C'est bon ?! On peut faire le point sur ce que nous avons appris, maintenant ?! Adélia a mis au jour de nombreux éléments en cherchant dans les archives du domaine.

— Du coup, on se retrouve avec pas mal de suspects potentiels, regretta Jack.

— Moi, ce que j'en dis, c'est que quelquefois la solution la plus évidente est la bonne. C'est Willer l'assassin. Il était avec Irma quand elle a pris le poison, et, concernant Jessica, il avait des traces de sang sur lui. D'ailleurs, s'il était innocent, il ne se serait pas enfui, déclama Daisy en se levant pour récupérer un paquet de chips saveur barbecue dans son sac.

— Mais quelle quantité de bouffe tu as dans tes valises ? hallucina Alex.

— De quoi tenir un siège. C'est le stress, ça me creuse l'appétit, j'y suis pour rien. Et je réfléchis mieux la bouche pleine.

— Dommage que ça ne t'empêche pas de dire aussi des conneries, se moqua l'adolescent.

— Toi, t'es privé de chips jusqu'à nouvel ordre !

— Donc, repartit Jack, si nous faisons l'inventaire, nous avons plusieurs pistes, la plus probable étant que John Willer cherchait le trésor.

— Irma et lui l'ont peut-être découvert, intervint Adélia. Ils auraient pu se disputer au sujet du partage, et ça aurait dégénéré…

— Mais qu'est-ce que Jessica aurait eu à voir là-dedans ? demanda Jo. Et la grande question demeure : que faisait-elle dans la crypte au puits avec Willer ?

— Ils y étaient ensemble ? s'étonna Jack.

— Ensemble, je ne sais pas, mais ils avaient tous les deux des traces d'argile sur leurs vêtements quand nous les avons trouvés, confirma Lawrie.

— Il existe peut-être un lien entre eux, finalement, estima le septuagénaire.

— Ou alors ils étaient au mauvais endroit au mauvais moment, proposa Daisy en haussant les épaules.

— Le médaillon… C'est peut-être ça qui les a incités à descendre, hasarda Jo.

— Demain, nous interrogerons Desmond et Duncan au sujet du Fettes College, décida le pasteur. On ne sait jamais, ce n'est peut-être pas qu'une coïncidence.

— Et le trésor de McMillan ? lança Jack.

— C'est l'hypothèse la plus folle, admit Lawrie. Mais nous ne pouvons pas l'écarter. Comme il ne neige plus, si quelqu'un se balade autour du manoir, il laissera forcément des traces de pas et nous serons fixés. Enfin…

sauf s'il existe effectivement un passage souterrain reliant le manoir à l'extérieur.

— Vous oubliez les EVJF, fit Daisy en enfournant une poignée de patates frites.

— Quoi, les EVJF ?

Jo dut attendre que son assistante en finisse avec ses scrontch scrontch pour avoir la réponse à sa question.

— Elles en avaient toutes après Jessica… La mariée en premier lieu. Et je ne fais pas confiance à cette Amy. Elle n'est pas nette, celle-là !

— Ah bon ? Pourquoi ? l'interrogea Jack, qui n'avait rien remarqué.

— Elle est obnubilée par Lawrie… expliqua Daisy avec un air supérieurement courroucé.

— C'est vrai ?! s'exclamèrent en chœur Alex, Adélia et Jack.

— Elle a voulu lui filer son numéro de téléphone, elle a même demandé à Jo si ça ne la dérangeait pas. Mais, en vrai, on sentait bien que c'était pour la faire chier !

Alex mit en pause la lecture de la vidéo, et Lawrie se tourna pour sonder l'expression de sa meilleure amie, installée dans la position du lotus sur son lit juste derrière lui.

— Elle est venue te voir ? s'étonna-t-il.

— Ouais, et c'était pas vraiment pour avoir une autorisation, précisa Daisy.

— Et alors ? questionna Lawrie avec un sourire amusé.

— Eh bien, je lui ai dit qu'elle pouvait !

— Ce n'est pas exactement ce que j'ai entendu, corrigea Daisy. Tu as dit, je cite : « Tu peux toujours essayer. »

— C'est du pareil au même !

Adélia dodelina de la tête, pas tout à fait d'accord avec cette interprétation.

— En fait, peu importe ce que tu lui as répondu. Ce qui compte, c'est cette expression triomphante affichée sur ton visage quand tu as compris qu'il refusait…

Quelle traîtresse, cette Daisy !

— N'importe quoi ! Je m'en suis *totalement* désintéressée ensuite !

Daisy tira sur sa paupière inférieure en croassant un « mon œil », pendant que Lawrie se grattait le menton en riant.

— « Tu peux toujours essayer… », répéta-t-il, pensif.

— Oh ! Lâche-moi, Spencer ! Ceci dit, Daisy a raison sur un point : faut pas être clair pour draguer un prêtre dans un manoir où des gens se font assassiner !

— Je suis pasteur, Jo, pas moine. J'ai le droit de me faire draguer.

— Alors, parfait ! La prochaine fois, prends son numéro !

Jo se renfrogna en croisant les bras. Lawrie amorça un mouvement de la main vers elle.

— Pas touche ! Continue comme ça, et je t'imprime les mailles de ma chaussette sur le front ! Ça y est ? La récré est terminée ? On peut se concentrer sur autre chose, maintenant ?

Une fois de plus, la chambrée était hilare aux dépens de Jo.

— Vous êtes tellement drôles, tous les deux, s'esclaffa Daisy.

— Alex ! ordonna sa tante, l'index en l'air. Appuie sur *play* !

Ils n'apprirent rien de plus.

Ce n'est qu'après 2 heures du matin que le duo d'apprentis espions prit la direction de la crypte au puits pour y placer ses mouchards.

En remontant, Lawrie proposa de faire un détour par la bibliothèque afin de vérifier que le morceau de parchemin n'appartenait pas à un vieux grimoire de la famille. L'hypothèse était peu probable, mais autant s'en assurer.

Armés chacun d'une lampe de poche, ils passèrent en revue les longs rayonnages de bois.

— Il était peut-être aux McMillan, ce parchemin, dit Jo.

— Ce n'est pas impossible… Cela signifierait qu'il y a un rapport entre cette famille, Irma et Willer.

— Nous avons trop de pistes… N'importe qui pourrait être l'assassin.

Déçue de ne pas progresser, Jo s'appuya sur le bureau en acajou derrière elle. Lawrie suspendit sa fouille quand il s'aperçut qu'il était seul à mener les investigations.

— Quoi ? demanda-t-il en découvrant sa meilleure amie, immobile en train de le fixer avec un air songeur.

— Rien.

— Qu'est-ce que j'ai encore fait ?

Elle haussa un sourcil.

— Mais rien !

— OK, t'es fâchée à cause des plaisanteries de Daisy ? C'était juste de l'humour, Jo.

— Aucune raison de revenir là-dessus, et je ne suis pas fâchée.

— Non ?

— Non. Où veux-tu en venir, à la fin ?

— J'essaie simplement de savoir quel film se déroule en ce moment dans cette petite tête.

Il s'était assis sur l'accoudoir du fauteuil de lecture, pile en face d'elle.

— Parce que, quand tu me regardes comme ça, sans prononcer un mot, je me demande toujours ce que j'ai fait de mal.

— De mal ? répéta-t-elle en sentant son estomac se retourner.

Il hésita avant de continuer.

— Tu étais plus distante à nouveau ce soir…

Elle baissa les yeux sans le détromper.

Un long silence s'abattit sur eux.

— La prêtrise… se décida-t-elle à lâcher à voix basse.

En plus du bénédicité, lady Acroyd avait réclamé au pasteur un sermon ainsi qu'une bénédiction de Noël.

— Comprends-moi, quand tu es là, devant moi, tu es ce gars génial auprès duquel j'ai grandi, celui que je connais, celui que…

Elle retint *in extremis* le « j'aime » qui concluait sa phrase.

— … Bon sang, Lawrie, je quitte un avocat et je retrouve un homme d'Église. Tu mesures à quel point ça peut être perturbant ? La foi, l'amour de Dieu, toi en soutane blanche en train de dire des messes, de bénir des gens, de les marier, de baptiser leurs enfants ou de les accompagner dans la mort… poursuivit-elle avant de laisser un nouveau blanc. Oh, Lawrie, acheva-t-elle. Je ne suis même pas certaine de croire en Dieu.

— Et tu n'y es pas obligée.

Cette fois, leurs regards s'accrochèrent.

— Vraiment ?

— Pourquoi tu y serais forcée ?

— Tu sais pourquoi… souffla-t-elle.

Elle rompit le contact visuel pour s'intéresser à ce qui se passait à l'extérieur.

« Tu sais pourquoi. » Ces trois mots, *a priori* anodins, prenaient dans la bouche de Jo un sens particulier. Un soleil vibrant s'épanouit dans le cœur de Lawrie quand il comprit quel combat intérieur elle livrait.

Ils se dévisagèrent en silence dans la pénombre ; seuls les faisceaux de leurs lampes de poche éclairaient la pièce.

— Je ne sais même pas comment tu en es arrivé là… murmura-t-elle.

— Alors, peut-être qu'il est temps pour moi de te le raconter, concéda-t-il à contrecœur.

Après un rapide passage par la cuisine pour se préparer un chocolat chaud, ils se retranchèrent dans la salle à manger, puis s'assirent l'un en face de l'autre sur le rebord intérieur, devant la baie vitrée. Les volets ouverts offraient une vue extraordinaire sur le ciel constellé d'étoiles.

La grande pendule du salon les fit sursauter quand elle sonna trois lugubres coups.

— On dirait celle de *Stranger Things*, plaisanta Jo.

— Espérons que Vecna n'apparaîtra pas, il ne nous manquerait plus que lui…

— J'ai « Running Up That Hill » dans une de mes playlists, au cas où…

Un dernier échange moins badin qu'il n'y paraissait. Lawrie avait fait l'expérience d'une rencontre avec la métaphore que représentait Vecna. À part le prêtre qui l'avait secouru, personne, pas même son propre père, n'était au courant de ce qu'il allait confier.

Ils avaient éteint leurs lampes de poche sans pour autant allumer le lustre. Seule la veilleuse de la sortie de secours les éclairait faiblement. Ainsi, Lawrie ne pouvait pas distinguer le visage de sa meilleure amie, mais il sentait son regard braqué sur lui.

Il prit une inspiration et ramena ses longues jambes contre sa poitrine – dans la même attitude qu'elle.

Les renfoncements de fenêtre, pensa-t-il, nostalgique – leur spot favori. Ils en avaient passé, du temps ensemble à discuter, à se chamailler, à lire dans cette position, chez lui ou chez la grand-tante de Jo, Gladys. L'arrière de la tête posé contre le mur, il tourna légèrement son visage vers le carreau glacé.

— Quand Joanne est morte, j'ai complètement sombré...

Il marqua une pause pour gérer l'émotion qui montait en lui.

— ... Les premières semaines, je refusais d'admettre qu'elle n'était plus là. J'ai fait un tas de conneries, parmi lesquelles contacter un voyant... Je m'en foutais, tout ce que je voulais, c'était la retrouver. Peu importait la manière, même si elle était absurde. Je suis devenu *addict* à ces séances, j'ai même entraîné les parents de Joanne dans mon délire. Et un beau jour, plus de trois mois plus tard, j'ai compris... Je faisais fausse route. Il n'y avait pas de Joanne, il n'y aurait plus jamais de Joanne. Tout ce que j'avais en retour, c'était un escroc qui utilisait ma faiblesse pour torpiller mon compte en banque et celui de mes beaux-parents...

Lawrie soupira.

— Ensuite, j'ai vraiment dévissé. Je suis tombé dans une profonde mélancolie. Je ne mangeais plus, ne dormais plus, ne travaillais plus. Le cabinet d'avocats sans Joanne ni moi a commencé à péricliter, j'ai perdu mes clients, et avec eux ma seule source de revenus. J'ai évidemment vu des médecins, qui m'ont bourré d'antidépresseurs, d'anxiolytiques et de je ne sais quoi encore, sans qu'aucun ne m'explique qu'il était normal de souffrir. Que la souffrance fait partie du deuil, qu'elle est nécessaire. Que ça finit par passer, que tout finit par passer, même cette douleur-là. Puis est venu le temps des psys, qui, sans le savoir, m'incitaient à ressasser. Je me répétais encore et encore, sur l'agonie de Joanne, sa disparition, ma descente aux enfers, sur la loque humaine que j'étais devenu...

Jo serrait si fort son mug qu'elle craignit un instant qu'il se brise entre ses doigts.

— … Et comme ce n'était pas suffisant, j'ai mélangé l'alcool et les médicaments. Putain, j'espérais juste que ça s'arrête…

— Oh, Lawrie… murmura Jo. Pourquoi tu n'as rien dit ? Pourquoi tu ne m'as jamais autorisée à venir ?

Elle le lui avait pourtant proposé plusieurs fois, mais il s'était obstiné à repousser ses visites. Elle avait même gardé une année entière un sac de voyage prêt dans son placard au cas où il changerait d'avis.

— J'avais honte. Je ne voulais pas que tu me voies dans cet état. Et tu n'aurais rien pu faire.

— Bien sûr que j'aurais pu faire quelque chose ! J'aurais au moins été à tes côtés !

— Non, Jo. Je t'aurais entraînée dans ma chute. N'oublie pas que je te connais mieux que personne…

— Mon Dieu, c'est pour ça que tu étais si glacial dans tes messages… comprit-elle soudain, alors qu'elle avait toujours cru qu'il lui reprochait tacitement son absence aux obsèques de Joanne.

— Je prévoyais d'en terminer, Jo… avoua-t-il. Je ne voulais pas que tu sois associée de près ou de loin à la décision que j'avais prise.

Plus ébranlée encore que si un trente-huit tonnes l'avait percutée de plein fouet, Jo accusa le coup.

— Je t'avais laissé une lettre.

Il ne précisa pas « d'adieu » – inutile.

Elle allongea ses jambes jusqu'à le toucher.

— Je te fais souffrir en te racontant tout ça, se désola-t-il.

— Lawrie, on s'était promis de toujours se soutenir, tu te souviens ? On avait huit ans, et je pensais que ce serment entre nous tenait toujours, glissa-t-elle doucement.

— Je ne pouvais pas te dire la vérité, Jo. Tout roulait pour toi, tu réalisais tes rêves, tu aurais été capable de te gâcher à cause de moi. Bon sang, je sais que tu aurais tout plaqué pour rester avec moi. Et ton sacrifice n'aurait servi à rien, parce que, dans le deuil, tu es seul.

Du bout de l'orteil caché sous ses chaussettes bariolées, elle caressait son pied. Il déplia ses jambes à son tour.

— Je n'ouvrais plus la porte à nos amis... Tout ce que nous avions bâti, Joanne et moi, ne reposait que sur sa seule présence. Sans elle, je n'étais rien. Et une fois au fond de l'abîme, mon unique obsession était de creuser plus profondément en espérant que le vide finirait par m'engloutir. Ma vie n'avait plus de sens. J'ignorais pourquoi j'étais encore là. Entre deux cuites, j'étais assez lucide pour en prendre conscience. Mon amour était parti, notre bébé avec elle.

Joanne avait fait une fausse couche quelques semaines après que les médecins lui avaient diagnostiqué son cancer. Elle avait refusé les traitements mais, trois mois plus tard, elle avait perdu l'enfant, en même temps que de précieuses semaines de lutte contre la maladie.

— Et puis, un soir, j'avais tellement mal que j'ai décidé d'en terminer...

Jo se remémora alors les messages de Lawrie après le décès de Joanne, tous mensongers – il était « débordé par les dossiers », il devait « tenir le cabinet seul ». Il ne décrochait à aucun de ses coups de téléphone, promettait de la rappeler mais ne le faisait jamais.

Il passa sur les détails. Sur la corde suspendue à la poutre. Ce n'était pas un appel au secours. Il n'avait pas eu l'intention de se rater.

Il bougea légèrement pour glisser son pied entre le mur et la hanche de sa meilleure amie.

— Lawrie...

— Attends, l'interrompit-il. Laisse-moi continuer. Si tu veux comprendre, je dois continuer…

— D'accord, fit-elle, la gorge entravée de sanglots contenus.

— La télévision était allumée…

Étonnamment, il se mit à rire.

— … c'est dingue quand j'y repense, bredouilla-t-il. J'étais perché sur ce tabouret, et ton visage est apparu sur l'écran…

« Perché sur ce tabouret. » Jo encaissa l'information en se plaquant une main sur la bouche.

— … le tien, Jo, et aucun autre. Un gros plan, pile sur tes grands yeux bleus expressifs. Tu étais sur un tapis rouge, mitraillée par une horde de photographes. Il pleuvait des cordes, Andrew tenait un parapluie au-dessus de sa tête pendant que tu te faisais tremper à côté de lui. Tu avais l'air si malheureuse, si effarouchée, si vulnérable, en pleine lumière, alors que tu détestes les flashs et l'attention. J'ignore ce qui s'est passé, mais j'ai senti une bouffée de haine pure s'emparer de moi. Je haïssais tellement Flexton qu'un bref instant j'en ai oublié mon chagrin. Ça n'a duré qu'une fraction de seconde, mais elle a été suffisante pour une prise de conscience salutaire : je n'avais pas le droit de quitter ce monde. Parce qu'à compter de ce jour plus personne, à part Gladys, ne serait là pour toi.

Si les cœurs pouvaient se liquéfier, celui de Jo était clairement en train de le faire.

Il se pencha en avant pour la toucher.

— Ne pleure pas, Jo.

— Je ne pleure pas, mentit-elle.

— J'allume la lumière pour vérifier ?

— Non, non ! C'est vrai, je pleure un tout petit peu, admit-elle.

Sa manche gauche était pleine de morve. Elle fila vers le buffet pour récupérer des serviettes en papier avant de reprendre sa place en face de lui.

— Un tout petit peu, tu dis…

— C'est mon allergie à la poussière.

— C'est moi qui suis allergique à la poussière, Jo…

— Il faut croire que c'est contagieux, fit-elle en se mouchant bruyamment.

Il marqua un temps d'arrêt.

Le cacao dans la tasse de Jo avait refroidi sans qu'elle y ait touché.

— Je pense que tu en as assez encaissé pour la soirée, décida-t-il en amorçant un mouvement pour descendre du rebord de la fenêtre.

Une main sur sa jambe, elle le retint.

— Plus de secrets ! C'est ce qu'on s'est promis.

— D'accord, concéda-t-il en se réinstallant.

— Continue, s'il te plaît.

— Le lendemain, quand je me suis levé, j'étais paumé, pire encore que la veille. J'ai failli te téléphoner, mais tu avais déjà un crétin dans les pattes, je trouvais injuste de t'en refiler un second.

Il réussit à la faire pouffer entre deux reniflements.

— Et l'Église ?

— Quelques semaines plus tôt, en sortant d'un bar en pleine nuit, j'étais tellement bourré que je me suis effondré dans un parc, reprit-il après avoir posé sa main sur la cheville de Jo. Je me suis réveillé à l'hôpital. Bilan de la soirée : côtes cassées, lèvre fendue, arcade sourcilière ouverte, mes papiers, mon portefeuille, mon téléphone envolés. On m'avait détroussé, je suppose que j'avais dû essayer de me défendre… Je ne me souviens de rien, black-out total. Malgré les contusions, la douleur, le fait que j'aurais pu y passer, la seule chose à laquelle j'ai pensé en ouvrant les yeux, c'était que j'avais soif. *Exit* Joanne, mon père, toi… les gens qui comptent. Tout ce qui m'importait, c'était de m'imbiber. Dans le lit à côté du mien, il y avait un garçon de dix-huit ans, hémiplégique après avoir été renversé par un ivrogne, un poivrot comme moi…

La voix de Lawrie s'adoucit.

— Chaque jour, un pasteur lui rendait visite. Il lui parlait, trouvait les mots, l'aidait à puiser au fond de lui la force nécessaire pour se battre contre ce corps qui ne lui appartenait plus. Jonas voulait vivre, alors que moi, en pleine santé, je n'aspirais qu'à crever. Tu ne peux pas savoir à quel point j'ai eu honte durant cette hospitalisation. Anthony Roberts, c'est le nom de ce prêtre, a entamé une conversation avec moi. Je n'ai rien écouté, bien sûr, et quand je suis rentré chez moi, dans cette maison vide, la première chose que j'ai faite, c'est de descendre une bouteille de vin. Ses paroles me sont ensuite revenues en tête. Ça tournait en boucle dans mon esprit. Puis j'ai reçu le message de Ruppert, qui m'invitait à l'anniversaire des sept ans de mon filleul.

— L'ami d'Oxford chez qui tu t'es arrêté avant de venir ici.

— Je suis le parrain de son premier fils, Joey. J'ai décliné : impossible de me montrer dans l'état où j'étais. Tout comme toi, Ruppert aurait compris ce que je traversais. Alors j'ai échoué au seul endroit où je savais que je ne serais pas jugé : je me suis pointé à l'église pour y rencontrer le prêtre Anthony Roberts. Des heures durant, je restais là à profiter du calme et de la plénitude qu'il m'offrait dans son refuge.

« C'est le jour où j'ai décidé de me tourner vers Anthony que ma lente remontée vers la lumière a commencé. Une présence rassurante me déchargeait de mes fardeaux pour les porter à ma place. Dans cette église, je me sentais en paix et en harmonie avec tout ce qui m'entourait.

« J'ignore comment naissent les vocations ; la mienne s'est développée au fil des semaines, en silence. Pas de manifestation divine, mais la certitude d'avoir enfin trouvé ma juste place dans ce monde.

« C'est entre ces murs que j'ai acquis la certitude que quelque chose ou quelqu'un de plus grand veille sur nous.

« Dieu ne nous envoie pas de fléaux, il ne nous met pas à l'épreuve. Les épreuves sont inhérentes à la vie parce que c'est ainsi ; les corps s'abîment, tombent malades, en premier lieu parce que nos esprits le sont aussi. Tout ce que nous traînons, les blessures mal cicatrisées, les traumatismes sont autant de calvaires que nous choisissons d'endurer.

« Dieu, l'univers, peu importe le nom que tu lui attribues, n'est là que pour tenter de nous sauver de nous-mêmes en ajoutant sur notre parcours des personnes, des événements, des signes qui, si nous les prenons en compte, nous indiquent le bon chemin. Tu es sur ton “droit chemin” quand tu laisses s'épanouir l'étincelle divine qui brille en toi. Celle pour laquelle tu vis ici-bas.

« Par exemple, toi, Jo : les cœurs vibrent si fort grâce à tes histoires… Donner de l'amour, être au service de ce quelque chose de plus grand que nous : je crois qu'il est là, le secret du bonheur. J'ai bien failli passer à côté, j'étais assis sur un putain de cactus, je morflais, alors que je n'avais qu'à bouger pour que la souffrance que je m'infligeais cesse. J'étais pétrifié, terrorisé, englué dans mes pensées sombres. Au fil de mes échanges avec Anthony, j'ai pris conscience que c'était Dieu qui t'avait affichée à l'écran ce soir-là, Dieu qui avait fait en sorte que ce soit sur cette chaîne que je m'arrête et sur aucune autre. Il m'avait laissé le choix : vivre ou faire disparaître ton visage en coupant la télé. De la même manière, j'avais atterri à l'hôpital parce que je devais y rencontrer Jonas et Anthony. Je n'étais pas seul, tu étais là, et Dieu aussi marchait à mes côtés. »

Il hésita avant d'ajouter :

— C'est tellement plus simple de croire que de s'y refuser… Je suis désolé, Jo, mais je ne peux pas revenir en arrière. C'est mon chemin, rien ni personne ne pourra m'en détourner.

— Jamais je n'exigerais un tel renoncement de ta part ! s'offusqua-t-elle.

— Pour être franc, je n'envisageais pas de refaire ma vie… Enfin, rigola-t-il, ça, c'était avant que je te trouve recroquevillée par terre dans le hall d'entrée de Gladys. Là, on n'était pas très loin d'une apparition céleste en pyjama.

— Toi et tes goûts douteux en matière de fringues…

— Qu'est-ce que tu veux ? J'ai toujours eu un faible pour les pulls en pilou.

Ils éclatèrent de rire comme lorsqu'ils étaient gamins.

— On devrait remonter, tes orteils sont gelés, dit-il en lui frictionnant la plante des pieds.

— Lawrie ?

— Oui ?

— Je vais avoir besoin d'un peu de temps… Tu sais, pour m'habituer à tout ça…

— Je sais, répondit-il le plus tranquillement du monde. Je suis un mec patient…

17.

Lawrie apporta son petit-déjeuner à Willer, qui clamait toujours son innocence, enfermé dans sa chambre.

— Heureusement que vous êtes là, mon révérend. Les autres m'auraient jeté dans les douves, et on m'aurait retrouvé au bout de quelques jours, inconscient et baignant dans mes propres déjections.

— Vous exagérez, John. Si vous me révéliez la vérité, ce serait plus simple.

— Vous êtes prêtre, réfléchit-il. Vous n'auriez pas le droit de le répéter.

— Ça ne vaut que si je vous entends sous le secret de la confession.

Willer plissa les yeux longuement avant d'affirmer :

— Je n'ai rien à confesser !

— Très bien. Dans ce cas, vous n'avez aucune objection à ce que je jette un coup d'œil à vos affaires ?

— Votre petite copine s'en est chargée… Enfin, comme je n'ai rien à cacher, allez-y.

Lawrie entreprit une fouille minutieuse de la pièce sous le regard agacé de son occupant. Effectivement, Jo l'avait déjà passée au peigne fin, mais elle pouvait avoir manqué un élément.

Elle avait « besoin de temps ». Les douces paroles prononcées plus tôt résonnaient encore aux oreilles du pasteur.

À force de retourner sacs et valises, Lawrie trouva, bien camouflée dans le faux fond de l'un d'entre eux, une boîte d'édulcorants. Intrigué par le soin qu'on avait apporté à dissimuler cet objet *a priori* anodin, il l'ouvrit pour en vérifier le contenu. En tapotant sur le côté, il fit tomber quelques boules blanches dans la paume ouverte de sa main, qu'il approcha de son nez.

— N'y touchez pas ! s'écria Willer.

Lawrie arqua un sourcil.

— Pourquoi ?

Willer déglutit pendant qu'une goutte de sueur glissait le long de son front.

— Je n'en suis pas certain, mais je crois que c'est ce qui a empoisonné Irma…

— Vous croyez ? répéta Lawrie.

— Elle m'intoxiquait avec ces granules depuis des semaines. Mes aigreurs d'estomac, mes malaises… C'était ça qui me rendait malade. Elle remplaçait les comprimés dans mon dos. Je l'ai vue faire un peu après notre arrivée ici, alors qu'elle se croyait seule dans la chambre.

— Je ne vous suis pas, John. Pourquoi Irma Cavendish aurait-elle voulu vous tuer ?

— J'ai compris ses intentions après son décès. Je pensais qu'elle essayait seulement de me droguer. Pour que je sois plus docile. Alors j'ai échangé ses sucrettes contre les miennes, sans imaginer une minute que cet acte la tuerait. Je voulais que l'arroseur soit arrosé, rien de plus. Je ne pouvais pas me douter que mes sucrettes étaient aromatisées au cyanure… Je n'en consommais qu'une ou deux par jour ; Irma, elle, en abusait. Vous l'avez observée : elle s'en gavait.

La version de Willer se tenait.

— Très bien, John. Je veux bien vous croire sur ce point. Une analyse de sang déterminera assez vite si ce que vous racontez est vrai. Encore que vous auriez pu vous intoxiquer tout seul pour corroborer vos dires. Mais enfin, pourquoi Irma vous empoisonnait-elle à petit feu ?

— Je n'en ai pas la moindre idée ! Vous aviez sans doute raison à son sujet...

— Allons, John, vous n'allez pas m'endormir aussi facilement, prévint Lawrie. Parlez, et nous avancerons un peu. Vous êtes dans de sales draps ; le meilleur moyen de vous en sortir serait de m'avouer la vérité. Quel était le réel but de votre séjour à St Andrew ?

Les yeux rivés sur ses mains qui tremblaient, Willer réfléchissait.

— D'accord, je vais parler, mais vous m'entendez en confession, alors !

— John, soupira le prêtre. Si vous êtes innocent, il n'y a pas lieu que je vous entende sous le sceau de la confession.

— Non, c'est exact, et je suis innocent ! Pour Irma et pour la petite aussi !

Un ange passa, et Willer se décida.

— Gardez ça pour vous. Je n'ai aucune confiance dans votre petite copine.

— Si c'est de Jo que vous parlez, elle n'est pas ma petite copine.

— Peu importe, c'est une fouine.

— Elle est seulement curieuse et intuitive, corrigea le prêtre. Et, au moins, elle ne cache pas ses véritables intentions.

La mine boudeuse, Willer se tut un instant avant de reprendre en chuchotant :

— Irma avait repéré l'emplacement du trésor de Mary McMillan.

— Ce n'est qu'une légende, John, répondit Lawrie, pensant que Willer tentait de le mener en bateau.

— Pas du tout ! Elle avait des indications très précises sur l'endroit où Mary est enterrée.

— Grâce aux esprits ? s'enquit le prêtre, dubitatif.

— Grâce à un grimoire du XIVe siècle…

— Mais encore ? l'incita à continuer Lawrie.

— J'ai trouvé ce document dans ses affaires, un vieux machin écrit en latin.

— Un parchemin.

— Oui, c'est ça. Ce truc est un peu dégueulasse, d'ailleurs. Vous saviez que c'était de la peau d'animal ? Brrr, écœurant quand on y pense, déclara Willer en frissonnant.

— S'il vous plaît, John, revenons à ce qui nous préoccupe.

— J'ai donc mis la main sur ce manuscrit. Irma s'en est aperçue et, le jour suivant, elle l'a fait flamber dans la cheminée.

La trouvaille de Clemie !

— Vous vous souvenez de son contenu ?

— Comment je le pourrais ? Je ne lis pas le latin, rétorqua Willer en haussant les épaules. Tout ce que je sais, c'est qu'avant de mourir Irma avait pour projet d'aller creuser dans ce foutu soupirail.

— Celui-là même où vous êtes descendu la nuit où Jessica est morte.

Willer opina du chef, l'air un peu étonné.

— Comment vous le savez ?

— Les traces d'argile sur votre chemise quand on vous a retrouvé.

— Encore un coup de votre petite copine… Elle a des yeux bioniques, cette fille. Elle voit tout, c'est vraiment effrayant !

— Jo n'a rien d'effrayant, la défendit Lawrie.

— Elle est fourbe.

— Beuh… Généralement, elle se fait plutôt des ennemis à cause de sa franchise, mais passons… Alors, s'impatienta Lawrie en secouant le petit distributeur d'édulcorants. Pourquoi pensez-vous qu'il y a du cyanure là-dedans ?

— Parce que, comme à son habitude, Irma en a versé une tonne dans son café juste après que j'ai fait l'échange, et elle est morte. J'en ai déduit qu'ils étaient à l'origine de son décès.

— Pourquoi ne pas l'avoir dit ?

— Je ne voulais pas qu'on me soupçonne ! Elle a essayé de me tuer ; moi, je lui ai juste rendu ce qui lui appartenait.

— Pourquoi ne pas avoir vidé la boîte dans les toilettes ? À votre place, j'aurais balancé les preuves qui pouvaient m'impliquer. Vous comptiez vous en resservir, John ?

— Mais j'ai tout jeté ! J'ignorais l'existence de ce que vous tenez entre vos mains.

— Et Jessica ?

— Mon révérend, je le jure devant Dieu…

Willer se signa avant de poursuivre :

— … je n'ai rien fait à cette jeune femme. Je répugne à la violence. D'accord, je suis un voleur, un arnaqueur, un tricheur, mais je n'ai jamais porté la main sur qui que ce soit de toute ma vie. Vous pouvez vérifier, c'est vrai. J'ai un tout petit casier. Je ne suis qu'un escroc de bas étage, rien de plus.

Il s'affala à genoux aux pieds du pasteur.

— Par pitié, vous devez me croire, je n'ai pas fendu le crâne de cette petite ! Non, non, je n'aurais jamais pu.

— Vous ne la connaissiez pas avant de venir ici ?

— Non ! Pourquoi ?

— Parce que vous étiez ensemble dans la crypte au puits la nuit où elle est morte.

— Si c'est le cas, je ne m'en souviens pas !

Willer se mit à gémir qu'il n'aurait jamais dû s'aventurer dans ce lieu réputé maudit. Le chauffeur qui les y avait conduits, Irma et lui, les avait pourtant prévenus.

— Il s'appelait Glenn McMillan ? s'intéressa Lawrie.

— Oui, il me semble. Pourquoi ? Ça a une importance ?

— Peut-être… éluda le prêtre en posant une main sur l'épaule de Willer pour qu'il se calme.

Percevant de l'agitation dans le couloir, Lawrie délaissa son suspect pour aller vérifier ce qui se passait. Il ouvrit la porte de la chambre et se trouva nez à nez avec Jo qui, poing en l'air, s'apprêtait à frapper.

— Ah, fit-elle en reculant d'un pas.

— Un problème ?

— Au contraire. Amy s'apprête à faire fonctionner la radio, mais elle ne veut rien tenter tant que tu n'es pas là… Je la cite : « Il est pasteur, il nous portera chance. C'est *lui* qui a apporté les piles. Il est exclu d'entreprendre quoi que ce soit sans *lui* ! » Gnagnagna…

Jo minauda en se trémoussant sur place.

— Tu es jalouse, Jo ?

— Pas du tout ! Je la trouve simplement et parfaitement ridicule de te considérer comme un grigri porte-bonheur !

L'ingénieure tournait le bouton on/off au moment où ils arrivèrent.

— Qui utilise encore ce genre de truc ? demanda Katarina, plus que sceptique.

— La police, répondit Desmond.

— Ils ont malheureusement dû passer aux portables depuis bien longtemps, présuma Duncan en haussant les épaules. Ce n'est même pas certain que cet engin ait une portée suffisante pour atteindre le voisinage.

— Tu as toujours été si défaitiste, le rabroua Desmond.

— C'est moi qui ai proposé qu'on s'en serve ! Pour autant, je ne suis pas complètement naïf.

— Duncan, cesse de parler ainsi à Desmond, il a réparé la radio ! protesta lady Acroyd.

— Mais ce n'est pas lui, c'est Amy, Mère !

— C'est du pareil au même ! Pourquoi faut-il toujours que tu te comportes comme un enfant trop gâté ?

— Si seulement je savais ce que c'était que d'être trop gâté… maugréa le baron en se retranchant dans un coin de la pièce.

— Ambiance… grinça Daisy.

Amy appuya sur le bouton du transmetteur en demandant si quelqu'un l'entendait. Après une demi-heure de grésillements stériles, elle secoua la tête :

— Personne ne capte notre signal…

Jo poussa un profond soupir et jeta un coup d'œil à Lawrie juste à côté d'elle. Contrariée, elle sortit de la chambre des EVJF, où Amy avait dû travailler toute la nuit à la remise en état de cet objet qui, finalement, ne leur serait d'aucune utilité.

Les bras croisés, elle observait l'immensité blanche depuis l'unique fenêtre du couloir donnant sur l'extérieur, en se promettant de ne plus jamais choisir un lieu aussi isolé pour des vacances.

— On ne peut pas rester là jusqu'au Nouvel An avec deux cadavres dans un abri de jardin, argumenta Lawrie en se postant dans son dos.

— Je sais…

— Nous partirons demain avec Julian, si le temps le permet. J'imagine que St Mary Hill commence à s'inquiéter pour nous. Les sœurs McPherson, privées de leur brief quotidien, ont probablement sonné l'alerte.

— Bon sang, les parents d'Adélia doivent essayer de joindre leur fille depuis des jours, se lamenta Jo.

— Ils savent qu'elle est avec nous.

Toujours sur la même longueur d'onde, Julian les rejoignit.

— Nous sommes bons pour un petit trek hivernal, mon révérend.

— On ne va faire qu'une bouchée de ces trente bornes.

Ils checkèrent joyeusement, alors que Jo sentait qu'une insidieuse migraine se logeait dans son cerveau. Elle se massa les tempes en fermant les yeux.

Trop peu de sommeil, trop de questions, trop de doutes, et l'aveu douloureux de Lawrie qui tournait en boucle dans son esprit.

Il fut convenu que le drone les suivrait durant les dix premiers kilomètres, à condition qu'il ait assez d'autonomie. Ensuite, ils seraient livrés à eux-mêmes.

Lawrie et Jo profitèrent de trouver les Acroyd réunis dans leur bureau pour les interroger sur leur scolarité au Fettes College.

De concert, Duncan et Desmond soutinrent n'avoir jamais parlé à Karen. Certes, ils avaient fréquenté le même établissement, mais le pensionnat était immense et beaucoup d'élèves s'y côtoyaient. Néanmoins, ils admirent se souvenir de sa disparition. Tout le monde à l'époque avait été secoué par l'événement – quand bien même s'était-il produit pendant les vacances et à distance du College.

— C'était une boursière. On ne fréquentait pas les mêmes milieux, leur apprit Duncan.

Desmond lui jeta un regard en biais.

— Tu as toujours été snob.

— Pas assez, vraisemblablement, ragea le fils Acroyd. Si j'avais été plus sélectif, tu n'aurais jamais fait partie de mes amis. J'aurais dû m'en tenir à ma sphère privée. Les aristocrates ont trop de classe pour se taper les mères de leurs amis !

Desmond s'agaça :

— Je ne me tape pas ta mère, j'en suis amoureux !

— Quel gigolo tu fais !

— On peut revenir à notre sujet ? les coupa Jo.

Ils se turent, dos à dos.

— Vous n'avez jamais eu de cours en commun avec Karen Chapman ?

— Elle était plus jeune que nous, répondit Duncan.

Il changea de position pour se rapprocher de la scénariste.

— Jessica était vraiment sa sœur ?

Jo acquiesça.

Il chercha dans la pile de documents sur le bureau.

— Elle est venue sous un faux nom ? s'étonna-t-il. Il est écrit Becker sur le formulaire d'inscription.

— Elle a pris le nom de son beau-père. Il l'a adoptée quand sa mère a refait sa vie après le drame, expliqua Lawrie.

Une moue suspicieuse sur les lèvres, Duncan ajouta d'un air distrait :

— C'est étrange, tout de même… Cette histoire de pendentif qui disparaît, et cette fille qui a un lien avec notre ancienne école…

Il darda un regard mauvais sur Desmond.

— Comme tu l'as si bien relevé, tu étais moins snob que moi. Tu aurais pu t'acoquiner avec une fille de basse extraction.

— Tu es écœurant de parler ainsi d'une disparue, probablement morte, rétorqua Desmond.

— Comment tu peux savoir qu'elle est morte ?!

— Arrête avec tes sous-entendus. Ça t'arrangerait bien de distiller ce doute horrible, surtout dans l'esprit de Minerva.

Une grimace s'imprima sur le visage de Duncan Acroyd, comme chaque fois qu'il entendait le prénom de sa mère sortir de la bouche honnie de ce type.

— Je ne prendrai jamais au sérieux les allégations de mon fils à ton sujet, assura la baronne en posant un regard attendri sur son futur mari.

Vert de rage, Duncan demanda à Jo et à Lawrie s'ils en avaient terminé avec lui. La pression dans la pièce était trop forte ; Lawrie le laissa se retirer.

— Je suis navré que vous ayez assisté à cet affreux déballage de linge sale, se désola Desmond avec un sourire contrit. Je n'ai pas fait exprès de tomber amoureux.

Le reste de la journée s'étira tristement. Les morals étaient en berne, et Jo décida d'aller prendre l'air avec Winston et Clemie. En sortant, elle croisa Duncan qui revenait d'une promenade avec Napoléon. Évidemment, le corgi refusa de rentrer pour suivre le bouledogue. La minette sautait pour progresser dans la neige pendant que Winston, collé de près par Napoléon, furetait aux abords du bâtiment. L'attitude pour le moins étrange du chien des Acroyd incitait Daisy à le penser gay. Et, en l'observant, Jo se dit qu'elle n'avait peut-être pas tort.

Une tasse de thé entre les mains, elle surveillait tout ce petit monde en profitant des rayons du soleil pâle de ce mois de décembre.

— Ça va bien se passer, assura Lawrie. Ce sera une promenade de santé pour des gaillards comme Julian et moi.

Elle le savait là depuis quelques minutes, mais n'avait aucune envie d'aborder ce sujet avec lui.

— Des « gaillards », rigola-t-elle.

— Ouais, je suis un gaillard !

— Et ils feront comment, les super héros, si la météo se dégrade ?

— On ne sera peut-être pas contraints de parcourir les trente bornes si nous arrivons à accrocher une antenne relais qui fonctionne.

— Avec ton portable qui ne tient pas la charge ? ironisa-t-elle.

— Celui de Julian a l'air plus fringant.

— J'en ai deux. Je vais te donner celui du boulot. Je ne me sers que de mon perso, de toute façon. Et je t'en achèterai un dès que possible.

— Je peux me payer un téléphone.

Elle se tourna pour lui faire face.

— Un truc d'occase.

— Le recyclage, c'est bien.

— Laisse-moi deviner : tu l'as acheté quand, ton smartphone ? Un an ? Et pof, batterie en berne.

Il sourit et les adorables fossettes qu'il avait au creux de ses joues se dessinèrent.

— J'en prendrai un neuf, promit-il.

— C'est moi qui vais m'en charger. Au moins, je serai sûre !

— Merci pour la confiance…

Elle le fixait avec un drôle d'air. Le même que la nuit où, après sa confidence, plantés gauchement devant la porte de leurs chambres respectives, ils avaient cherché un moyen de se séparer.

Winston déboula, un objet dans la gueule.

Lawrie s'arracha à la contemplation de ces lèvres décidément joliment trop appétissantes pour reporter son attention sur son chien.

— Qu'est-ce que tu as trouvé, mon copain ?

— C'est quoi ? s'intéressa Jo.

— On dirait une fiole…

Le pasteur faisait tourner entre ses doigts un flacon transparent qu'il ouvrit à la recherche d'une odeur.

— Fais attention ! l'arrêta Jo.

— À quoi ?

— On ne sait jamais, c'est peut-être dangereux…

— Je ne pense pas qu'on puisse mourir juste en reniflant quelque chose.

— Si tu avais une petite idée de ce que la CIA a pu imaginer pour assassiner Fidel Castro, tu ne dirais pas ça, répliqua-t-elle. Six cent trente-huit tentatives ! Avec des stylos empoisonnés et tout un tas d'autres stratégies fumeuses…

— OK, rigola le prêtre. Mais j'ai dans l'idée qu'aucun agent de la CIA n'a infiltré ce manoir.

18.

Un sentiment de lassitude s'était abattu sur le manoir. Retirés dans la chambre de Lucie – la jeune femme emportée par la tuberculose –, où ils étaient certains de ne pas être dérangés, Jo et Lawrie récapitulaient les récents événements en tentant d'assembler les pièces du puzzle.

John Willer affirmait toujours ne pas se souvenir de la nuit du meurtre de Jessica. Dans le même temps, il soutenait être innocent. Or comment pouvait-il en être certain, puisqu'il avait tout oublié ?

Le bout de parchemin dans la cheminée, la boîte d'édulcorants, Glenn McMillan, le trésor, le Fettes College, l'animosité des EVJF à l'égard de Jessica, et maintenant cette fiole retrouvée par Winston.

— Elle était peut-être là depuis des mois ? avança Jo.

— Avec tout ce qu'il a neigé, j'en doute. Winston n'a pas creusé, elle était donc en surface. Quelqu'un l'aurait jetée par une fenêtre ?

— Ce qu'elle contenait a peut-être tué Irma. Si ça se trouve, il n'y a pas de poison dans les sucrettes. Tu y crois, toi ? demanda-t-elle à Lawrie.

— À quoi ?

— À l'innocence de Willer ?

— Tout le désigne, et c'est justement ce qui me fait douter.

Elle était assise sur le lit de Lucie, et lui sur la chaise placée devant une coiffeuse hyper flippante de style Art nouveau sur laquelle était fixé un miroir piqué, renvoyant à ceux qui s'y reflétaient une image déformée.

— Tu as raison. Alors, qui ?

— Katarina ? Amy ? La discrète Mariam ? Duncan ? Desmond ? Lady Acroyd ? Ça pourrait tout aussi bien être les domestiques. Après tout, nous ne savons rien de ce couple.

— Tu exclus donc Luke, Julian et Claudia, constata Jo, soulagée.

— Je crois qu'ils se sont retrouvés dans cette galère comme nous...

Lawrie marqua une pause. Quelque chose le contrariait profondément.

— Pas d'investigations pendant qu'on sera dehors, la prévint-il.

— Comment ça ?

— Tu ne joues pas les détectives dans ce manoir sans moi.

Elle pencha légèrement la tête en souriant avant de répondre :

— C'est moi la névrosée de service, d'ordinaire. On inverse les rôles ?

— Pour être franc, je ne suis pas hyper à l'aise à l'idée de vous laisser seuls ici avec un double meurtrier.

— D'accord, je serai bien sage jusqu'à ton retour.

Jo qui obtempérait si vite, c'était une première et, par conséquent, c'était louche !

Elle se leva subitement et proposa d'aller consulter les vidéos enregistrées par les caméras au sous-sol, mais rien de probant ne sortit de leur visionnage. À part eux, personne n'avait mis les pieds là-bas.

Ils dormirent peu – lui parce qu'il doutait de la sincérité de Jo quand elle promettait de rester tranquille, et elle, parce qu'elle était occupée à la résolution des deux crimes. Elle se repassait mentalement toutes les conversations des jours précédents, les interactions entre les occupants du manoir, chaque fait minute par minute, et soudain des paroles lui revinrent en mémoire… Elle eut un flash.

À 1 heure du matin, elle alla frapper à la porte des youtubeurs, la petite fiole mystérieuse emballée dans un sachet plastique.

Le visage fripé de sommeil de Luke apparut dans le chambranle.

— Tata Jo ? Quelqu'un d'autre est mort ?

— Non, non, je suis navrée, mais j'ai besoin de vos lumières.

— À 1 heure du mat' ?

— Désolée, ça ne peut pas attendre.

Il la fit entrer, et elle leur montra l'objet qu'elle tenait.

— D'après vous, c'est dans ce genre de contenant qu'on trouve le GHB ?

— La drogue du viol ? s'étonna Claudia.

Jo hocha la tête.

Les deux acolytes de Luke s'extirpèrent de leur lit.

— Ça se pourrait bien, en effet, admit Julian en collant son nez sur l'emballage transparent qui se balançait au bout de la main de Jo. D'où ça sort ?

— Winston l'a rapportée de sa promenade. Nous supposons qu'elle a été jetée d'une fenêtre.

— C'est sûr qu'il y a eu du GHB là-dedans, affirma Claudia.

— Ah oui ?

— J'ai consacré toute une émission aux salopards qui utilisent cette cochonnerie. Pas d'odeur, j'imagine.

— Non, aucune.

— Waouh ! Ça craint ! siffla Luke, interloqué.

— S'il faut qu'on fasse gaffe à nos verres maintenant, ça va devenir hyper compliqué, enragea Claudia. Je commence à en avoir ras le bol, faut que ça se termine ! Toi et tes plans foireux, Luke !

— Hé ! C'est pas ma faute si le faux Cluedo s'est transformé en vrai ! rouspéta ce dernier.

— C'est bon, demain, ce sera fini, promit Julian.

Jo les quitta puis, poussée par une de ses intuitions, elle procéda à deux petites choses avant de retourner se coucher… Lawrie serait furieux quand il découvrirait sa virée nocturne en solo, mais elle était désormais certaine que sa théorie tenait. Elle avait même maintenant, planquées parmi ses affaires bien emballées dans un sac en plastique, des preuves qui désignaient leur probable coupable.

Autour de la table du petit déjeuner, le soulagement était immense. Les participants étaient certains de bientôt quitter St Andrew. Jo, quant à elle, espérait qu'en chemin Lawrie et Julian tomberaient sur les déneigeuses envoyées pour les délivrer.

La tempête avait dû causer de gros dégâts pour que personne ne se soit soucié de leur sort jusqu'ici. Depuis la veille, la scénariste portait une attention soutenue à un individu en particulier. Des paroles prononcées… Un geste répétitif… Chaque minute écoulée renforçait davantage la conviction de la showrunneuse.

Pour l'heure, mieux valait qu'elle garde ses observations pour elle. Nul doute que Lawrie refuserait de quitter le domaine si elle le mettait au courant. Or ils avaient besoin d'être secourus et, jusqu'à ce que ce soit fait, l'assassin devait absolument ignorer qu'il était démasqué.

Jo et Mrs Jacobson s'affairaient en cuisine à la confection de sandwichs pour les randonneurs qui se préparaient à l'étage au-dessus. À leurs pieds, Winston, Clemie et Napoléon attendaient des petits bouts de jambon. Dès lors qu'il s'agissait de bouffe, le bouledogue était de loin le plus vif des trois.

— On est prêts, annonça Lawrie en entrant.

Ils se sourirent, alors qu'elle emballait leur nourriture.

Il était 9 h 30, le soleil brillait et, d'après Mrs Jacobson, le temps se maintiendrait.

Ils remontèrent et Jo céda à son envie de vérifier le contenu du sac à dos du pasteur. Un peu abruptement, elle lui colla son portable professionnel entre les mains.

— Il est chargé à bloc. Tu as aussi deux petites batteries de secours, dont une solaire. J'ai supprimé le code d'identification, alors évite de le perdre.

— Oui, maman…

Elle lui jeta un regard mi-agacé mi-amusé.

— Julian sera là pour me surveiller, ajouta-t-il.

— C'est d'ailleurs la seule raison pour laquelle je te laisse t'en aller, indiqua-t-elle en lançant un clin d'œil au vidéaste.

La famille et les malheureux participants sortirent sur le large perron. Lunettes de contrôle sur le nez, Alex fit décoller son drone.

Assis sur le banc de pierre extérieur, Lawrie et Julian finissaient d'attacher leurs raquettes quand ils entendirent Alex jurer entre ses dents.

— Nom de Dieu !!!

— Quoi ? s'alarma Jo en s'approchant de son neveu.

Un « Waouh, stylé » fut la seule réponse qu'elle reçut. Sans explication, l'adolescent fit atterrir son engin. Le visage rayonnant, il retira son casque 3D en tendant son index vers le ciel, d'où émergea un instant plus tard, dans un raffut de tous les diables, un hélicoptère de la police écossaise.

Par précaution, celui-ci se posa à bonne distance. Les pales fouettaient vigoureusement l'air. Des bourrasques violentes atteignaient les reclus, massés sur les marches du manoir.

L'ambiance changea radicalement. Les EVJF battaient des mains, lady Acroyd se tenait à son fiancé, qui riait de bon cœur.

Duncan, mains dans les poches, hochait la tête avec un air satisfait. Mr et Mrs Jacobson, de leur côté, avaient ouvert la porte pour faire rentrer les animaux effrayés.

Deux hommes sautèrent de l'appareil. Jo crut d'abord à une hallucination quand elle pensa reconnaître la silhouette de l'un d'eux. Bouche bée, les yeux écarquillés, elle les regarda progresser dans leur direction.

— Ben… murmura-t-elle.

Désormais sûre d'elle, elle les salua d'un coucou de la main. L'inspecteur Sloane lui répondit en retour.

— C'est Ben !!! s'enflamma-t-elle.

Surexcitée, elle fila à Lawrie un coup de poing dans le biceps.

— C'est Ben ! répéta-t-elle en sautillant sur place comme une gamine.

Qui était Ben ? Ça, le prêtre aurait bien aimé le savoir…

Le pilote venait de couper le moteur, mais l'hélice tournait toujours. Lawrie dut hausser le ton pour que Jo entende sa question :

— Ben ?

— Benjamin Sloane !!!

Le pasteur plissa les yeux pour mieux voir. En effet, ce policier ressemblait à l'inspecteur avec qui ils avaient résolu l'enquête à St Mary Hill le Noël précédent.

— Ben ! hurla Jo en s'élançant vers lui.

Quand ils se rejoignirent à mi-parcours, elle se jeta dans ses bras.

Figé dans l'escalier, Lawrie, dubitatif, assistait à ces retrouvailles, qu'il estimait un tantinet trop enthousiastes.

— Ben… soupira-t-il pour lui-même.

Sloane fit tournoyer Jo jusqu'à ce qu'ils tombent dans la neige.

Lawrie se frottait le menton ; une sensation désagréable lui comprimait la poitrine. En devinant ce qui le chagrinait, Daisy s'approcha pour le rassurer :

— Ils sont seulement bons amis.

— Apparemment…

— Des amis, et rien de plus, insista-t-elle.

Daisy l'adorait, ce prêtre si touchant. Ils échangèrent un regard, et elle lui donna une tape amicale dans le dos en ajoutant à voix basse :

— Aucun souci à te faire, super pasteur. C'est pas à lui que pense notre Jo le matin en se réveillant et le soir en se couchant… Cela étant, si tu lui répètes ce que je viens de te dire, j'te descends !

Et elle fila retrouver Claudia.

Lawrie accueillit le policier en lui tendant la main :

— Nous sommes bien contents de vous voir, inspecteur.

— St Mary Hill a déclenché l'alerte. Tout le monde était très inquiet de n'avoir aucune nouvelle. Judith McPherson a pensé à moi, et j'ai pris contact avec mes collègues d'Édimbourg.

— Vous ne pouviez pas mieux tomber… dit gravement Lawrie.

Le prêtre reporta son attention sur sa meilleure amie en lui demandant :

— Il est au courant ?

Elle secoua la tête. Lawrie termina sa phrase :

— … parce qu'il y a deux cadavres dans l'abri de jardin.

19.

Sloane leur apprit que toute la région avait été engloutie sous un manteau de neige. Les accès et voies de communication n'avaient pas résisté aux intempéries, que les médias qualifiaient déjà de « tempête du siècle ». Des renforts arrivaient par voie aérienne, le temps que les déneigeuses dégagent la route menant à St Andrew.

Sans surprise, les EVJF tombèrent en pâmoison devant le sculptural Benjamin Sloane, qui, Jo le savait, n'avait toujours pas conscience de l'effet qu'il produisait sur la gent féminine – et accessoirement, quand cela s'y prêtait, masculine aussi.

En cause, un douloureux passé d'enfant obèse. Dans son miroir, Ben se voyait toujours comme le petit gros moqué par les autres. Progressivement, Jo l'avait aidé à reprendre confiance en lui. À Londres, ils s'étaient considérablement rapprochés. Pas autant que l'aurait souhaité le policier ; celui-ci avait assez vite deviné que le cœur de sa nouvelle amie était déjà pris.

— On ne pouvait pas garder les corps à l'intérieur, se désola le prêtre. J'espère que nous n'avons pas détruit des preuves en les déplaçant. Les endroits où ils ont été trouvés sont restés en l'état. Nous n'avons touché à rien. Et nous avons pris des photos.

— Compte tenu des circonstances, vous n'aviez pas tellement le choix, répondit l'agent William Anderson, le collègue écossais de Ben.

Jo et Lawrie conduisirent les deux policiers jusqu'à la morgue improvisée.

— Le coupable présumé est enfermé dans sa chambre, indiqua Lawrie.

— Nous l'interrogerons en attendant les équipes techniques. Il faudra relever les empreintes de tout le monde. Évidemment, pour le moment, personne ne quitte le manoir, précisa Ben.

Sur le court trajet qui les ramenait au manoir, Jo se rapprocha de Ben pour s'entretenir seule avec lui.

Une sensation désagréable se logea au creux de l'estomac de Lawrie. « Aucun souci », avait affirmé Daisy. Mais les perceptions de la fantasque Daisy étaient-elles fiables ?

Jo avait la main posée sur le bras de Ben, elle lui parlait avec un air grave pendant qu'il hochait la tête. Quel était le sujet de ce mystérieux échange ? Et pourquoi Jo le laissait-elle sur la touche ? S'agissait-il de l'enquête ou d'une affaire privée ?

Vingt minutes plus tard, l'inspecteur et la scénariste entrèrent dans la cuisine, où l'agent Anderson était en train d'interroger le suspect.

Dans les étages, les occupants du manoir préparaient leurs affaires, pensant leur départ imminent.

— Un problème ? s'enquit Lawrie dès que Jo fut près de lui.

Il avait son air gêné de gars inquiet se refusant à faire de l'ingérence.

— Aie confiance, répondit-elle simplement.

La matinée passa. L'hélico enchaînait les rotations pour emmener personnel et matériel sur place. La poudre noire à empreintes, dont Jo gardait un affreux souvenir, se répandait au sein de la demeure.

Dans la salle à manger, les EVJF râlaient. Pourquoi ne les laissait-on pas quitter les lieux ? Elles n'avaient assassiné personne ! Le criminel, c'était John Willer. De leur côté, plus pragmatiques, les youtubeurs patientaient en tuant le temps autour d'une partie de cartes.

Pendant le déjeuner, Sloane et Jo s'isolèrent encore un long moment.

Une autre occasion pour Lawrie d'éprouver le même malaise que plus tôt – qu'il identifia, à son grand désarroi, comme de la jalousie.

La police finit par réunir tout le monde dans le salon, où les techniciens de la scientifique avaient terminé leurs relevés.

— Mais qu'est-ce qu'on attend ?! s'insurgea Katarina. La nuit va tomber, et on est toujours dans ce foutu manoir !

— Vous pourrez rentrer chez vous aujourd'hui, promit Sloane. Le chasse-neige sera bientôt là.

Un murmure de soulagement collectif monta de l'assistance.

Sur le sofa, Alex tenait Clemie contre lui. À ses côtés, Adélia, qui avait pu parler à ses parents, caressait la grosse tête de Winston posée sur ses genoux. Silencieux, Jack attendait la suite en se doutant que la petite Brown leur mijotait quelque chose.

Couché à leurs pieds, le corgi était toujours collé aux fesses du bouledogue qui, par moments, se retournait pour lui grogner dessus quand il lui reniflait le postérieur avec un peu trop d'insistance.

Seuls Sloane, l'agent Anderson, John Willer, Jo et Lawrie restèrent debout. Légèrement à l'écart, le prêtre se réchauffait près de l'âtre. De plus en plus perplexe, il échangea un regard avec sa meilleure amie, qui lui adressa un sourire malicieux.

Les Acroyd et leurs domestiques avaient pris place autour de la table où Irma avait rendu son dernier souffle. Les EVJF avaient investi les fauteuils club de la pièce, répartis de part et d'autre du grand canapé en velours. À court de sièges, Luke, Claudia, Daisy et Julian avaient écopé du tapis persan.

— Certains d'entre vous seront libres dans quelques heures, confirma Anderson. Néanmoins, l'un de vous repartira avec nous…

— Moi, je veux bien que l'inspecteur Sloane me passe les menottes, gloussa Katarina en levant le doigt.

Ses copines se mirent à rire.

— Dois-je vous rappeler que votre amie Jessica est morte ? les recadra l'agent Anderson.

Les sourires s'effacèrent aussitôt.

Rouge comme un piment, Sloane s'éclaircit la voix.

— Nous ne pensons pas que John Willer ait tué Jessica, asséna-t-il en échangeant un regard entendu avec Jo.

— Mais pourquoi elle est dans les petits papiers de la police, celle-là ?! s'indigna Amy. Sérieusement, elle écrit des séries ou elle est flic ?!

— Ouch, chuchota Daisy. La guéguerre Amy/Jo est de retour. Enfin, cette Amy n'épousera pas notre Lawrie, c'est sûr.

Claudia pouffa en ajoutant :

— Ni le mignon inspecteur…

— Je lui ai accordé le droit de participer à l'enquête, rétorqua froidement Sloane.

Agacée, Amy remua sur son siège.

— Je ne sais pas ce que vous avez tous avec elle, fulmina-t-elle.

— Bouh, la vilaine envieuse ! lança Daisy.

— Oh toi, la lesbienne, c'est bon, hein ! On se passe de ton avis !

— Hé ! protesta Luke. C'est quoi, ton problème ?! T'es drôlement hargneuse !

— Toi, va te faire foutre ! Youtubeur en carton !

— Ambiance... se désola Jack.

Du fond de la pièce, Desmond crut bon d'expliquer :

— Cette jeune femme aime beaucoup le pasteur Spencer, qui lui-même semble n'avoir d'yeux que pour miss Brown, vous voyez... Une triangulaire tout à fait classique et qui, ma foi, nous aura fort divertis durant les quelques jours d'angoisse que nous avons vécus.

— *Oh my God...* marmonna Jo en piquant un fard monumental.

Elle évita de jeter un coup d'œil en direction de Lawrie. Si elle lui découvrait un petit sourire satisfait, elle était bien capable de lui tirer la langue.

— OK, Amy, dit-elle en reprenant contenance. Tu ne m'apprécies pas, et, pour tout te dire, c'est réciproque ! Mais force est de constater que, pour quelqu'un qui vient de perdre une amie proche, tu n'as pas l'air très affectée.

Amy s'expulsa de son fauteuil.

— De quoi elle m'accuse, au juste ?!

— Calme-toi, lui intima Katarina en l'attrapant par le bras pour la faire rasseoir. Elle s'est juste rendu compte que Jess et toi ne vous aimiez pas.

— Je savais bien que cette fille était une petite fouineuse, croassa Willer.

— Quoi ?! C'est de moi que vous parlez ?! s'offusqua Jo.

— Dès le premier jour, vous ne m'avez pas plu ! Vous me faites penser à la petite vieille dans les *Hercule Poirot*.

— À moi non plus, vous ne me plaisez pas ! D'ailleurs, la petite vieille que vous évoquez s'appelle Miss Marple, et, pour votre gouverne, elle et Hercule Poirot ne se sont jamais rencontrés !

— Euh, on peut revenir à miss Amy ? intervint Sloane.

— « Miss Amy »… C'est si mignon quand vous m'appelez comme ça, inspecteur, susurra la jeune femme en s'attendrissant comme une guimauve.

— N'essaie pas de détourner la conversation, Amy, la rembarra Jo.

— Dis donc, espèce de conne ! Je fais ce que je veux, t'as pas à me donner d'ordres. Sérieux ! Pour qui elle se prend, celle-là ?!

— Nous pouvons nous estimer heureux de n'avoir retrouvé que deux morts, dit tout bas l'agent Anderson à son coéquipier.

— Oh, Amy, arrête d'insulter *tata Jo*. Tu t'emballes parce qu'elle t'a percée à jour. Tu te sens toujours en compétition avec tout le monde. Avec Jessica, avec Mariam, avec moi, et même avec elle ! fit l'ex-future mariée en désignant du doigt la créatrice de série.

— Katarina !!!

Les yeux brillants de colère, Amy fixait ses copines d'un air ahuri ; elle semblait ne pas comprendre les reproches qui pleuvaient.

— Mariam ?!

— La jalousie, c'est ton émotion, Amy, confirma la plus discrète des trois avec une expression désolée.

— Je vous vois venir, tous, là !!! Vous n'allez pas me coller le meurtre de Jessica sur le dos ! Tu avais bien plus de raisons de lui en vouloir que moi, Katarina !

— C'est vrai, approuva Jo. Katarina fait une bien meilleure suspecte que vous.

— Quoi ?! s'étonna cette dernière.

— Tu l'as clairement menacée, se souvint Amy. Et dans un accès de fureur, un coup de tisonnier peut partir vite…

— Ça va pas ?! Je n'ai pas frappé Jess !

— On était toutes ensemble la nuit du meurtre, indiqua Mariam pour couper court à la dispute.

C'était exact. Jo le savait depuis le début et avait écarté les EVJF des suspects potentiels pour cette raison.

L'attention se porta ensuite brièvement sur les vidéastes. Mais étant donné qu'aucune piste ne les reliait de près ou de loin aux victimes, ils furent blanchis, tout comme le groupe de St Mary Hill.

Les regards convergèrent alors vers le fond de la pièce.

— Qu'insinuez-vous ? s'offusqua la baronne.

— L'un des habitants de ce manoir est responsable de la disparition de Jessica, annonça Jo. De Jessica et de sa sœur Karen…

— N'importe quoi ! rugit Desmond.

— Pourquoi tu t'énerves comme ça si tu n'as rien à te reprocher ? se méfia Duncan.

— Enfin, on nous accuse !

— Pardon, mais je ne comprends pas où vous voulez en venir, s'interposa la baronne, devenue soudain blême. Nous ne connaissions pas cette jeune fille.

— C'est vrai, consentit Jo. En revanche, quelqu'un parmi vous a bien connu sa sœur Karen.

Un sourire perfide se dessina sur les lèvres du fils Acroyd.

— Desmond… crut-il deviner.

— Mais non ! Je ne lui ai même jamais parlé. J'ai peut-être dû la croiser dans le collège, et si c'est le cas, je jure que je ne m'en souviens pas !

Comme frappé par une évidence, Duncan abattit son poing sur le plateau en bois de la table.

— Le médaillon volé dans le bureau ! C'était toi ! J'avais raison !

Devenu livide, Desmond se tourna vers sa fiancée pour lui promettre :

— Je jure que je n'y suis pour rien.

— Où tu l'as mis ?! insista Duncan. Tu vois, Mère, je t'avais prévenue !

— Vous acceptez que l'on vous fouille ? s'enquit Sloane en s'adressant à Desmond.

— Bien sûr, je n'ai rien à cacher !

Anderson se chargea de la besogne. Tout le monde retenait son souffle, excepté Jo, qui avait l'air de déjà connaître la suite.

— Dans la poche de poitrine de sa veste, chuchota-t-elle à Lawrie, qui s'était rapproché d'elle.

En effet, l'agent brandit la moitié de cœur et, en hochant la tête, confirma tacitement à Jo et à Sloane qu'il y avait bien le J de Jessica gravé dessus. La partie que sa sœur Karen portait.

Ébranlé, Desmond s'affala lourdement sur son siège en répétant qu'il ignorait comment cet objet avait pu échouer là.

Catastrophée, les mains devant le visage, lady Acroyd commença à pleurer.

— Tu as bouclé cette enquête sans moi, comprit Lawrie.

Jo leva un visage ennuyé vers lui pour lui répondre en aparté :

— Ça m'a frappée en plein milieu de la nuit. Je ne pouvais pas te réveiller sans prendre le risque d'attirer l'attention.

— Tu t'es baladée toute seule dans ce manoir alors qu'un tueur rôdait ?

— J'avais le glaive avec moi.

Tout en croisant les bras, il prit une profonde inspiration pour gérer son exaspération.

— Tu vas me gronder ? s'inquiéta-t-elle avec un petit mouvement d'épaule contrit.

Cette frimousse ! Bon sang, pesta intérieurement Lawrie, *comment se débrouille-t-elle pour être toujours aussi craquante ?!*

— Pourquoi ne pas m'en avoir parlé ce matin ? maugréa-t-il.

— Tu aurais refusé de partir si je t'avais mis au courant, et je voulais absolument que la police soit là pour t'empêcher de jouer les héros. Bon, et après, c'est parce que j'avais très envie de faire ce qui va suivre...

— C'était ça, tes messes basses avec Sloane...

Elle hocha la tête en lui adressant un sourire tendre.

— Mais Desmond ?! Mes soupçons se seraient plutôt portés sur quelqu'un d'autre...

— Ah oui ? s'étonna Jo en espérant qu'ils en étaient arrivés à la même conclusion.

Revenant à son auditoire, elle demanda à Alex d'aller chercher ce dont ils avaient discuté plus tôt.

Trop heureux de participer, l'ado s'exécuta.

— Un dénouement à la Agatha Christie, devina Lawrie en chuchotant à l'oreille de sa meilleure amie.

Elle croisa son regard et, avec un air coupable, lui avoua :

— Tu sais que j'en ai toujours rêvé...

Sloane détenait les éléments rassemblés par Jo et Lawrie, à savoir la fiole transparente, une chemise et un pantalon tachés de terre, le bout de parchemin brûlé et la boîte d'édulcorants. L'enregistrement rapporté par Alex complétait les indices.

— Nous avons assez de preuves pour confondre le véritable tueur, dit l'inspecteur en présentant le carton rempli de pièces à convictions. Jo…

Elle prit le relais.

Les Jacobson semblaient comme pétrifiés, tandis que les Acroyd, Desmond compris, se dévisageaient.

— Irma Cavendish et John Willer ont menti sur les raisons de leur présence ici, commença Jo. La *murder party* n'était qu'un prétexte pour s'introduire dans le manoir et ainsi avoir les coudées franches pour mettre au jour le fameux trésor de Mary McMillan. John et Irma étaient des pilleurs de tombes, deux escrocs notoires, par ailleurs très bien connus des services de police. Sans que l'on sache encore comment, ils ont apparemment réussi à s'emparer d'un grimoire, qu'ils ont détruit depuis, qui révélait le lieu où se trouvaient Mary et son inestimable diadème. Ensuite, poussés par l'avarice et surtout peu disposés à partager, ils ont tenté de s'éliminer mutuellement…

— Je n'ai aucune idée de l'endroit où se trouve ce foutu diadème ! C'est Irma qui le savait, et c'est encore elle qui possédait les sucrettes au cyanure, la coupa Willer. Moi, je n'étais qu'un pantin dont elle tirait les ficelles !

— Ça, ce sera à un jury d'en décider, asséna Sloane.

Les participants étaient en apnée, suspendus aux révélations de la scénariste.

Prudemment, l'agent Anderson et deux de ses collègues s'étaient postés devant l'accès au corridor de l'entrée, au cas où quelqu'un tenterait de leur fausser compagnie.

— Mais, Mr Willer, vous n'êtes en effet pour rien dans l'assassinat de Jessica, déclara Jo.

— Ah ! exulta le suspect. Voyez ! Même elle, elle le reconnaît !

— Ravie de constater que vous ne me considérez plus comme une fouine, Mr Willer…

— Je disais ça comme ça. En réalité, vous m'êtes tout à fait sympathique.

Il sourit de toutes ses dents jaunies à l'enquêtrice amatrice.

— Et vous ne mentiez pas non plus quand vous affirmiez ne vous souvenir de rien.

— Vous êtes brillante, miss Brown, réellement brillante, je l'ai toujours su !

Sans faire cas de l'enthousiasme intéressé de son nouveau fan, Jo continua sur sa lancée :

— La nuit du meurtre, vous avez été drogué, avec du GHB…

— Oui !!! Voilà !!! C'est ça, du GHB !!!

Telle une flèche ne ratant pas sa cible, le regard acéré de Jo alla se ficher sur les personnes attablées à l'arrière du salon.

— N'est-ce pas ? les prit-elle à partie.

Croyant qu'elle s'adressait à lui, Desmond vociféra :

— De ma vie, jamais je n'ai utilisé de GHB ! Je ne saurais même pas où en trouver !

— Ah, c'est comme ça que tu as eu ma mère ! s'emporta Duncan. En la droguant !

Lady Acroyd fixait son fiancé avec une mine révulsée, comme si elle découvrait l'être perfide qui résidait sous ces traits en apparence sans aspérité.

— Ça vous arrangerait bien, Duncan, hein ? l'interpella Jo.

— Quoi donc ?

— Que nous soyons tous dupes…

— Dupes de quoi ? répliqua-t-il en feignant l'ignorance.

— C'est vous, Duncan, déclara froidement Jo.

— Comment ça, moi ?

— C'est vous qui avez tué Jessica…

— Pardon ?! Pourquoi j'aurais voulu m'en prendre à cette fille ? Je ne la connaissais pas !

— Exact, mais vous avez bien connu sa sœur… Karen.

Imperceptiblement, les traits du visage de Duncan se crispèrent.

— N'importe quoi ! Je vous l'ai expliqué, je ne fréquentais pas les élèves qui n'étaient pas de mon milieu ! Lui, ça ne l'aurait pas gêné, persifla-t-il en désignant du doigt Desmond. Mais moi, jamais !!!

— C'est justement ce qui vous a trahi… lui apprit la scénariste.

— Je ne comprends pas. Je n'ai rien dit que tout le monde ne sache déjà !

— Oh que si, le détrompa Jo.

— Enfin, ce n'est pas dans ma poche que vous avez trouvé son médaillon, c'est dans sa poche à lui !

— *Son* médaillon ? releva Jo.

La posture de Duncan Acroyd se raidit.

— Façon de parler, c'est vous qui semblez penser que c'était le sien ! Je n'ai rien à voir avec cette histoire ! Je ne connaissais pas cette… fille, cette Karen Chapman, répéta-t-il.

Jo eut une pointe au cœur en observant la grimace qu'il affichait à l'évocation de la jeune femme disparue.

— J'aurais au moins espéré un peu de compassion de votre part, regretta-t-elle.

— Putain ! Vous êtes dingue ! Puisque je vous dis que je n'y suis pour rien !

— Ce n'est pas vous non plus qui avez placé le médaillon, resté habilement dans votre poche de pantalon, dans la veste de Desmond ?

Duncan renifla ; les yeux lui sortaient presque des orbites.

— Vous n'avez aucune preuve !

— Erreur, nous en avons une, répondit tranquillement Jo en adressant à Alex un signe de tête.

Son neveu avait branché la caméra sur son ordinateur et faisait avancer les images jusqu'au moment qui les intéressait.

— J'ai dissimulé la caméra dans le bureau cette nuit, sans être certaine que ça servirait, et… j'ai eu de la chance.

On voyait distinctement Duncan extraire de sa poche le médaillon pour le glisser dans le blazer aux armoiries de la famille que Desmond portait dans la journée et qu'il avait l'habitude d'accrocher, le soir, à la patère derrière la porte.

— Enfoiré ! s'écria ce dernier.

— OK, OK, du calme ! C'est vrai, reconnut Duncan. J'ai essayé de me servir de ce qui s'est passé pour me débarrasser de cette sangsue de Desmond, mais c'est tout !

Jo récupéra la fiole enfermée dans un sachet. Duncan se décomposa quand il la reconnut.

— Nous avons retrouvé vos empreintes sur ce flacon, Duncan, bluffa-t-elle.

En réalité, ils attendaient encore les résultats du labo.

Cette fois, la mâchoire du fils Acroyd se crispa.

— C'est bien lui que vous cherchiez hier quand nous nous sommes croisés à l'extérieur. Ça m'a paru étrange de vous voir sortir – pour la première fois depuis que nous sommes arrivés… – le chien de votre mère. Vous détestez cet animal, puisqu'il s'agit d'un cadeau de Desmond. C'était un prétexte pour retrouver la fiole contenant le GHB que vous avez administré à John après l'avoir assommé, parce qu'il s'intéressait d'un peu trop près à la crypte au puits. Cette même crypte au puits où vous avez enfoui le corps de Karen il y a quinze ans.

Des « Oh » de stupeur s'élevèrent.

— Elle raconte n'importe quoi ! Je n'ai jamais adressé la parole à cette fille ! Et il ne peut pas y avoir…

Il s'interrompit brutalement.

— … vos empreintes parce que vous portiez des gants, compléta Jo. C'est ça que vous alliez dire.

— Vous affabulez, une fois de plus !

— *Cette fille*, Duncan, reprit Jo, agacée. Juste une pauvre fille dont la vie n'avait aucune valeur à vos yeux. Un loisir à peine bon pour vous divertir et qui, au fil des mois, s'est révélé trop encombrant. Vous avez essayé de rompre avec elle, mais elle ne l'entendait pas de cette oreille.

— Ferme-la, espèce de pétasse, ou je vais te le faire regretter ! enragea Duncan en se dressant devant l'agent Anderson. Elle ment, elle orchestre tout ça pour couvrir son petit pasteur adoré ! Après tout, qu'est-ce qui nous dit qu'ils n'ont pas fait le coup ensemble ?

— Calmez-vous ! lui intima l'agent Anderson.

— Venons-en au pantalon et à la chemise que vous portiez la nuit du crime. Par acquit de conscience, après avoir placé la caméra dans le bureau, je suis passée par la buanderie. Vous êtes tellement snob que vous occuper de votre propre lessive pour effacer les traces de votre implication ne vous a même pas effleuré ! Vous avez pensé au sang, et j'ignore comment vous vous y êtes pris pour éviter de vous tacher ; en emballant votre victime, Jessica, avec des sacs poubelle, peut-être ? Mais vous avez commis une erreur : vous avez oublié la terre argileuse caractéristique de la crypte au puits. Les vêtements qui sont dans ce carton et qui vous appartiennent en sont couverts. Vous avez sans doute supposé que, d'ici à notre délivrance, Mrs Jacobson les aurait lavés, puisqu'elle lance une machine chaque matin. C'est ce qu'elle aurait fait si elle n'avait pas découvert le corps elle-même. Comme elle était bouleversée, elle a modifié ses habitudes, ce qui m'a laissé l'opportunité de subtiliser vos affaires pour les conserver en lieu sûr. Seules trois personnes sont allées dans ce soupirail la nuit de l'assassinat de Jessica : John, qui cherchait son trésor ; Jessica, qui a commencé à se douter de quelque chose ; et vous ! Vous qui les avez surpris, à moins que ce ne soit le contraire, et qui avez perdu votre sang-froid quand vous avez constaté que John avait entrepris de desceller la grille d'accès au puits...

— Oui, c'est ça ! J'avais un burin et un marteau avec moi, se rappela soudainement ce dernier.

— Vous les avez frappés, l'un comme l'autre, avant de les remonter jusqu'à la bibliothèque. Cela a dû vous demander un effort colossal. John a survécu, contrairement à Jessica. D'ailleurs, ce n'est probablement pas le tisonnier qui l'a tuée, il y avait trop peu de sang. J'imagine que nous trouverons les empreintes de John dessus. Empreintes que vous avez mises là à dessein. Or vous avez oublié que les blessures à la tête saignent abondamment, et le tapis était à peine imbibé. Donc, soit elle avait été déplacée, soit l'attaque portée l'avait été post-mortem. Comme John respirait toujours, vous avez profité qu'il soit inconscient pour lui faire porter le chapeau. Et pour éviter tout soupçon de sa part, vous l'avez drogué avec le GHB que vous avez l'habitude d'utiliser sur les participantes. Parce que c'est là aussi l'une de vos sales petites manies.

L'assistance poussa un cri d'indignation.

— Sur le trajet, Glenn McMillan nous mettait en garde contre vous quand il nous a recommandé de fermer à clé les portes de nos chambres la nuit. Ensuite, vous avez souillé les vêtements de John avec le sang de Jessica, avant de vous délester du flacon par la fenêtre parce que vous avez été dérangé. C'est pour cela que le volet intérieur et la fenêtre sont restés ouverts. John n'était peut-être pas si groggy que vous l'espériez. Forcément, lorsqu'il s'est réveillé, il a pris peur et s'est enfui, ce qui le désignait comme l'assassin.

— Oui ! C'est ça ! Elle est brillante ! Écoutez-la ! brailla John Willer.

Jo se tourna vers lui :

— Ça ne vous disculpe toujours pas pour le meurtre d'Irma… rappela-t-elle.

Willer se rembrunit.

— Jessica aurait pu être épargnée, Duncan, poursuivit Jo. Si seulement vous n'aviez pas paniqué quand Daisy a découvert cette moitié de cœur. Jessica n'avait aucun moyen d'entreprendre des fouilles ni d'accéder à ce puits. Car c'est bien là que repose Karen, n'est-ce pas ? J'ai bon, Duncan ? C'est là qu'elle est enterrée ? Voilà pourquoi vous étiez si hostile aux travaux envisagés par Desmond : vous craigniez qu'un coup de pioche malheureux mette au jour votre terrible secret.

Elle marqua une pause.

— Ce ne sont pas des ouvriers qui ont scellé cette grille par inadvertance, comme vous l'avez fait croire à votre mère ; c'est vous.

Les yeux exorbités, l'héritier Acroyd tenta de prendre la poudre d'escampette en se heurtant à l'agent Anderson, qui le fit rasseoir d'autorité.

— Vous, le Fettes College, ça ne pouvait pas être une coïncidence, asséna Jo. Depuis l'année dernière, s'il y a bien une chose à laquelle Lawrie et moi ne croyons plus, c'est aux coïncidences. À l'évidence, l'un de vous, peut-être les deux, avait fréquenté Karen. Vous concernant, Duncan, j'en ai été certaine, car un élément vous a échappé. Ben a procédé aux vérifications ce matin, ses équipes ont épluché les dossiers de l'affaire, les articles de presse, les communications : à aucun moment il n'a été fait mention du statut de boursière de Karen. Pour quelqu'un qui ne s'intéressait pas à elle et qui ne gardait qu'une vague impression de cette époque, j'ai trouvé que vous vous souveniez particulièrement bien des détails. Alors, j'ai commencé à surveiller vos faits et gestes, et j'ai remarqué que vous n'arrêtiez pas de tripoter la poche de votre pantalon. C'était plutôt ingénieux de conserver le pendentif sur vous. Qui se serait risqué à fouiller vos poches ? J'imagine que vous avez dû hésiter à vous en débarrasser – une chasse d'eau et c'en était terminé de cette preuve accablante –, mais la tentation de faire accuser Desmond à votre place était trop forte.

Se sachant démasqué, Duncan Acroyd avoua :

— C'était un accident, je n'ai jamais voulu lui faire de mal. C'est elle, elle est devenue totalement hystérique quand je lui ai demandé de rentrer chez elle. Elle est tombée toute seule dans l'escalier…

Jo appuya son dos contre la console avec un air ennuyé.

— Je pense que vous l'avez poussée intentionnellement, Duncan, le contredit-elle.

— Je jure que non !

Atterrée, la pauvre lady Acroyd ne quittait pas des yeux son assassin de fils.

Jo soupira profondément, consciente que la suite de l'histoire serait difficile à entendre pour tout le monde.

— Vous vous êtes senti contraint, n'est-ce pas, Duncan ?… Je ne sais pas si l'autopsie le confirmera, mais j'ai la conviction que Karen était tombée enceinte et qu'elle vous aurait obligé à assumer vos responsabilités. Difficile de se dérober, de nos jours, avec les tests ADN… Alors, quand elle a menacé de tout raconter à votre mère, votre mère que vous auriez déçue une fois de plus, vous avez vu rouge et vous l'avez fait taire. Sinon, pourquoi la tuer ?

Le visage de Duncan vira à l'écarlate.

— Je lui ai donné de l'argent pour qu'elle s'en débarrasse ! Elle m'a piégé, elle était censée prendre ses précautions ! Elle ne m'a pas laissé le choix ! Je n'allais tout de même pas accepter de compromettre mon avenir pour quelques parties de jambes en l'air ?!

— Mais quel connard ! hallucina Daisy.

Jo secoua la tête avant d'ajouter :

— Imaginez-vous le désarroi dans lequel vous avez plongé la famille de Karen durant ces quinze années d'attente ? Quinze interminables années à se demander ce qui lui était arrivé. À espérer qu'elle rentrerait à la maison. Et comme ça n'était pas suffisant, cette semaine, vous avez arraché à sa mère sa dernière fille.

Un silence terrible s'abattit sur le salon. Katarina se mit à pleurer.

William Anderson entrava Duncan avant de le confier aux agents en faction devant la porte. Une technicienne en blouse blanche apparut alors et fit signe à Sloane. Ils échangèrent quelques paroles, l'inspecteur opina du chef et, l'air grave, déclara :

— Nous l'avons trouvée.

20.

De l'étage où elle finissait d'emballer ses affaires, Jo vit hisser trois housses noires dans les voitures funéraires.

Ils attraperaient à temps le dernier vol en partance de l'aéroport d'Édimbourg pour Heathrow et feraient halte une nuit à Londres avant de terminer les fêtes à St Mary Hill.

Daisy avait disparu, sans doute pour profiter encore un peu de Claudia. Jack bouclait sa valise. Quant à Alex et à Adélia, ils promenaient le trio canidés/félin.

— Voilà, c'est fait, annonça Lawrie en entrant.

Elle sursauta.

— Pardon, je t'ai fait peur.

— Non, j'étais dans mes pensées…

— Ça va ?

— Oui… Des nouvelles de ta voiture ?

— Elle a été remorquée il y a quelques jours et un garagiste s'occupe de la remettre en état. L'assurance la rapatriera dès que possible. Je descends avec l'inspecteur Sloane jusqu'à Moffat, où vivent les Becker. Nous leur annoncerons la nouvelle dans la soirée, en espérant que la presse ne l'apprendra pas avant.

— Tu rentres quand ?

— Demain. Mon père est dans un train. Nous ferons la route ensemble jusqu'à St Mary Hill.

Il fit quelques pas pour regarder par la fenêtre ce qui se passait à l'extérieur.

— Je crois que Julian a obtenu le droit de monter dans l'hélico…

Il hésita avant d'ajouter :

— … ton neveu aussi…

— Hors de question qu'Alex monte dans ce truc !

— Vous allez embarquer dans un avion tout à l'heure, Jo… tenta-t-il de la raisonner.

— Mais ça n'a rien à voir ! En cas de panne de moteur – et déjà, sur un avion, il y en a deux –, le pilote peut toujours procéder à un atterrissage d'urgence : ça plane, un avion ! Alors que là, si le rotor de ce machin arrête de tourner, c'est plaf sur le sol, direct ! Et bonjour saint Pierre !

— C'est un tout petit trajet, Jo. Moins de dix minutes. Ils auront à peine le temps de prendre de l'altitude, les renforts de police et votre chauffeur sont à moins de cinq kilomètres.

— Non, hors de question !

— Allez… Alex sera tellement déçu.

Suspicieuse, elle fronça les sourcils.

— Il t'a envoyé pour négocier à sa place ?

— Ce n'est pas impossible…

— S'il se figure que tu arriveras à m'infléchir mieux que lui, il se fourre le doigt dans l'œil !

Quinze minutes plus tard, et après une âpre discussion, elle donnait son accord pour la balade en hélicoptère.

Tout le monde se dit au revoir, pressé de quitter les lieux. Youtubeurs et EVJF furent soulagés de réussir à faire démarrer leurs véhicules respectifs, emprisonnés dans la neige. Son corgi dans les bras, lady Acroyd avait l'air d'avoir été percutée par un TGV lancé à pleine vitesse.

La baronne s'excusa quand Jo lui fit ses adieux.

— J'aurais dû deviner, pour mon fils.

Elle lui confia qu'il avait toujours eu un comportement borderline, mais qu'elle ne l'aurait jamais pensé capable de s'en prendre à des jeunes filles.

Près d'elle, Desmond s'efforçait de la consoler et, différence d'âge ou pas, Jo trouva le couple plutôt bien assorti.

Encore sur le perron, attendant de grimper dans un véhicule d'urgence, encadrée de Ben et de Lawrie, la scénariste regarda s'élever dans le ciel l'engin de malheur où était montée la prunelle de ses yeux.

— Tout va bien se passer, promit le pasteur en haussant le ton pour qu'elle l'entende.

— Ça vaudrait mieux pour toi, Spencer ! le menaça-t-elle.

Quand le cortège de voitures s'ébranla, Jo ne résista pas à la tentation de se retourner pour voir disparaître le lugubre manoir de St Andrew. Napoléon, ivre de désespoir, courait derrière le Land Rover conduit par l'agent Anderson et où Winston, son maître, Jack et Adélia avaient pris place.

Au volant d'un autre tout-terrain, Sloane sourit quand Daisy, assise à l'arrière, décréta en secouant la tête :

— C'est sûr, ce chien est gay.

— La séparation promet d'être difficile ? suspecta Jo, installée sur le siège passager.

Bouclant sa ceinture, elle s'adressait à sa copine.

— On dirait.

— Je ne pensais pas au corgi…

Un sourire timide naquit sur les lèvres de son assistante.

— On a prévu de se revoir.

— Claudia est géniale ! Je l'aime beaucoup.

Un chauffeur les attendait au croisement de la route sillonneuse qui menait au manoir. Sans s'arrêter, les EVJF baissèrent les vitres de leur Toyota pour les saluer et disparurent sans demander leur reste.

Entiers et sur le plancher des vaches, Julian et Alex, encore portés par l'excitation de leur virée dans les airs, se checkaient comme des gosses. Après quelques embrassades, ils se promirent de se « recapter » très vite. Tour à tour, Jo serrait dans ses bras Julian et Luke, pendant qu'un peu à l'écart Claudia et Daisy échangeaient cette fois leurs tout derniers baisers.

Ben ouvrit les bras à Jo ; ils s'étreignirent brièvement. Elle faillit en faire de même avec Lawrie, debout à ses côtés. Mais estimant que c'était trop casse-gueule, elle préféra s'en tenir à une innocente tape sur la main.

— À demain, lui dit-elle. Tu seras prudent, cette fois…

— Je serai avec mon père. Et j'ai ton téléphone. Au fait, j'ai rêvé ou tu as installé une appli de géolocalisation dessus ?

— Moi ? Non, pas du tout !

— Si, regarde, c'est un truc qu'utilisent les parents pour surveiller leurs enfants, d'après Alex…

Jo s'empourpra.

— Ah bon ? Elle devait déjà y être… mentit-elle.

— Vraiment ? Je peux la supprimer, alors ?

— Mais non ! Tu ne supprimes rien ! C'est le téléphone du boulot. Si elle y est, c'est sûrement pour quelque chose. Et puis comme ça au moins, en cas de problème, je saurai où tu es !

— Je trouve ça très mignon que tu t'inquiètes autant pour moi…

— C'est pas pour toi que je m'inquiète, c'est pour Winston !

Quand le chien entendit son nom, il vint se coller aux jambes de la sainte patronne des spaghetti pour lui signifier que son estomac et lui l'aimaient aussi d'un amour profond et inconditionnel.

Lawrie pouffait en rangeant le smartphone dans sa poche quand le chauffeur VTC interpella Jo :

— Le moteur tourne, et vous devriez vous presser si vous ne voulez pas rater le dernier vol.

Devant la portière, Jo se pencha pour former une boule de neige.

— Hé, Spencer !

À quelques mètres, Lawrie, sur le point de monter dans le Land Rover, fit volte-face et prit l'assaut glacé en pleine figure.

Elle visait toujours aussi bien !

— *You looooose !* s'écria-t-elle en éclatant de rire.

Sans attendre la riposte, elle s'engouffra dans le UberXL.

— Démarrez, démarrez ! hurla-t-elle.

Trente secondes plus tard, un SMS s'affichait sur l'écran de son iPhone : « Attaque particulièrement lâche ! Dans le dos… Ça va se payer TRÈS cher… »

Morte de rire, elle lui répondit avec une émoticône qui tirait la langue.

À Londres, où ils avaient atterri en pleine nuit, le groupe se sépara. Daisy rentra chez elle pendant que Jack, Alex, Adélia et Jo s'organisaient pour partager l'espace.

Sur le chemin, leur taxi s'était arrêté devant un marchand de pizza encore ouvert ; ils avaient dîné rapidement avant d'aller se coucher.

Allongée sur le canapé convertible, Jo n'arrivait pas à trouver le sommeil. Elle alluma la télé et découvrit que les médias étaient déjà au courant. Encore une fois, Lawrie,

Alex et elle faisaient la une des chaînes d'information. « Quinze ans plus tard, l'affaire Karen Chapman est enfin résolue. »

Merde, lâcha-t-elle entre ses dents. Pourvu que Ben et Lawrie aient eu le temps de l'annoncer aux parents de Jessica et de Karen avant… Il était minuit passé, et elle n'avait aucune nouvelle d'eux.

Elle se décida à envoyer un message : « La presse est au courant, en boucle sur Sky News et BBC News… »

Lawrie répondit dans la seconde : « Je t'appelle. »

— Salut, fit-elle en décrochant.

— Salut, je ne savais pas si tu dormais, je ne voulais pas te réveiller.

Dans le ton de sa voix, elle décela une extrême lassitude.

— Tu as l'air épuisé, Lawrie.

— Ça va, ne t'en fais pas…

— Vous avez pu l'annoncer aux Becker avant que ça s'ébruite ?

— Oui, souffla-t-il. Ils sont effondrés.

Un silence.

— Je suis certaine que tu leur as été d'un grand réconfort.

Lawrie soupira dans le combiné.

— Je ne suis pas sûr qu'ils auront la force de se relever d'une telle épreuve, Jo.

Ils se turent sans savoir quoi se dire, puis Lawrie reprit :

— Elle m'a remercié…

Ça ressemblait bien à une confession douloureuse.

— Remercié ?

— D'avoir permis l'arrestation du bourreau de ses filles… compléta-t-il. Comment elle peut me remercier, alors que j'aurais dû empêcher ce meurtre ?! J'étais dans ce foutu manoir, Jo, et je n'ai été d'aucun secours !

— C'est faux, Lawrie, tu as essayé ! Nous avons essayé ! Jess n'a jamais voulu déménager de chambre.

— On aurait dû être plus fermes, toi et moi ! J'aurais dû être plus ferme ! C'était une folie de la laisser toute seule au second étage.

— Ce n'est pas là qu'elle s'est fait tuer, argumenta Jo.

— Je sais... murmura-t-il pour lui-même.

— Lawrie, rends-moi service, ne cogite pas trop maintenant, OK ? Je suis un peu loin, là...

— Je vais bien, Jo.

La dernière fois aussi, il lui avait dit ça...

— Tu dois être crevée, je vais te laisser dormir, décida-t-il.

— Tu sais qu'on n'est plus limités en forfait et qu'on peut rester en ligne toute la nuit ? On ne se fera même pas enguirlander pour ça.

Elle l'entendit rire à l'autre bout du fil.

Quand Jo raccrocha, une sensation désagréable lui pesait sur la poitrine. Lawrie n'était pas un roc indestructible. En lui, il y avait un gouffre, un abîme profond dans lequel il s'était déjà perdu à la mort de sa mère. Le décès de sa femme l'y avait à nouveau précipité, mais, cette fois, Jo n'avait pas été près de lui pour l'empêcher de sombrer. Ça avait failli mal tourner. Jamais elle ne permettrait que cela se reproduise. À compter de ce jour, elle s'en fit le serment : quoi qu'il puisse arriver, elle serait là.

Séries, carrière, ambition : tout ça passerait après Lawrie.

21.

En fin de matinée, ils arrivèrent par le train dans un St Mary Hill dénué de ses lumières de Noël. Jo avait simplement fait un rapide crochet par l'Apple Store de Londres avant de quitter la capitale.

Daisy avait plaisanté au sujet du logo de la marque en forme de pomme, déclarant qu'il était *très* tendancieux d'offrir ce genre de symbole à un prêtre.

Sur le quai, sans surprise, des journalistes constituaient, avec la famille d'Adélia et les sœurs McPherson, le comité d'accueil.

Christopher, le jeune homme atteint d'un retard mental qui avait été injustement accusé par deux inspecteurs sans scrupules de Scotland Yard, était là aussi. Jo, ravie de le revoir, le prit dans ses bras, puis, comme ils se faisaient bousculer par les reporters, elle déclara en s'agaçant :

— Pas de commentaire !

Les parents et grands-parents d'Adélia l'avaient serrée contre eux. Peter, son père, s'était tourné vers Alex pour lui ébouriffer les cheveux et le remercier d'avoir pris soin de sa fille.

En les observant, Jo se revit au même âge avec Spencer Dad, de qui elle s'était aussi éloignée au fil des ans.

Le cottage et l'Aston Martin étaient enfin à elle. Avec Bertie, ils s'étaient finalement accordés sur un prix.

Évidemment, son frère chéri en avait profité pour torpiller son compte en banque. Mais, comme elle avait du travail pour plusieurs années, que son patron, Phil, était fiable et qu'à moins d'une catastrophe il ne la laisserait pas tomber, elle avait cédé sur le montant.

Pour autant, elle n'était pas tout à fait sereine ; le statut des scénaristes, comme celui des créatifs en général, restait précaire. La plupart d'entre eux cumulaient les petits boulots pour remplir leur frigo.

Elle se savait chanceuse. Désormais, le cottage serait son filet de sécurité. Quoi qu'il puisse arriver à l'avenir, elle aurait un chez elle, ici, à St Mary Hill.

La maison avait été relookée. Pas trop : Jo voulait qu'on y sente encore la présence de Gladys. Elle découvrait le résultat en même temps que les autres ; jusqu'à présent, elle n'avait vu que des photos.

Après avoir fait un tour au supermarché pour préparer le repas de Noël – pas question de ne pas le fêter dignement, même après l'heure –, son assistante et elle se mirent à la cuisine.

Daisy fourrait sa dinde pendant que Jo, le nez collé sur sa tablette, ronchonnait après une recette. Hardiment, et visiblement beaucoup trop tardivement, elle s'était lancée dans la confection d'un *christmas pudding*.

— Ça se prépare des jours à l'avance, prévint Daisy.

— On le mangera demain s'il n'est pas prêt…

Daisy haussa les épaules. Quand Jo avait décidé de n'en faire qu'à sa tête, elle était plus bornée qu'une vieille mule acariâtre.

Selon la position indiquée par le GPS, Lawrie était sur la route avec son père. Tout allait bien.

Après avoir installé toutes les rallonges à la table neuve, Alex récupéra une petite console extensible et trois chaises supplémentaires chez Jack, qui jouissait du confort retrouvé de son domicile.

— On va se marcher dessus, s'angoissa Jo.

— Qu'est-ce que je suis excitée ! s'enthousiasma Daisy. Il va être merveilleux, ce repas de Noël.

— On aurait tout de même pu accueillir Claudia, tu sais...

— Elle est avec sa famille. Elle en a une, alors autant qu'elle en profite.

— Oh, Daisy...

— Ne te fais pas de mouron. Moi aussi, j'ai une famille, répondit-elle en se collant à sa copine. Regarde cette table ! Splendide, non ?

Jo lui sourit en acquiesçant.

On sonna à la porte. Un immense sapin sur pattes, ou plutôt Fred, le grand-père d'Adélia, portant un sapin, fit son apparition dans le salon déjà *full* avec Jack dans son sillage.

— Nous avons pensé qu'il vous manquait l'indispensable ! chantonna-t-il.

Jo afficha une moue dubitative ; il fallait encore caser le conifère.

Ça braillait, riait dans tous les coins de la maison. Le cottage était un vrai hall de gare, et les voisines septuagénaires de Jo, Violette et Judith, accompagnées de Christopher, dont elles avaient pris soin en l'absence de Jo et du pasteur, s'invitèrent aux festivités.

La tribu s'affairait à la décoration de l'épicéa en discutant de la fameuse affaire du vol des illuminations du village. En vain, Alex essayait de distraire Clemie. Scotchée à une des couvertures de Winston qu'ils avaient embarquée par inadvertance en quittant le manoir, la minette boudait en position de sphinx.

Jack trouva amusant de relayer encore l'épisode où Lawrie et Jo s'étaient disputés pendant la *murder party*.

Daisy se pencha vers Violette pour lui glisser, avec un air de conspiratrice :

— Vous auriez adoré les voir s'embrouiller… « Quoi ? Tu ne veux pas être ma femme ?! Quoi ? Tu ne veux pas être mon mari ?! » Mais, en fait, ils le voulaient grave tous les deux !!!

Estimant que l'anecdote n'était pas suffisante, Alex ajouta :

— Quand on a tous dormi dans la même chambre, la nuit du premier meurtre, Lawrie a proposé à ma tante de lui passer sur le corps !

Tandis que Violette s'enflammait, Jo pestait à l'autre bout de la pièce. Lassée de les entendre se régaler de sa relation avec son meilleur ami, elle s'isola à l'étage avec son ordinateur pour visionner les bouts d'essai des mômes qui avaient passé le casting pour la suite de sa série.

Concentrée, elle en avait oublié tout le reste quand un bruit tonitruant l'arracha à son écran. Elle dévala les marches jusqu'au rez-de-chaussée.

— Alex ! Daisy ! s'écria-t-elle.

— Dans la cuisine… répondit la voix de cette dernière.

Trente minutes plus tard, Lawrie, qui venait tout juste d'arriver, entrait sur les lieux du sinistre, où il trouva Jo à genoux, affairée à nettoyer des traces suspectes.

— Waouh ! Qu'est-ce qui s'est passé ici ?

Elle repoussa une mèche de cheveux avec le dos de sa main, le visage rosi par l'effort.

— Ne me fais pas croire que tu n'es pas déjà au courant. Je vais en entendre parler pendant des siècles.

— On m'a juste invité à aller me « rendre compte » par moi-même. Alors ? s'intéressa-t-il en désignant les agglomérats sombres qui tapissaient le sol et les murs.

En grimaçant, Jo rétorqua :

— J'ai oublié le *christmas pudding* dans son bain-marie…

Lawrie pinça les lèvres en prenant un air faussement impressionné.

— … il a explosé, crut-elle bon de préciser.

Muet, il se frottait le menton en avisant le chantier.

— Oh, vas-y ! Je suis certaine que tu meurs d'envie de lâcher une vacherie !

— Mais pas du tout ! se défendit-il.

Un bout de *christmas pudding* s'échoua à leurs pieds, incitant Lawrie à lever la tête.

— Impressionnant, déclara-t-il. Michel-Ange n'a qu'à bien se tenir. C'est presque aussi réussi que la fresque de la chapelle Sixtine.

Elle lui balança son éponge au visage en éclatant de rire avec lui.

— T'es vraiment dégueulasse, Lawrie !

— C'est toi qui as fait ça toute seule, ma mignonne ? se moqua George Spencer en entrant à son tour dans la cuisine.

La petite Jo, qu'il n'avait pas vue depuis des années, était assise par terre en train de se tenir les côtes.

— Oh pitié, monsieur Spencer, vous n'allez pas vous y mettre…

Lawrie, hilare, s'appuyait contre le plan de travail.

— Vous et vos remarquables talents culinaires m'ont manqué, jeune fille, dit-il en lui tendant la main pour l'aider à se relever.

Ils se serrèrent un long moment dans les bras.

— Vous m'avez manqué aussi, George, souffla-t-elle, bouleversée par leurs retrouvailles.

— On s'est arrêtés pour te laisser Winston. On passe vite fait au presbytère pour déposer nos affaires et on revient te prêter main-forte, indiqua Lawrie.

Puis, désignant de l'index son bouledogue occupé à lécher le sol avec Clemie, il ajouta :

— Celui-là a tiré la tête toute la journée.

— Clemie aussi.

Apparemment, leurs poilus n'appréciaient pas d'être séparés.

— Dommage que ce *christmas pudding* ait explosé, regretta Jo. Il devait être réussi, Winston a l'air de l'adorer.

— Il avale n'importe quoi, du moment que ça se mange, rappela le prêtre.

— Tu suggères que mon *christmas pudding* était raté ?

— Ah, ça ! À moins de lécher les murs, nous ne le saurons jamais…

— Oh, ça va, Spencer ! On a compris ! Rentre chez toi, maintenant !

Les cadeaux de Noël qu'ils n'avaient pas pu s'offrir le 25 décembre s'amoncelaient sous le sapin enfoncé grossièrement entre la bibliothèque et le meuble hi-fi de Gladys. Jo n'avait pas pu se résoudre à s'en séparer. Elle avait aussi conservé sa collection de vieux vinyles.

Dans un bazar indescriptible d'allées et venues, Daisy, à la tête des opérations, donnait des ordres. L'air de rien, Lawrie l'observait. Il était intrigué par sa présence. Il avait d'ailleurs relevé que, lorsqu'ils avaient enfin retrouvé du réseau, elle avait été la seule à ne pas se précipiter sur son téléphone pour rassurer ses proches.

— Daisy ne rentre pas chez ses parents ? demanda-t-il en aparté à Jo.

Aux prises avec un toast récalcitrant, la scénariste s'arrêta pour dévisager le prêtre.

— C'est compliqué…

Il arqua un sourcil et Jo prit un air ennuyé, jetant un rapide coup d'œil en direction du couloir qui menait au salon.

— Je ne suis pas sûre qu'elle ait envie qu'on en parle.

— C'est comme tu le sens, dit-il simplement.

Après tout, qu'y aurait-il de mal à le mettre au courant ? pensa Jo.

Silencieux, il entreprit de la soutenir dans son tartinage d'amuse-gueule à la crème de saumon.

— Daisy a été rejetée par sa famille, finit-elle par murmurer.

Lawrie suspendit ses gestes et tourna un visage interrogateur vers sa meilleure amie.

— À cause de son orientation sexuelle… précisa-t-elle.

Il hocha la tête, pas plus surpris que ça.

Son Église était l'une des plus modernes du monde. Les prêtres gays y étaient désormais admis ; néanmoins, il restait quelques sujets qui agitaient encore l'institution, en premier lieu la célébration des mariages homosexuels. Deux camps s'affrontaient : celui, progressiste, auquel il appartenait, et l'autre, soutenu par l'archevêque de Cantorbéry, qui s'y opposait farouchement. Depuis peu, un compromis qui ne satisfaisait personne avait été trouvé : les prêtres anglicans étaient autorisés à bénir les unions civiles, à défaut de pouvoir marier religieusement. Ce n'était pas encore assez du point de vue de Lawrie, mais c'était un début encourageant.

— Apparemment, ses parents sont très croyants.

— Anglicans ? demanda-t-il en plongeant son couteau dans l'un des pots.

— Aucune idée, je n'ai pas posé la question.

— À l'occasion, essaie de savoir.

— Lawrie, je ne pense pas qu'elle veuille qu'on s'en mêle.

— Je n'ai pas dit que j'allais le faire.

Verre à la main, on trinquait joyeusement dans le salon.

La télévision était allumée, et un flash d'information les détourna de leur festin. La journaliste de plateau donnait les derniers développements à propos du dossier Karen Chapman et Jessica Becker. Un spécialiste des affaires criminelles ponctuait d'anecdotes scabreuses le discours bien huilé de sa collègue. Un psy intervint à son tour. Le type n'avait jamais rencontré Duncan, pourtant il se répandait en conjectures sur sa personnalité.

Ce qu'ils pouvaient être écœurants à se servir d'un tel malheur pour faire de l'audience, alors qu'il était évident, à voir leurs expressions détachées, qu'ils se fichaient pas mal des victimes !

Puis vint leur tour d'être passés au crible. Leurs visages défilaient en même temps que les commentaires, et Jo tiqua quand celui d'Alex se matérialisa sur l'écran.

« L'année dernière, ce quatuor a déjà démêlé un cas du même genre dans le comté du Kent. »

— J'aurais préféré qu'on m'oublie, marmonna Daisy.

L'assistante s'en voulait. Elle n'en disait rien, mais se sentait responsable de ce qui était arrivé à Jessica. Si elle n'avait pas découvert ce foutu médaillon, la jeune femme serait toujours en vie.

Lawrie, qui était sorti promener Winston, arriva près de Jo, le téléphone qu'elle lui avait prêté à la main. Pendant la balade, celui-ci avait vibré dans la poche de sa doudoune.

— Tu as reçu un message…

Et quel message... « Ma Jo-Ann, j'ai tellement hâte qu'on se remette au travail. Totalement accro à ma showrunneuse ! Un petit cadeau de dernière minute à ouvrir sous le sapin, j'espère que tu diras oui. »

Oui à quoi ? Voilà une question qui taraudait Lawrie.

Les yeux toujours rivés sur la télévision, sa meilleure amie attrapa son appareil professionnel sans percevoir la contrariété dans le ton du prêtre.

Elle jeta un rapide coup d'œil au SMS en question.

— Phil, soupira-t-elle. Il persiste à se servir de ce numéro, alors que je ne l'utilise pas. Je regarderai ça tout à l'heure.

Tentative d'esquive ? Lawrie n'aurait pu en jurer.

En conférence de presse, Ben et l'agent Anderson s'exprimaient sur les circonstances de l'assassinat de Karen.

Duncan et elle avaient entretenu une relation secrète entre les murs du Fettes College. Durant les vacances d'été, la lycéenne, folle d'amour et enceinte, avait fait du stop pour le rejoindre à St Andrew, alors en travaux. Quand Duncan l'avait vue débarquer dans le domaine familial, il avait paniqué. Du haut de ses dix-huit ans, il avait mal réagi. Une violente dispute avait éclaté quand elle lui avait fait part de son refus d'avorter. Acculé, il l'avait poussée du haut d'un escalier. Elle était tombée en arrière, et sa tête avait heurté la dernière marche en grès. Concernant Irma et John, il était difficile de trancher sur qui avait voulu tuer l'autre. La version de Willer se tenait, sans pour autant qu'il soit possible de la corroborer de manière formelle.

Avec un doute raisonnable comme celui-là et un bon avocat, il s'en sortirait à bon compte, estima Lawrie.

Devant le domicile des parents de Jessica, des perches se dressaient pour enregistrer les paroles de Mrs Becker.

Tout en pleurant, une photo encadrée de ses filles serrée contre son cœur, elle remerciait la police et les habitants venus les soutenir, sa famille et elle, dans ce terrible moment. Derrière la mère de Jessica et de Karen, on apercevait les EVJF, soudées comme jamais.

« Je veux aussi m'adresser aux personnes qui ont permis cette arrestation. Sans le pasteur Spencer et ses amis, la disparition de Karen n'aurait jamais été élucidée, et un innocent aurait été envoyé en prison à la place du monstre qui nous a enlevé notre petite Jessica. »

Des paroles difficiles à entendre pour Jo. Un poing fermé devant la bouche, elle luttait contre l'envie d'éclater en sanglots. Le bras de Lawrie entoura ses épaules, et elle se laissa aller contre lui.

Décrétant que c'était assez, Spencer Dad s'empara de la télécommande. Il allait éteindre la télé, qu'il qualifiait depuis longtemps de « boîte à malaise », quand Violette l'arrêta.

— C'est l'heure des nouvelles locales, on va parler de nous. Les journalistes nous ont interviewés tout à l'heure.

Elle changea de canal. Effectivement, une reporter postée devant la mairie de St Mary Hill expliquait que la police cherchait toujours le ou les auteurs du vol d'illuminations.

Tour à tour, les visages des habitants du bourg défilèrent. Ceux de Violette et de Judith finirent par se matérialiser à l'écran.

— Ça ne peut être qu'en relation avec le concours du plus beau village de Noël, affirma la première. Sans cela, c'est évident, nous aurions gagné !

— C'est donc un village voisin qui est en cause, estima à côté d'elle une certaine Brenda Davis.

Dans ce trio de drôles de dames qui répondaient aux questions, Judith hochait vigoureusement la tête.

— Nous menons l'enquête ! déclara-t-elle avec un air déterminé. Et nous trouverons ! Pas vrai, Brenda ?!

La sexagénaire aux cheveux bruns acquiesça.

— Bien sûr que nous trouverons ! Certes, c'est excellent pour la sobriété énergétique, mais Noël sans illuminations n'est plus Noël, n'est-ce pas ?!

— Oh non, confirma Violette.

Puis, un ton plus bas, elle ajouta :

— Mais que le voleur se prépare : Jo-Ann Brown et notre charmant pasteur, Lawrence Spencer, sont de retour. Il ne leur faudra pas longtemps pour démasquer le coupable…

Jo et Lawrie échangèrent un regard en souriant.

Sur la table se succédèrent saumon d'Écosse, dinde farcie aux marrons, sauce *gravy*, choux de Bruxelles, pommes de terre au beurre et brocolis, le tout préparé par la généreuse et non moins talentueuse Daisy.

— Cette petite est bonne à marier, plaisanta le père de Lawrie. Mon fils, tu devrais y réfléchir à deux fois…

— Ç'aurait été avec plaisir, papa, mais notre Daisy préfère les filles.

— Ah oui ? Eh bien… elle a raison, moi aussi ! répondit joyeusement George Spencer en levant son verre.

Comme Daisy était assise juste à côté de lui, il lui frictionna affectueusement le dos en riant, et Jo vit que le regard de son assistante s'embuait.

En bout de table, Chris battait des mains pour accompagner les propos du patriarche. Winston était littéralement collé à son pied de chaise. Le protégé de Lawrie était de loin le plus partageur. La moitié de ce qui passait dans son assiette terminait dans l'estomac du bouledogue.

La famille d'Adélia les rejoignit pour le dessert. Évidemment, quand le *christmas pudding* confectionné par Violette arriva sur la table, Jo se fit à nouveau charrier.

L'estomac plein et le cœur empli de chaleur, on se décida à déballer les cadeaux de Noël. De nouveaux colliers et jouets pour les animaux de compagnie, et une quantité fabuleuse de matériel vidéo pioché dans la liste établie par son monteur, Jamie, après sa rencontre avec Alex. Des livres et la dernière liseuse en vogue pour Adélia ; un lecteur Blu-ray avec toutes les adaptations cinématographiques des *Filles du docteur March* – une idée de Daisy qui n'avait pas franchement enthousiasmé Jo – pour Violette ; et la série complète des *Hercule Poirot* pour Judith. Jack avait écopé de tout un tas d'objets étranges dénichés sur Internet pour compléter la collection de son cabinet de curiosités. Du matériel de peinture pour Chris. Un séjour à Paris pour Daisy, qui avait toujours rêvé de visiter la ville lumière. C'était avant qu'elle rencontre Claudia ; si cette relation se maintenait, Jo ajouterait un billet d'Eurostar pour la nouvelle petite amie de son assistante.

Celle-ci, émue aux larmes, s'enfuit pour cacher son trouble. Un truc qu'elle gérait mal, de pleurer devant les autres. Elle préférait de loin amuser la galerie avec ses frasques. Avant de s'éclipser, elle déposa tout de même l'enveloppe de leur patron, Philibert, sur les genoux de Jo en lui donnant une petite accolade.

Spencer Dad découvrait ses pulls et écharpes en cachemire avec ravissement. Les emballages colorés couvraient le sol. Sur le sofa, dans le peu d'espace laissé par Winston, Jo et Lawrie s'étaient assis. Le bouledogue était renversé sur le dos, la tête sur l'accoudoir ; les quatre fers en l'air, il ronflait avec Clemie sur son large ventre.

Pensive, Jo les observait.

— C’est quand même très léthargique comme race…

— Il a trop mangé, se désola le propriétaire du chien. Et parle moins fort, tu vas le vexer.

En disant cela, Lawrie lui tendit deux petits paquets. Elle fit de même en se rendant compte qu’il s’était légèrement raidi.

— Joyeux Noël, Jo.

— Joyeux Noël, Lawrie.

Il ouvrit le premier : un iPhone neuf avec trois batteries externes de secours.

— Message reçu cinq sur cinq ! plaisanta-t-il. Si je ne réponds pas, je suis un homme fini !

— J’en ai peur, confirma-t-elle. Allez, l’autre !

Elle trépignait d’impatience. Elle avait eu tant de difficulté à mettre la main sur ce trésor. Sans doute que, sans l’aide précieuse de Phil, elle n’y serait pas parvenue.

Intrigué et pour la faire enrager, le prêtre mit une éternité à retirer les bouts de scotch collés au papier cadeau.

— Tu comptes le réutiliser l’année prochaine ? s’exaspéra-t-elle.

— Je recycle… c’est bon pour la planète.

Il lui servit son regard de sale gosse ravi de la faire sortir de ses gonds.

— Ce que tu peux être chiant !

Le sourire de Lawrie s’effaça quand il comprit ce qu’il tenait entre ses mains.

Ses yeux se posèrent tour à tour sur l’objet et sur la fille enjouée face à lui. Précautionneusement, il tourna quelques pages du livre qu’elle lui avait offert pour s’assurer qu’il s’agissait bien de ce à quoi il pensait. La bouche grande ouverte, il cherchait ses mots.

Triomphante, Jo gloussa, puis lança :

— Alors, Spencer, je t’ai coupé le sifflet, hein !

— T'es… t'es complètement dingue… balbutia-t-il. Jo…

Quand ils étaient gamins, Lawrie avait toujours affirmé que, si un jour il en avait les moyens, il s'achèterait les premières éditions de ses romans préférés. Caracolait en tête de son palmarès personnel *Peter Pan*, de James Matthew Barrie.

— Il est même signé de la main de l'auteur, indiqua-t-elle.

Le prêtre secouait la tête ; ce trésor de la littérature devait coûter à lui seul une petite fortune.

— T'es folle…

— Merci, tu l'as déjà dit, s'amusa-t-elle. À moi !

Lawrie se sentit perdre pied tandis qu'il la dévisageait en train de déballer la petite boîte à bijoux musicale que Jack l'avait aidé à chiner. Dessinés sur le couvercle en marqueterie de style Art nouveau, des motifs floraux stylisés à la Mucha. Il la savait amatrice de ce courant artistique.

— Elle est magnifique, s'extasia Jo.

À l'intérieur, un bracelet jonc en or rangé dans un des compartiments, et, dans un autre, une adorable petite croix dotée de quatre brillants aux extrémités. Il avait failli la retirer ; il ne voulait pas qu'elle pense qu'il l'encourageait à quoi que ce soit, surtout après la conversation qu'ils avaient eue.

— Pour la croix… tu n'es pas obligée de la mettre, ni même de l'accepter.

— Si tu te souviens, j'en portais une, le rassura-t-elle en plantant ses iris bleus dans les siens. Un cadeau de Gladys pour mon baptême. Je l'ai perdue dans un déplacement il y a quelques années. C'est drôle, celle-ci lui ressemble un peu. Tu l'as choisie exprès ?

— Peut-être, c'est possible, admit-il. Quelquefois, notre inconscient nous joue des tours, et on fait des trucs qui ont du sens sans nous en rendre compte.

Elle s'intéressa ensuite au bracelet. Une inscription était gravée à l'intérieur ; Lawrie déglutit pendant qu'elle la lisait.

« *We shall never surrender* » : la citation favorite de Jo, de Winston Churchill.

Et un L enlaçant un J.

Il avait hésité longuement avant de faire ajouter le monogramme. En apnée, il guettait sa réaction. Le visage impassible, en réflexion, elle fit glisser son pouce sur l'inscription.

— Ça non plus, tu n'es pas obligée de l'accepter, murmura-t-il du bout des lèvres.

Elle braqua son intense regard sur lui et Lawrie se sentit rétrécir sur place, alors qu'elle lui tendait le bijou.

Le cœur du pasteur s'arrêta. Il était allé trop loin. Retour à la case départ.

— Tu peux m'aider avec la sécurité ? demanda-t-elle tranquillement. Avec une seule main, je n'y arriverai pas.

Pendant qu'il refermait le bracelet sur son poignet, Jo l'observait.

Près de la cheminée, Violette ne ratait pas une miette de ce qui se passait entre ces deux-là. Un verre de liqueur de cerise à la main, elle engloutissait des chocolats fourrés à la praline comme si elle était au cinéma. La petite Brown s'était maintenant tournée pour que son meilleur ami lui attache sa chaîne autour du cou. Elle avait échangé son pendentif en forme de papillon contre la croix offerte par Lawrie.

— Ils sont amoureux, glissa la sœur cadette à son aînée.

Si Judith commençait à avoir de sérieux doutes concernant la scénariste et le pasteur, par fierté, elle n'était pas pour autant près de l'admettre.

— Ils sont amis. Les amis se font des cadeaux à Noël, protesta-t-elle.

— Tu n'y comprends rien !

Le prêtre dit quelque chose que les septuagénaires n'entendirent pas, et Jo s'intéressa à l'enveloppe toujours posée sur ses genoux.

Personne ne sut le soir même ce qu'elle contenait mais, tout de suite après l'avoir ouverte, Jo s'excusa pour aller passer un appel. En quittant la pièce, elle avait jeté un regard embarrassé au pasteur en tripotant nerveusement la petite croix entre son pouce et son index.

22.

Le lendemain, Lawrie travaillait dans son bureau. Son père était occupé à faire éclater du pop-corn ; le pilote de la nouvelle série écrite par Jo serait projeté en fin de journée dans la salle des fêtes de St Mary Hill. Le prêtre tentait de se concentrer sur un sermon qu'il devait donner le dimanche. Peine perdue, son esprit était ailleurs, à quelques kilomètres de là.

La veille, Jo avait radicalement changé de comportement après avoir ouvert le mystérieux courrier venant de son producteur. De nouveau, elle s'était montrée distante. Chaque fois qu'il avait essayé d'accrocher son regard, elle s'était dérobée, avait baissé les yeux. Et puis il y avait ce geste, le jonc autour de son poignet qu'elle faisait tourner sur lui-même avec une expression soucieuse – sans doute des regrets.

Avec le bruit des explosions de maïs, il n'avait pas entendu les coups à la porte. Son père discutait avec quelqu'un. Il proposait un café.

— Non merci, fit Jo engoncée dans une grosse doudoune.

Elle avait toujours ses gants et son bonnet sur la tête.

— Jo ? s'étonna le pasteur en la découvrant chez lui.

Elle affichait le même air ennuyé que la veille ; il se figura qu'elle était venue lui rendre ses cadeaux. Dans l'esprit de Lawrie, le scénario se précisait. Phil n'était pas qu'une relation de travail. Le SMS… Elle avait fait comme si ça n'avait pas d'importance, comme si les quelques mots affichés sur cet écran n'avaient aucune valeur. L'histoire était en train de se répéter. Philibert du Plassier était un producteur riche à millions, et lui un pauvre petit prêtre de campagne : qu'aurait-il à offrir à Jo en dehors d'une existence simple et rangée ? Au fond, elle s'accorderait mieux avec un homme de cette trempe qu'avec un type aussi banal que lui. Le sol s'ouvrait sous ses pieds. Il y avait cru, pourtant. Maintenant, il devrait faire taire le feu dans sa poitrine, l'écraser sous une montagne de cendres. Il en était capable – un vieux schéma familier. Après tout, elle n'y était pour rien si elle ne l'aimait pas comme il l'aurait souhaité.

— On peut discuter ? lui proposa-t-elle avec un mouvement de tête indiquant qu'elle l'invitait à sortir.

Il prit une inspiration, douloureuse, et, à contrecœur, acquiesça.

En enfilant sa parka, il se demanda si elle portait toujours le bracelet ou si elle allait le retirer de l'une de ses poches pour le lui rendre.

George Spencer les regarda s'éloigner. Que se passait-il encore entre ces deux-là ? Il ne s'était jamais mêlé de leurs histoires. Son fils était amoureux de Jo-Ann Brown depuis l'adolescence. Un amour compliqué, à sens unique, qui perdurait malgré les années.

Ils se dirigèrent vers un petit banc devant l'église. Jo dégagea un peu de la neige qui était tombée durant la nuit pour s'asseoir. Sans un mot, Lawrie l'imita.

— Tu sais, je ne t'en voudrai pas si tu me le rends, finit-il par lâcher, parce qu'elle ne se décidait pas à prendre la parole.

Elle le fixa en fronçant les sourcils.

— Te rendre quoi ?

— Le bracelet. Je comprends, tu n'as pas voulu m'embarrasser en le refusant hier devant tout le monde. Je n'aurais pas dû aller si loin, c'était stupide. Je ne sais pas ce qui m'a pris de faire graver ce monogramme.

Comme il avait les yeux rivés sur ses mains jointes, il ne vit pas la moue désolée de Jo.

— Je ne vais rien te rendre du tout, Lawrie. Et cette inscription est parfaite là où elle est.

Surpris, il redressa la tête.

— Ce n'est pas de ça que je suis venue te parler, mais de l'enveloppe que j'ai reçue de mon producteur. Tu te souviens ?

— Comment je pourrais l'avoir oubliée ? Tu t'es complètement verrouillée après l'avoir ouverte.

— C'était mon cadeau de Noël… Un cadeau spécial.

Elle marqua une pause ; lui était suspendu à ses lèvres – pas seulement parce qu'il rêvait d'y poser les siennes.

— Il a racheté *Highland Brothers* à la BBC. Il veut qu'on tourne la dernière saison.

Dire que le soulagement de Lawrie était infini relèverait de l'euphémisme. Son cœur recommença à battre sans lui faire mal.

— C'est une super nouvelle, non ?

— Bien sûr que c'en est une… Mais il a envie de mener les deux projets de front. Ce qui implique que je n'aurai d'espace pour rien d'autre. L'année qui vient promet d'être dingue. Je serai en permanence sur des plateaux de tournage, en réunion, en session de montage, dans des avions… Tu comprends ?…

— Je comprends que c'est une opportunité formidable. Tu détestes les choses inachevées. Tu te reprochais d'avoir laissé sur le carreau les équipes de production, les acteurs et toutes les petites mains qui travaillaient pour *Highland Brothers*, sans compter le public, qui attend le dénouement final. Pourquoi autant de réserves ?

Soudain, Lawrie saisit où elle voulait en venir.

— Tu hésites à cause de moi ? hallucina-t-il.

— Pourquoi ce serait si difficile à croire ?

— Euh… Parce que…

Il sembla au pasteur que Fred Astaire était en train de faire des claquettes sur son plexus solaire. Il dut déployer un effort colossal de maîtrise de lui-même pour ne pas l'enlacer là, à cet instant précis. Mais l'église, ses paroissiens qui auraient pu les voir, les circonstances aussi, sans doute, l'en dissuadèrent.

— Écoute, Jo, tu dois terminer ce que tu as commencé. Quoi qu'il puisse arriver à l'avenir entre nous, je ne veux jamais devenir un frein ou un obstacle à ce pour quoi tu t'es battue avec tant d'acharnement toute ta vie. Et puis…

Il hésita avant de poursuivre :

— Tu as dit que tu avais besoin de temps… Toi et moi… On ne peut pas se planter. Alors, si cette année te permet de prendre le recul dont tu as besoin, il n'y a pas à tergiverser. Saisis la chance que t'offre Phil. Moi, j'attendrai.

Ils demeurèrent un moment à se geler les fesses en silence, jusqu'à ce que Lawrie décide que l'instant sérieux avait assez duré.

En douce, il forma une boule avec la poudreuse fraîche qui recouvrait l'extrémité du banc. Quand ils se levèrent pour rentrer se réchauffer avec une tasse de chocolat chaud, il resta quelques pas en arrière.

Elle ne se méfiait pas. Elle ne vit pas l'attaque arriver. Il enroula son bras autour de son cou et lui écrasa la neige sur le nez en lui murmurant à l'oreille un « *you lose* » vengeur. Puis, sans attendre la riposte, il lui claqua un baiser sur la tempe et fila jusqu'au presbytère.

Lawrie la raccompagna ensuite à pied jusque chez elle. Winston portait le manteau « *I Love My Dad* » qu'Alex lui avait offert.

— Il est content, là, fit remarquer le pasteur. Parce qu'il sait qu'on va chez toi et qu'il va voir sa copine. Pas vrai, Winston ?!

Fou de joie, le bouledogue se trémoussait.

— À ce sujet, Lawrie… J'ai réfléchi et… je crois que ce serait mieux si Clemie restait avec vous. Elle a besoin d'un foyer stable, d'un jardin où elle pourra jouer et courir, chasser les papillons et les lézards. Tout ce que je lui offre, ce sont des balades entravée par un harnais, des journées entières seule dans des suites d'hôtel au milieu d'un environnement qui n'est pas le sien. La pauvre a passé son année entre les avions, les salons VIP des aéroports ou sur des plateaux de tournage. Et puis… elle et Winston s'entendent si bien. Tu sais qu'elle ne quitte plus sa couverture ?… Ce serait terriblement égoïste de ma part de l'emmener avec moi.

— Winston et moi serons ravis de prendre soin d'elle, dit-il en lui glissant une main dans le dos.

Il savait à quel point c'était un déchirement pour elle de se séparer de sa petite compagne.

Le reste du trajet, Jo lui dévoila le contenu de la dernière saison de *Highland Brothers*. Il était le premier à le connaître ; même Daisy et Phil l'ignoraient. Peut-être que leur avenir ressemblerait à ça, pensa la showrunneuse en arrivant devant son cottage.

Adélia, Alex et leurs copines étaient censés tenir leur club de lecture mais, en entrant, Jo et Lawrie trouvèrent la maison vide et un mot griffonné à la va-vite qui les informait qu'ils étaient tous chez Jack.

Le prêtre appuya sur la sonnette. Une réponse collective : « La porte est ouverte ! », suivie de gloussements, leur parvint au travers du battant. Le duo échangea un regard intrigué.

Sur la table de la salle à manger, le *tea time*, les mugs et les livres avaient été abandonnés. Jack, Daisy, Alex et le « gang de lectrices » s'entassaient dans le salon autour du sofa. Les sœurs McPherson étaient de la partie.

Le tableau avait de quoi surprendre : Violette tenait entre ses mains une manette de PS3 avec comme adversaire Jack. Une partie de FIFA battait son plein. Les noms des footballeurs avaient été remplacés par ceux d'hommes politiques. Au moment où Jo et Lawrie entrèrent, Zelensky venait de mettre un coup de boule à Poutine. Et la scénariste admit que ce serait génial si tous ces types réglaient leurs différends sur un terrain de foot plutôt qu'à coups de menaces nucléaires.

Acclamations, hurlements, encouragements, protestations et surtout éclats de rire ponctuèrent le reste de l'après-midi pendant que thé aux épices, *christmas pudding*, *cinnamon rolls* et chocolat remplissaient copieusement les bouches. Violette perdit contre Jack et fut, à cette occasion, officiellement déclarée pire mauvaise joueuse de l'année.

Jo décrocha de la bonne humeur générale : dans quelques jours, elle reprendrait sa vie d'avant. Elle quitterait cet endroit où elle se sentait vivante, vibrante comme nulle part ailleurs, et laisserait derrière elle les habitants de St Mary Hill, leur générosité et leur chaleur. Et puis, il y aurait les séparations… Celle avec Alex, et l'autre, non moins pénible, avec Lawrie… et Clemie. Autant de douleurs conjuguées qu'elle affronterait, parce qu'elle était aussi cette fille qui faisait rêver des millions de gens en racontant ses histoires. Et que, pour continuer à les raconter, elle devait s'en aller.

23.

La série de Jo était disponible sur la plateforme de streaming depuis le matin. Fébrile, elle recevait les premiers retours de Phil, qui suivait en temps réel le nombre de connexions. Apparemment, ça démarrait très fort ! L'idée de placer le lancement entre Noël et le jour de l'An venait du producteur. Fatigués par les fêtes et encore en train de digérer le premier réveillon, beaucoup de personnes apprécieraient de buller chez elles en profitant de cette parenthèse mi-historique mi-fantastique.

Au milieu de la journée, le pilote s'était déjà hissé en tête du classement. Alex surveillait les commentaires sur les réseaux sociaux. « Bluffant », « extraordinaire », « fascinant », « émouvant ».

— Ils adorent, Tantine !

— Attendons avant d'en déduire que c'est un succès, temporisa Jo.

Elle proposait une idée vraiment originale qui sortait complètement des clous, à l'instar des frères Duffer avec le désormais mythique *Stranger Things*.

Jo n'avait pas encore eu l'occasion de mettre les pieds dans la salle des fêtes, en contraste total avec l'extérieur du village, privé de ses illuminations. De la fausse neige recouvrait le sol, des centaines d'étoiles dorées et blanches descendaient du ciel. Plusieurs sapins au parfum boisé agrémentés de boules blanches et de sucre d'orge se dressaient aux extrémités. De faux bonhommes de neige et des traîneaux avec leur Père Noël complétaient le charmant tableau.

Dans le fond, face à l'entrée, on avait laissé la rangée de gradins en bois pour que les spectateurs puissent s'asseoir. Sahar, l'épouse du maire, avait fait installer des chaises supplémentaires afin d'accueillir tout le monde. Alex avait donné un coup de main à la technique. Le grand écran ne demandait plus qu'à être déroulé. Le rétroprojecteur était en place, les barres de son aussi.

Sur des tréteaux, la nourriture préparée avec amour par les habitants s'étalait sur des nappes étincelantes. Il régnait en ces lieux une telle chaleur que même les cœurs les plus endurcis s'en seraient trouvés attendris.

Suspendue au plafond, une énorme boule à facettes en vue du bal prévu le lendemain pour le passage à la nouvelle année. Un sentiment terrible de nostalgie emplit la scénariste. Gladys, sa regrettée grand-tante… Les larmes aux yeux, elle se débarrassa de son manteau en le suspendant à une des nombreuses patères récupérées dix ans plus tôt dans l'école, qui avait fermé faute d'enfants suffisamment nombreux pour la rendre rentable.

Winston se mit en travers de son chemin et lui présenta sa patte avant droite pour qu'elle checke avec lui.

— Salut, toi ! Si tu es là, c'est que ton patron n'est pas loin.

Effectivement, le pasteur arrivait avec son père. Les deux hommes avaient les bras chargés de pop-corn et de sucreries – rappelant celles vendues dans les cinémas. Lawrie était en civil ; quand il retira sa parka, Jo découvrit qu'il portait le sweat à l'effigie de Chucky que Julian lui avait offert. De loin, elle lui sourit en pointant du doigt le vêtement.

— J'ai l'air d'un vrai geek, rigola-t-il en remontant la capuche sur sa tête.

— Tu ne risques pas de choquer tes ouailles, attifé comme ça ?

— Mes ouailles, comme tu dis, sont plus ouvertes d'esprit que tu ne le penses. Elles savent qu'elles ont écopé d'un pasteur très en avance sur son époque.

— Chucky, tout de même...

— Je croyais que tu l'aimais bien ce pull, non ?

Elle comprit à son regard qu'il l'avait mis pour elle. L'instant d'après, elle était coincée contre Spencer Dad, qui la secouait comme un cocotier.

— Il y a du pop-corn salé pour toi, ma chérie ! lança-t-il. Tu dois être la seule personne dans tout ce comté à pouvoir en avaler, mais bon...

— Faux, votre fils adore aussi !

— C'est bien ce que je dis, vous étiez faits pour vous rencontrer, tous les deux...

La salle se remplit, chacun trouva sa place. Jo sentait son rythme cardiaque s'emballer. Elle avait le trac. C'était une première pour elle que d'assister à une projection publique en direct. Et s'ils ne riaient pas aux endroits où elle l'avait prévu ? Et si personne n'aimait ? Un doute terrible s'insinua en elle.

La scénariste choisit de s'installer tout en haut des gradins. De là, elle avait le meilleur panorama sur la petite assemblée, dont elle scruterait les faits et gestes, et pas seulement pour voir leurs réactions. Parmi les spectateurs, il en était un qu'elle comptait garder sous surveillance. Daisy était quelques rangs plus bas avec le groupe d'ados. Par moments, elle jetait des coups d'œil à sa copine par-dessus son épaule pour s'assurer qu'elle n'était pas en train de tomber dans les pommes à cause du stress. Le visage de Jo vira au vert olive quand les lumières s'éteignirent.

Les yeux rivés sur l'écran, où sa production figée attendait d'être dévoilée, elle sentit Lawrie s'asseoir à ses côtés. Il posa son bras sur le dossier derrière elle, sa paume ouverte prête à accueillir l'épaule de sa meilleure amie. Tout à son visionnage, elle ne s'en aperçut pas. Penchée en avant, les coudes sur ses genoux, elle maintenait un poing fermé devant sa bouche. Elle se frotta nerveusement les paupières, le visage, puis finit par ramener ses cheveux en arrière. Pendant presque dix minutes, elle ne bougea plus. Aux premiers éclats de rire, elle recommença à respirer en se détendant légèrement. Les « Ah ! » et les « Oh ! » qui suivirent la rassurèrent encore. Soulagée, elle se redressa. Son épaule frôla alors l'index de Lawrie. Du coin de l'œil, elle comprit ce qu'elle avait touché et jeta un regard en biais au pasteur, qui la scrutait avec un air incertain. Devait-il retirer son bras ? Pour faire diversion, il lui proposa du pop-corn.

— Volontiers, accepta-t-elle en lui souriant.

Elle plongea sa main dans la boîte et se pelotonna dans le cocon de tendresse qu'il lui offrait. Dans l'obscurité et faute de mieux – le temps qu'elle prenne une décision ferme –, ils pouvaient au moins s'accorder ce timide moment d'intimité.

Les mouchoirs circulaient, la salle résonnait de murmures et de reniflements. L'ascenseur émotionnel fonctionnait à la perfection. Pas de doute : la réussite était franche et sans ambiguïté.

À mi-projection, Judith dut s'absenter pour une pause pipi. Tandis qu'elle s'éloignait en pestant de devoir rater une scène importante – comme si ça ne suffisait pas de se ratatiner avec l'âge, il fallait en plus que les vessies rétrécissent –, la septuagénaire remarqua Jo et Lawrie serrés l'un contre l'autre. Elle plissa les yeux, croyant à une hallucination.

Elle s'excusa en passant devant les spectateurs pour retrouver son siège à côté de sa sœur. À voix basse, elle incita Violette à jeter un coup d'œil sur ce qui tramait derrière elle.

Exécutant un petit tour sur elle-même, la vieille dame distingua, malgré la pénombre, la même chose que son aînée. Elle posa lourdement ses fesses sur sa chaise en écrasant son sac à main – directement inspiré de leur défunte reine – contre sa poitrine.

— Enfin ! Seigneur, vous avez entendu mes prières, murmura-t-elle.

24.

Le lendemain, Jo se leva pleine d'entrain. Le pilote faisait un carton ; les critiques tombaient, toutes plus dithyrambiques les unes que les autres. L'audace payait toujours. Appuyée contre l'encadrement de porte de la chambre de Gladys, un café à la main, elle observait son assistante pendant que celle-ci bouclait son sac de voyage. Elle avait un peu de vague à l'âme de la voir partir.

Un bruit de fermeture éclair, et Daisy, rayonnante, se tourna vers elle.

— Fais pas cette tête, on se retrouve dans deux jours…

— Tu vas me manquer, j'ai bien le droit, râla Jo.

— C'est toujours comme ça avec les casse-pieds dans mon genre : à force, on finit par ne plus pouvoir s'en passer. D'ailleurs, quitte à être casse-pieds : tu comptes embrasser Lawrie à minuit ? Je demande ça parce qu'hier vous aviez carrément l'air de deux amoureux partageant du pop-corn devant une excellente série…

— Comme si c'était si facile…

— C'est toi qui compliques tout, Jo…

La scénariste baissa le visage.

— Écoute, reprit Daisy, faisons simple pour une fois : tu l'aimes, ton pasteur, oui ou non ?

— J'aime Lawrie, avoua Jo. Quant au prêtre, je n'en suis pas encore certaine. Ce n'est pas une décision que je peux prendre à la légère, Daisy, pour lui, pour moi. Si je m'engage dans ce chemin, tout ira forcément très vite. Pas de période d'essai, tu vois – fiançailles, mariage, tout ça. J'imagine que ses patrons épiscopaux n'apprécieraient pas de le savoir en union libre avec une mécréante dans mon genre.

Daisy rigola en secouant la tête.

— C'est vrai... je n'y avais pas pensé, fit-elle d'un air ennuyé. Il nous emmerde un peu avec sa vocation, non ?

— Disons que la robe d'avocat aurait mieux convenu à la situation... concéda Jo.

Daisy ne pouvait guère lui donner tort ; Jo avait de bonnes raisons d'hésiter.

Le quart d'heure suivant, les sœurs McPherson et Jack vinrent lui dire au revoir. Violette lui avait préparé des petits sandwichs à la crème d'anchois pour le voyage, et Judith fourra une boîte de marrons glacés dans son tote-bag rose fluo. Après une dernière accolade, Jack lui fit promettre de saluer Claudia et Luke de sa part, pendant qu'Alex et Adélia montaient à l'arrière de l'Aston Martin pour l'accompagner jusqu'à la gare.

À son retour, Jo trouva le cottage désespérément vide. Alex passait l'après-midi chez Adélia, d'où ils se prépareraient pour le bal du Nouvel An. Ce silence troublant accabla la propriétaire des lieux.

Pour tromper l'ennui, et en attendant de pouvoir vérifier sa théorie sur le vol des illuminations de Noël de St Mary Hill – parce que, oui, elle avait un suspect –, elle envoya plusieurs mails professionnels. Un 31 décembre, il y avait peu de chances pour qu'elle obtienne des réponses ; les autres employés de HTO avaient sûrement une vie, eux.

Sa principale préoccupation : récupérer les bouts d'essai écartés par Diana. Elle aurait mis sa main au feu que parmi ces rushs se trouvaient les futures étoiles montantes de l'acting.

Max, un chouette type que Diana prenait un malin plaisir à molester en public, envoya à Jo ce qu'elle réclamait. En réponse, la scénariste promit de conserver sa source secrète et, une fois ce problème réglé, lança les visionnages. Le premier crush ne tarda pas : douze ans, bien portant, une bouille de clown, un zozotement adorable et un rire ! Mais quel rire ! Ce fut aussitôt une certitude pour elle : Darren serait de l'aventure. Oubliant tout, elle s'absorba durant de longues heures dans ces bouts d'essai.

Quand elle leva enfin le nez de son écran, la nuit était tombée.

— Merde ! fit-elle en partant se préparer rapidement.

Elle consulta l'heure : la fête devait avoir commencé. Elle avait donc le champ libre. Elle envoya deux SMS pour s'en assurer.

Lawrie le lui confirma, en lui demandant ce qu'elle avait en tête.

« Je ne peux pas t'impliquer. »

« Dans quoi tu ne peux pas m'impliquer ? »

« Un truc pas très légal qui ferait mauvais genre pour un prêtre… »

« Tu m'inquiètes. »

« Comme d'hab'. Reste sagement au bal, et retiens la nouvelle copine de Judith et de Violette où elle est. »

« Tu crois que c'est elle, le vol des décos ? »

« Ce que tu peux être perspicace par moments… »

« Sois prudente ! »

Plus de réponse.

En jupette et bottines fourrées, Jo escalada la clôture de Brenda Davis. Son manteau long resta accroché à un petit clou qui dépassait ; elle dut tirer dessus pour s'en libérer.

— Chier ! s'agaça-t-elle en constatant qu'il y avait un trou dedans après ça.

En mode furtif, courbée, elle se faufila jusqu'au garage, dont la porte était soi-disant défectueuse. Raison pour laquelle, selon les dires de Violette, cette chère Brenda devait laisser sa voiture à l'extérieur.

Si Jo avait vu juste, la sexagénaire n'y mettait plus son véhicule parce que toute la place était, en réalité, déjà prise par les décorations volées. Intriguée par l'expression « sobriété énergétique » qu'elle avait employée à la télé et le zèle qu'elle mettait à aider les sœurs McPherson à résoudre leur enquête, Jo l'avait tout de suite soupçonnée.

Malheureusement, la porte du garage était fermée à clé. La scénariste tira le bac de recyclage à roulettes jusque sous une petite fenêtre pour vérifier sa théorie. Non sans mal, elle grimpa dessus. En équilibre précaire sur le couvercle en plastique qui se déformait sous son poids, elle retira de son sac en bandoulière une lampe de poche. La langue sortie, elle orienta le faisceau à travers le carreau sale.

— Bingo ! chuchota-t-elle.

Tout y était : des kilomètres de guirlandes, sapins, rennes et autres Pères Noël lumineux étaient entassés là.

Elle fit plusieurs photos, puis entreprit de redescendre. C'est ce moment précis que le couvercle choisit pour céder. Elle s'enfonça jusqu'à la taille dans la poubelle en lâchant un cri de surprise.

Sur le court trajet qui la menait à la salle des fêtes, Jo tenta de remettre de l'ordre dans sa tenue. Galant, Jack l'accueillit à l'entrée en la débarrassant de son manteau, dont il décolla, avec une mine circonspecte, un papier d'emballage de beurre.

— C'est moi ou ça sent le hareng ? s'informa-t-il en humant l'air.

Jo grimaça en s'accroupissant pour cajoler Winston, venu à sa rencontre. Son regard fit un tour d'horizon à la recherche du maître qui allait avec. Il était à l'autre bout de la pièce en compagnie de Chris qui, le visage levé, semblait fasciné par la boule à facettes.

Du fond de la salle, Lawrie agita la main pour l'inviter à les rejoindre. Échevelée et débraillée, la truffe du bouledogue collée à ses chaussures, elle progressa vers eux en souriant d'un air crispé aux habitants de St Mary Hill qu'elle croisait.

— T'es belle, Joooo, déclara Chris quand elle arriva à leur niveau.

— Merci, Chris, toi aussi tu es très élégant.

— Je vais… te… chercher un verre de… punch… décida-t-il en filant vers le buffet.

— Quel gentleman, plaisanta-t-elle en l'observant pendant qu'il s'éloignait.

— Il t'a à la bonne, c'est certain. Alors ?

— J'avais raison, c'est elle.

Lawrie renifla deux fois.

— C'est quoi cette odeur ?

— C'est moi… La poubelle de Brenda débordait de boîtes de hareng à l'huile. J'en ai plein mes bottines.

Winston lui léchait les pieds.

— Comment tu as atterri dans sa poubelle ?

— J'ai grimpé dessus pour zyeuter le garage, et je suis tombée dedans.

Il éclata de rire.

— Je ne vois pas ce qu'il y a de drôle, je sens la morue maintenant !

— Et donc… quelle est la suite du plan ? L'agent Brewster est là avec sa famille : on le prévient ?

— Non, laissons à Judith et à Violette le soin d'épingler la voleuse.

— Comment ?

— Quelques allusions de ta part et de la mienne pendant la soirée, et elles devraient faire le lien toutes seules, non ?…

— Excellente idée !

Elle remarqua qu'il ne portait toujours pas son col de pasteur. Juste une chemise blanche et un pantalon. Vêtu comme ça, il était le Lawrie d'avant, celui qui l'impressionnait moins.

Surgissant derrière elle, Spencer Dad l'attrapa par les épaules pour l'obliger à tourner sur elle-même.

— J'espère bien que la reine du bal me réservera une danse, lança-t-il joyeusement. C'est moi ou ça sent le poisson fumé ?

— C'est Winston, mentit Jo.

Le bouledogue leva la tête, et elle lui fit les gros yeux pour qu'il la soutienne. En complice parfait, il jappa tout en remuant son arrière-train.

La fête battait son plein. Chris servait volontiers de chevalier servant aux sœurs McPherson, mais comme la coordination n'était pas son fort et qu'il ne voulait pas les blesser, il les posait doucement sur ses pieds pour les faire virevolter. Pas trop vite pour qu'elles n'aient pas la tête qui tourne quand elles retouchaient le sol.

À plusieurs reprises, l'air de rien, Jo et Lawrie leur glissèrent quelques remarques subtiles sur l'attitude étrange du couple Davis. De sorte qu'à un moment, Judith se mit à les épier avec une expression suspicieuse. Un échange de regards entre Jo et Lawrie, et ils surent que leur stratagème fonctionnait à la perfection.

Il n'était que dix heures quand la meilleure amie d'Adélia, renommée DJ Emma pour la soirée, diffusa des musiques moins rythmées. Alex traîna sa tante sur la piste de danse. U2, « With or Without You ».

Du coin de l'œil, Jo vit qu'Adélia venait d'inviter Lawrie.

— Qu'est-ce que vous complotez tous les deux ? se méfia-t-elle.

— Rien du tout, se défendit l'adolescent en lui servant un sourire angélique.

Encore un peu, et une auréole se matérialiserait au-dessus de sa tête. Un autre slow plus doux suivit. Les deux couples étaient maintenant côte à côte. Jo s'accrochait fermement à son neveu en pressentant l'attaque imminente.

Puis la voix d'Emma résonna dans le micro :

— Spéciale dédicace pour Alex et Adélia !

— Ah désolé, Tantine, je ne peux pas refuser…

Ils étaient de mèche. Ces mômes étaient diaboliques, enragea Jo, plantée au milieu de la piste. Lawrie était juste en face d'elle en train de se marrer.

— Je crois qu'on n'a pas le choix, fit-il en tendant son bras vers elle.

« Fall Away », de The Fray, éclipsait le morceau précédent.

— Je vais tuer ces sales gosses, promit-elle en avançant d'un pas vers lui.

— On a déjà dansé ensemble, lui rappela-t-il.

Avec précaution, il posa sa main droite sur la taille de sa meilleure amie.

S'il parvenait à la faire rire, à la ramener aux moments d'insouciance qu'ils avaient partagés avant que les sentiments s'en mêlent, il aurait une petite chance de détourner son attention de cet innocent slow.

— C'était pour nous exercer, et mes orteils s'en souviennent encore, rouspéta-t-elle.

Leurs doigts se lièrent en même temps que leurs regards, et l'espace d'une fraction de seconde le prêtre perdit pied.

Mieux que devant une bonne adaptation d'*Orgueil et Préjugés*, Violette n'en ratait pas une miette. Elle entraîna Jack derrière elle, vers le buffet :

— On verra mieux de là-bas, s'enthousiasma-t-elle.

Nerveuse, la septuagénaire tâtonna sur la table à la recherche d'un truc à grignoter. Daisy avait raison : le stress creuse !

— Ils vont s'embrasser, prédit-elle.

— Impossible.

— Et pourquoi pas ?! s'agaça-t-elle en lançant une œillade contrariée à son voisin.

— Même s'ils en avaient envie, ils ne pourraient pas.

Sur le point de rétorquer, Violette ravala les paroles qui se bousculaient sur sa langue. Jack avait vu juste : Lawrie était pasteur… Il ne pouvait décemment pas se donner en spectacle devant autant de monde. Déçue et le gosier sec, elle se consola en vidant d'une traite deux verres de punch d'affilée, pendant que George Spencer, accompagné de Judith, se greffait à leur conversation.

Le cœur du papa de Lawrie espérait. Des flashs lui revenaient. La première nuit que son fils avait passée orphelin de sa mère, Jo ne l'avait pas quitté. On les avait découverts endormis au petit matin, elle dans le lit du garçon et lui allongé sur le matelas d'appoint en contrebas ; ils se tenaient la main. Les jours, les semaines, les mois, les années qui suivirent, invariablement c'est auprès d'elle qu'il avait trouvé la force de se relever. Qui mieux que la petite Brown pouvait comprendre la difficulté de grandir avec des parents absents ?

Des chœurs sur un solo de guitare, la chanson préférée d'Alex et Adélia : « The Night We Met », du groupe Lord Huron. Jo reconnut la musique de l'excellente série *13 Reasons Why*, dont les paroles racontaient l'histoire d'un amour tragiquement perdu.

Elle sentit une légère crispation chez Lawrie, qui la serra plus fort contre lui.

Je t'avais entièrement, puis en partie,
un petit peu, et maintenant je n'ai plus rien de toi

Il s'arrêta de bouger. Devint plus fixe qu'une statue de sel. Foudroyé. Toute couleur avait disparu de son visage, comme s'il s'était soudain vidé de son sang.

Je ne sais pas ce que je suis censé faire,
hanté par ton fantôme

Jo comprit. Elle posa une main sur sa joue pour l'obliger à croiser son regard, sans succès.

— Viens, chuchota-t-elle avant qu'il s'effondre.

— Que se passe-t-il ? s'affola Violette en les voyant quitter la salle précipitamment.

À côté d'elle, George ne répondit pas.

— Ils se sont disputés ? s'inquiéta-t-elle.

— Non. Mon fils s'autorise seulement enfin à verser des larmes qu'il retient depuis trop longtemps, et je suis heureux qu'il le fasse avec le seul être sur cette terre capable de les sécher. Quand notre petite Jo en aura fini avec lui, on ne distinguera même plus de traces de colle entre les bouts brisés de l'âme de mon garçon.

Des images. Glaçantes. Les tuyaux, perfusions, aiguilles. Le cathéter accroché telle une sangsue à la chair de Joanne. Sa rapide détérioration. Ses sourires épuisés qu'elle tentait d'illuminer de joie pour lui.

Les médecins, les blouses blanches, bleues, roses, du pastel pour adoucir toute cette merde, les traitements, les nuits sans sommeil, les jours sans soleil. Joanne qui s'éteignait. La pâleur de sa peau virant au gris, l'odeur douceâtre qui s'échappait de ses pores – un avant-goût de celle de la mort.

La maladie était l'antichambre de l'enfer.

Lawrie n'avait pas vu la lame de fond lui arriver dessus. Il s'était fait surprendre. Assis par terre à l'abri des regards, la tête entre les mains, il sanglotait comme un gamin. On lui posait quelque chose sur le dos.

— Lawrie…

Une voix lui parvenait, lointaine.

Un flash. L'instant d'avant, il tenait dans ses bras la fille qu'il aimait d'un amour inconditionnel depuis toujours.

Les fils qui reliaient son cœur à une machine. Des bips. Il battait toujours. « Rapproche-toi de Jo, elle t'aidera quand je serai partie », et lui qui secouait la tête. Elle allait guérir. On la sauverait. Elle n'allait pas partir. C'était impossible. Ça ne pouvait pas leur arriver à eux. Elle attendait un bébé. Ils s'apprêtaient à être parents. À fonder une famille. Ils seraient heureux jusqu'à la fin des temps, comme dans les contes de fées.

Puis soudain le disque qui déraille, le diagnostic, implacable. L'effondrement, la dévastation, l'engloutissement, le néant. Et, remontant de ses entrailles, la même douleur que pour sa mère.

Un matin d'octobre, à 10 h 43 exactement, le bip devenu une longue plainte, une ligne continue… et, tel un ange veillant sur ceux qui restent, l'infirmière qui fait cesser la cacophonie en appuyant sur l'interrupteur. Le silence. Les gémissements étouffés de la mère de Joanne, les murmures d'un père aimant privé de son bébé. La perte. Insupportable.

À genoux, Jo tentait de le réchauffer. Elle avait eu toutes les peines du monde à lui faire décoller son dos du mur pour y faire passer sa doudoune.

— Lawrie…

Il n'entendait rien, retranché dans un profond désespoir. Laisser passer l'orage. Sans doute en avait-il besoin. Jo resta là à le garder contre elle. Il finirait par s'apaiser et, quand il lui reviendrait, il la trouverait à ses côtés.

Quinze minutes passèrent. Jo était transie, ses collants et sa robe trop courte laissaient passer le froid emmagasiné par le sol en béton du porche extérieur.

Derrière la petite fente vitrée donnant sur l'arrière-cour, George Spencer les observait. Il devinait assez bien ce qui se déroulait dans la tête de son fils.

La dernière fois que Lawrie avait dansé avec une femme, c'était avec Joanne. Ce soir, il prenait abruptement conscience qu'il était sur le point de tourner une page. Le genre de cap qui ne se franchit pas sans essuyer une violente tempête. Ce 31 décembre serait son cap Horn à lui.

— Vous êtes sûr qu'on ne devrait pas y aller ? s'inquiétait Violette derrière son épaule.

— Jo va le ramener. Elle en a l'habitude…

Un parfum, des notes de bergamote, de citron, des effluves épicés, piquants. Quelqu'un lui caressait les cheveux en lui murmurant que tout irait bien.

— Reviens, Lawrie…

Comme s'il se réveillait tout juste d'un vilain cauchemar, le prêtre ouvrit les yeux. Presque surpris d'être là.

— Jo ?

Elle lui souriait en continuant à faire glisser ses doigts dans sa tignasse.

— J'ai craqué devant tout le monde ?

— Non, nous sommes sortis avant.

— Je ne comprends pas ce qui m'a pris…

Elle fouilla dans la poche de sa doudoune à lui et lui colla un paquet de Kleenex sous le nez pour l'encourager à se moucher.

— Je t'ai mis de la morve partout ? s'inquiéta-t-il.

— Non, rigola-t-elle. Ça, c'est ma spécialité, pas la tienne, mais tes reniflements m'agacent.

Dédramatiser, faire rire : la technique avait toujours fonctionné, pour l'un comme pour l'autre.

— Allez, souffle !

— Je peux le faire comme un grand, Jo.

— Parfait, je ne demande que ça !

Elle relâcha son étreinte pour s'asseoir enfin. Si elle n'avait pas deux jolis bleus sur les genoux le lendemain, elle serait chanceuse.

— Je suis désolé, murmura-t-il. J'ai gâché notre soirée.

— Tu es un abruti, ce n'est pas une nouveauté.

Il pouffa en appuyant sa tête contre le mur. Il se sentait vidé.

— Tu sais combien de fois j'ai rêvé de te traîner à un bal ? demanda-t-il en lui jetant un regard en biais.

Elle tirait avec une mine désespérée sur le bord de son collant filé.

— Je suis le pire cavalier de la terre, soupira-t-il.

— J'empeste la vieille crevette avariée, alors comme ça on peut dire qu'on fait la paire !

Il éclata de rire – et Dieu qu'elle aimait l'entendre rire.

— Je ne peux pas y retourner, annonça-t-il en redevenant sérieux.

— Non, je sais…

— Tu crois qu'ils ont compris ?

— Je dirai que je t'ai empoisonné avec l'une de mes merveilleuses préparations culinaires et que tu as dû rentrer en urgence chez toi.

— Ça se tient, comme scénario. Personne n'osera le remettre en question.

Elle lui flanqua un coup.

— Quoi ?!

— N'abuse pas, Spencer. Tu vas t'attirer des problèmes.

Jo ne sentait plus ses fesses, anesthésiées par le froid. Elle se leva et lui tendit la main pour l'inciter à faire de même.

Debout devant elle, il en profita pour l'enlacer.

— T'es gelée, remarqua-t-il.

— C'est la faute du gars qui a eu l'idée lumineuse de placer le Nouvel An en plein hiver.

— Ouais, c'est surtout la mienne…

Il s'écarta.

— Jo ? l'interpella-t-il doucement en la fixant avec une intensité soutenue.

— Oh, ça y est ! Il va l'embrasser, s'écria Violette en hurlant dans le tympan de Spencer Dad.

— Et donc, c'est ici que le spectacle s'achève pour nous ! décréta son complice.

— Ah non ! Pas question que je rate ça ! rechigna la vieille dame en se débattant parce qu'il l'obligeait à se tourner.

— Ils ont droit à leur intimité, Violette !

— Ils l'ont, tant qu'ils ne savent pas que je suis là, glousssa-t-elle en se collant à la vitre.

— Allons, ce n'est pas correct.

— Je m'en fiche ! Oh mon Dieu, ils sont tellement mignons !

— Quoi ? Ça y est, ils s'embrassent ? espéra George.

— Alors, on est intéressé, finalement ?... triompha la septuagénaire en lui faisant une petite place contre le carreau.

— Jo... Promets-moi que, quoi qu'il puisse se passer dans nos vies, tu ne disparaîtras plus jamais.

— Je vais coller à tes basques comme un vieux chewing-gum usagé, Spencer, promit-elle. Je présume que tu veux rentrer, maintenant.

Il hocha la tête.

— Mieux vaut que tu ne te montres pas dans cet état, tu as les yeux tout gonflés, on dirait un tarsier. Et après on va m'accuser d'être méchante avec toi. Je préfère encore les soupçons d'intoxication alimentaire.

Tranquillement, elle lui proposa d'aller récupérer Winston à sa place.

Avant de tourner les talons, elle demanda :

— Si je te laisse rentrer seul, tu es certain que ça ira ?

— Oui, c'est fini. J'ai juste besoin d'un plaid, d'une tasse de thé, de mon chien et de cette écharpe que tu m'as enroulée autour du cou et qui porte ton odeur.

Dans la précipitation, elle avait interverti leurs affaires.

— Je vais m'en satisfaire le temps que tu saches ce que tu comptes faire de moi, compléta-t-il.

— Dans d'autres circonstances, je t'aurais probablement accompagné... Lawrie.

— Mais je ne suis plus avocat... murmura-t-il, la tête baissée.

— Non, tu ne l'es plus... et ça, ça change tout. Et puis, il vaut mieux que je traîne dans les parages ; Judith était en grande discussion avec Brenda au moment où on s'est éclipsés. Je crois qu'une perquisition va avoir lieu cette nuit même chez les Davis…

Lawrie était resté sous le jet brûlant de la douche de longues minutes. Il avait l'impression de s'être écrasé sur le sol. Son corps était perclus de douleurs, et sa tête lui semblait exagérément lourde.

Un mug dans les mains, il s'assit dans le fauteuil près de son chien.

— Ça ne t'ennuie pas si on partage, mon vieux ? Je ne suis pas contre un peu de soutien ce soir.

Conciliant, Winston posa sa patte sur le genou de son maître.

— Merci, t'es un vrai pote.

Le prêtre se massa la nuque. Son regard s'attarda sur la bibliothèque. Il se leva pour prendre l'album photo de son mariage.

Mon Dieu que Joanne était belle ce jour-là. Ses pensées le ramenèrent à leur première rencontre, dans un couloir d'Oxford. En retard à l'un de ses cours, elle l'avait bousculé, s'était excusée et était repartie aussitôt sans s'attarder.

L'heure d'après, ils s'étaient retrouvés sur la même rangée de bancs dans l'amphithéâtre. Joanne était brillante, la plus brillante des étudiants de leur promotion. À force de passer ses soirées en étude avec elle, il en était tombé amoureux. Un amour passionnel, fougueux.

Il s'arrêta sur le cliché où ils posaient tous les quatre. Son index cacha Andrew Flexton. Joanne et Jo riaient ensemble. Et si Joanne avait perçu l'attachement de son mari pour sa meilleure amie, elle n'en avait jamais été jalouse. Elle avait bien trop confiance en elle pour cultiver ce genre de sentiment.

« Rapproche-toi de Jo. » Un conseil qu'il avait ignoré. Il se frotta les paupières en s'enfonçant dans le sofa.

— Pourquoi j'ai l'impression de te trahir ? murmura-t-il en parlant à la fille en robe de mariée bohème sur la photo. Je crois que c'est ce que tu espérais… mais je ne peux pas m'empêcher de me sentir coupable. Et… tu m'as vu ce soir, j'ai tout flanqué par terre.

En total accord avec son humain, le bouledogue gémit. Il lui donna un coup de tête avant de se caler contre le flanc du pasteur, qui passa son bras autour de l'encolure de l'animal.

— Je ne t'ai pas encore annoncé la bonne nouvelle : Clemie va rester avec nous.

Les yeux expressifs de Winston se fixèrent sur lui.

— Oui, ça va faire de la peine à sa maîtresse de nous la laisser, mais on va drôlement la gâter, hein ? Je compte sur toi pour qu'il ne lui arrive rien quand elle ira dans le jardin. C'est compris ?

Lawrie tendit son poing pour checker avec son fidèle compagnon.

— Il faudra envoyer plein de photos à Jo pour qu'elle ne soit pas trop malheureuse les premiers jours.

23 h 57 : dans trois minutes, il serait minuit.

Lawrie soupira ; rien ne s'était déroulé comme il l'avait prévu. Il allait entrer dans cette nouvelle année seul chez lui. Tout de suite après son départ, son père lui avait écrit : « Ne t'inquiète pas, fiston, je reste avec elle. »

— Tu sais ce qu'elle m'a dit, Winston ? Que dans d'autres circonstances elle m'aurait accompagné…

Un sourire d'une niaiserie accablante s'afficha sur ses lèvres.

— C'était peut-être sa façon à elle de m'avouer qu'elle m'aime, qu'est-ce que tu en penses ?

Des ronflements.

— Hé, Winston ! fit-il en le poussant légèrement. On discute sérieusement, là, tu ne peux pas t'endormir maintenant !

Le prêtre insista un peu pour le réveiller, en vain ; quand son canidé était au pays de Morphée, il était presque impossible de l'en extirper.

— Ah bah j'te remercie, t'es vraiment déplorable comme confident.

25.

10 heures du matin. Jo bouclait sa valise. Avant de descendre, elle fit un détour par la chambre d'Alex. Lui aussi en avait terminé. Son attirail était rangé par ordre de grandeur contre le mur. La propriétaire des lieux soupira : dans quatre heures, elle ferait ses adieux à St Mary Hill. Et cette fois serait encore plus difficile que la précédente.

Clemie vint se frotter à ses jambes en émettant un petit miaulement. Jo l'étreignit pour enfouir son visage dans sa fourrure.

— Si seulement tu pouvais parler pour m'assurer que je ne me trompe pas. Que c'est bien ce que tu veux.

La minette ronronnait en tendant son bout de museau pour recevoir des bisous.

La veille, les habitants de St Mary Hill, trop occupés à réinstaller les décorations, n'avaient pas tiqué sur le départ précipité du pasteur, la version donnée par Jo et soutenue par le père de Lawrie étant, compte tenu des aptitudes culinaires de « la petite Brown », tout à fait plausible.

À minuit, ils avaient échangé un simple SMS où Jo lui avait expliqué qu'elle était devant chez Brenda Davis avec

Judith, Violette et l'agent Brewster, le policier du village. Le reste, elle le lui raconterait le lendemain.

De la fenêtre de la chambre, Jo regarda le SUV de location se garer le long du trottoir. Les jambes plus lourdes que du plomb, elle descendit l'escalier pour ouvrir la porte.

Lawrie remontait l'allée.

— Salut ! fit-il, un immense sourire sur les lèvres.

Pourquoi se sentait-elle toujours mieux quand il était à proximité ? Elle appréhendait déjà la suite, sans lui. Ils venaient de passer presque quinze jours sans se quitter ; on s'habituait vite au bonheur.

Les bras croisés, l'épaule appuyée contre le chambranle, elle attendit qu'il parcoure les derniers mètres.

— Ton père a bien attrapé son train ? lui demanda-t-elle.

Il hocha la tête.

— Ça va, toi ? s'inquiéta-t-il en la sondant de son regard doux.

— Comme un jour de séparation…

Il se pencha pour l'embrasser sur le front.

— Ce n'est pas comme si nous n'étions pas rompus à l'exercice. Allez, viens, on rentre, tu n'es pas couverte.

Alex était chez Adélia ; les adolescents les retrouveraient avec Jack pour le déjeuner. Jo se lança dans les explications concernant Clemie : litière, nourriture, ce qu'elle aimait, ce qu'elle détestait. Comme pour signifier à sa maîtresse que tout irait bien, la minette, installée entre les pattes du bouledogue, jouait avec la plaque accrochée au collier de Winston. *Ce chien est d'une telle patience*, pensa Jo.

Ensuite, elle détailla l'épisode de la veille. Pendant qu'ils étaient dehors, Judith, asticotée par les allusions qu'ils avaient distillées toute la soirée, avait poussé Brenda dans ses retranchements.

— Elle a bluffé, elle a réussi à lui faire croire qu'elle l'avait vue dérober un Père Noël depuis sa fenêtre. Que sa mémoire lui avait joué des tours, mais qu'à présent elle était sûre que c'était elle. Alex m'a rapporté à quel point elle avait été adroite.

— Et l'autre a marché… Elle est incroyable, cette Judith, rigola-t-il.

— Brenda a d'abord nié, fermement même. C'est son mari, moins déterminé qu'elle, qui a fini par craquer et tout avouer devant l'agent Brewster.

— Je peux savoir pourquoi tes soupçons se sont portés sur les Davis ?

— « Sobriété énergétique » : Brenda a répété l'expression plusieurs fois pendant l'interview, comme si c'était d'une importance capitale. Ça m'a réveillée en pleine nuit. Alors, comme je n'arrivais pas à dormir, j'en ai profité pour investiguer sur le Net. J'ai épluché son compte Facebook. Elle est membre d'un paquet d'associations de préservation de l'environnement. Surtout, il y a trois ans, elle a mené un combat acharné dans son ancienne ville pour que le maire contraigne les commerçants à éteindre leurs enseignes lumineuses la nuit. Et puis s'ajoutait cette histoire de porte de garage cassée, comme par hasard, juste après le vol, ce qui l'empêchait de rentrer sa voiture à l'intérieur. Quelques petites questions par-ci, par-là… Tu le sais, le meilleur réseau d'information de ce village se trouve juste à côté de chez moi…

Lawrie pouffa.

— Sacrées sœurs McPherson…

— Après, je n'ai eu qu'à aller vérifier ma théorie pendant que tout le monde était occupé au bal et à mettre nos fins limiers sur la piste de Mrs Davis.

— Tu es redoutable.

— Oui, hein ? fit-elle en souriant. Tu aurais vu Judith, elle était tellement fière d'avoir résolu cette enquête. Elle a même parlé d'ouvrir une agence de détectives privés.

— Sérieusement ?

— J'en ai peur…

Un appel d'air ; la porte d'entrée s'ouvrait. Les voix d'Alex, d'Adélia et de Jack.

Le repas se déroula dans une atmosphère oscillant entre joie et mélancolie. Jo était plus triste encore pour son neveu que pour elle.

Après avoir lavé la vaisselle, rangé la cuisine, vidé le frigo, le groupe se dirigea vers l'entrée où valises, sacs et malle gigantesque patientaient en attendant d'être chargés dans l'Aston Martin. Jo se sentait nauséeuse.

En sortant du cottage, son chat dans les bras, elle resta un instant à contempler la clé qu'elle venait de tourner dans la serrure tandis que Lawrie s'échinait à encastrer la malle d'Alex sur les sièges arrière de la voiture de collection.

— Sans rigoler, Alex, lui conseilla-t-il. La prochaine fois, il faudra vraiment réduire le format. Je ne sais pas comment ta tante va réussir à désincarcérer ce machin une fois à Londres.

— L'ado se débrouillera, promit la principale concernée en arrivant derrière eux.

Des accolades avec Jack, puis une autre avec Adélia. Les jeunes amoureux s'écartèrent pour s'embrasser une dernière fois en toute intimité. Jo était plantée là, une sensation douloureuse logée au creux de l'estomac, avec l'impression qu'un hiver sans Noël tombait sur son cœur. Lawrie, lui, faisait monter Clemie et Winston à l'arrière de son véhicule.

Derrière la fenêtre, les sœurs McPherson – de la future agence McPherson & McPherson –, qui étaient passées faire leurs adieux pendant le déjeuner, ne rataient pas une miette de ce qui se déroulait dans leur rue.

— Elle lui laisse son chat ? s'étonna Judith.

— On dirait bien, confirma Violette.

— C'est étrange.

— Ils sont peut-être déjà ensemble.

— Ne raconte pas n'importe quoi. Ça ne veut rien dire. Après tout, cette pauvre bête est trimballée dans le monde entier… Jo a raconté qu'elle l'emmenait partout. Les chats aiment leur petit confort. C'est sans doute pour ça qu'elle la lui confie.

— Regarde comme ils ont l'air désespérés, se désola Violette.

Sur ce point, Judith ne pouvait contredire sa sœur. La petite Brown retenait ses larmes, c'était évident. Quant à leur prêtre, il avait le visage fermé. Même de là où elle était, l'aînée des McPherson pouvait sentir la tension qui régnait entre eux.

Elle se souvint des départs de Jo pour le pensionnat et de combien elle pleurait quand elle quittait sa tante Gladys et son meilleur ami. Dans l'intervalle, Jo-Ann, endurcie par les coups de la vie, avait appris à contenir sa peine. Pourtant, la scène était toujours aussi familière à la septuagénaire.

— Clemie est en train de s'attaquer aux oreilles de Winston, expliqua Lawrie en revenant vers Jo.

Il échoua cependant à lui arracher un sourire. Elle se mordait avec insistance la lèvre inférieure.

— J'ai un iPhone avec une batterie de compétition, continua-t-il en sortant le portable qu'elle lui avait offert. On va pouvoir s'appeler pendant des heures.

Il était juste face à elle, exagérément près, et en même temps terriblement trop loin. Nerveuse, Jo fouilla dans sa poche.

— C'est un double du cottage, au cas où…

— OK, répondit-il en examinant la clé qu'elle avait déposée dans la paume de sa main.

Le métal lui sembla chaud, comme si elle y avait laissé un peu de son énergie.

— Une architecte va s'occuper de créer une extension. J'ai besoin d'une chambre d'enfant supplémentaire.

— Une chambre d'enfant ? répéta Lawrie, incrédule.

— Pour Daisy…

— Ah oui, comment n'y ai-je pas pensé ? s'esclaffa-t-il.

Il jeta un coup d'œil par-dessus l'épaule de sa meilleure amie. Un bruit sec : la portière passager de l'Aston Martin venait de claquer.

— Alex est dans la voiture, lui apprit-il.

— Il est bouleversé ?

— Ça m'en a tout l'air.

— Je vais y aller alors, il a besoin de sa super tata…

Les petites fossettes que Lawrie avait au creux des joues se révélèrent et, tout en lui attrapant la main, elle s'écarta légèrement.

— Pas de câlin, sinon je ne vais pas y arriver.

Un furtif mouvement sur sa droite lui fit lever la tête. Le nez de Violette et celui de Judith étaient écrasés contre le carreau.

— OSS 117 et 007 sont à la fenêtre ? devina Lawrie.

— Fidèles au poste !

Ils éclatèrent de rire.

— Bon alors, monsieur Spencer, nous sommes bien d'accord : jusqu'à mon retour, on évite les tempêtes de neige, les treks dangereux, les glissades sur des routes verglacées et les tueuses en série obsessionnelles…

Ah oui, j'oubliais... accessoirement, on ne taquine pas les nids de guêpes avec des bâtons.

— C'est noté, rigola-t-il. Je vais remercier mon père pour t'avoir lâché cette information.

Après une hésitation, elle ajouta :

— Et les trop jolies paroissiennes aussi, si possible...

— Je les préviendrai que j'attends quelqu'un.

— J'essaierai de rentrer pour ton anniversaire, Lawrie.

Il aurait lieu au printemps, une des périodes les plus chargées, ce serait un miracle si elle parvenait à se libérer.

Leurs doigts entrelacés se détachèrent avec lenteur. Elle devait maintenant se tourner et le laisser derrière elle.

— Alors, salut... fit-elle en glissant dans sa poche sa main encore électrisée de leur contact prolongé.

— Salut, répondit-il en reculant d'un pas.

Quelques instants plus tard, elle était assise au volant, les yeux rivés sur le rétroviseur. Près d'elle, Alex, silencieux et blême, gérait courageusement sa séparation d'avec sa petite amie.

— On va s'en sortir, mon grand. Pour toi, les prochaines vacances ne sont pas si loin.

Pour elle, en revanche...

Jo démarra. Lawrie avait disparu à l'intérieur du SUV. Il la laissa déboîter et passer devant, puis, au croisement, prit à droite pendant qu'elle virait à gauche en direction de Londres.

Épilogue

De son appartement new-yorkais loué par la production, Jo contemplait le scintillement des lumières de la ville. Le soleil était en train de se coucher. 18 heures ici, 23 heures de l'autre côté de l'Atlantique.

Son smartphone vibra dans sa main.

— Pile à l'heure, fit-elle en décrochant.

— Tu as passé une bonne journée ?

— Harassante, j'ai dû fuir pour quitter le plateau.

— Qu'est-ce que tu leur as dit ?

— La vérité, que j'avais un rencard.

— Avec moi ou avec YouTube ?

— Avec les deux.

Lawrie rigola dans le combiné.

Seulement deux mois que Jo était repartie, et elle était déjà épuisée. Le rythme imposé par les deux projets qu'elle menait de front ne laissait que peu d'espace pour le repos, les loisirs ou autre chose. Concernant *Highland Brothers*, elle passait la main à Daisy quand elle ne pouvait pas se trouver à deux endroits en même temps. Un moyen pour son assistante d'être auprès de sa chérie ; Claudia et elle s'entendaient à merveille.

Sur proposition de Jo, les reclus du manoir s'étaient retrouvés dans les studios de HTO pour tourner un reportage sur leur expérience à St Andrew. Ensemble, ils avaient décidé que tout ce qui y serait relaté serait soumis à la validation des proches de Jessica et de Karen. La mère des deux jeunes femmes avait créé une association d'aide aux familles touchées par une disparition, et l'intégralité des revenus générés par la vidéo produite par Luke lui serait reversée. Ainsi, ils donnaient leur version des événements, sans risque que leurs propos soient déformés par des journalistes avides de scandales. À cette occasion, Jo avait appris que, finalement, Katarina avait annulé son mariage avec Bryan.

Luke avait mis le sujet en ligne en fin de journée. Beaucoup de personnes l'avaient déjà visionné.

Jo se dirigea vers le réfrigérateur, dont elle ouvrit la porte.

— J'ai jeté un coup d'œil à ton sermon dans le taxi. J'ai fait quelques petites annotations, je te renvoie ça demain.

Depuis son départ, ils s'échangeaient leurs textes. Elle corrigeait les siens en les rendant plus accessibles, pendant que lui apportait une profondeur particulière aux personnages et aux situations qu'elle imaginait.

Elle choisit une Desperados qu'elle posa sur le plan de travail de la cuisine aux éléments gris anthracite.

— Je ne sais plus trop comment m'en sortir avec l'affluence, répondit-il.

Depuis qu'il avait résolu deux enquêtes, Lawrie était devenu le prêtre le plus *bankable* d'Angleterre.

— Jack m'a dit que tu avais un fan club…

— Sur les réseaux sociaux, il paraît. Apparemment toujours moins populaire que celui des sœurs McPherson.

— Je suis allée y faire un tour. Elles sont tellement drôles.

— Grâce à leur *incroyable* flair, St Mary Hill a retrouvé ses décorations à temps pour remporter le concours du plus beau village de Noël. Depuis, elles postent des milliers de selfies sur leur nouveau compte Instagram. Jack les coache. Si tu les voyais, tous les trois…

Jo pouffa.

— J'aimerais tant être avec vous.

— Nous aussi, on aimerait que tu sois là…

Ils se turent.

— Avril, ton anniversaire… Ce n'est plus si loin maintenant. J'ai déjà mon billet, dit-elle.

— Je viendrai te récupérer à l'aéroport. Clemie et Winston sont impatients de te revoir.

Un paquet de tortillas à la main, Jo sourit.

— Au fait, tu as reçu mon planning ?

— Tu parles de ce truc de dingue ? Sérieusement, Jo, je me demande comment tu tiens le coup.

— Je suis habituée. J'ai toujours surinvesti le travail… C'est pour ça que je te l'ai envoyé, pour que tu comprennes qui je suis devenue ces dernières années.

— Pour que j'intègre que tu ne seras jamais là, toujours partie… C'est ça ?

Elle soupira.

— C'est ce que je suis, Lawrie.

Un bref silence.

— J'ignore si tu as envie de l'entendre, mais je vais quand même te le dire : je suis prêt, Jo. Je prends tout le package : les absences, les déplacements, les conversations à 4 heures du mat' à cause des décalages horaires et parce que tu seras rentrée trop tard pour m'appeler avant, les tapis rouges où je devrai sourire à ton bras face à des tas de photographes, les sautes d'humeur dues à la fatigue, ta tête crevée de fille trop jetlaguée pour faire illusion… Je prends tout, Jo. Absolument tout. Tu sais que, s'il y a encore une interrogation, elle n'est pas de mon côté.

— Je te promets que j'y travaille, Lawrie.

— Je sais…

Il décida de changer de sujet.

— Alors, on la regarde, cette vidéo ?

— OK.

— Une minute, je récupère mon guacamole, annonça-t-il.

— Du guacamole ? s'étonna-t-elle.

— C'est ce qu'on mange tous les deux quand on regarde un truc à la télé, non ?

— Tu n'aimes pas ça, tu te forces parce que j'adore ça.

— Ça, c'est ce que je t'ai toujours fait gober…

Jo arqua un sourcil, franchement surprise.

— Alors pourquoi tu as toujours affirmé le contraire ?

— Pour te laisser le plaisir de terminer le bol…

Les larmes montèrent aux yeux de la scénariste, qui se plaqua une main sur la bouche pour que Lawrie n'entende pas le gémissement qui tentait de s'échapper de sa gorge.

Y avait-il un être sur terre qui l'aimait plus que lui ne saurait jamais le faire ? Il lui manquait au point que c'en était physiquement douloureux.

— Jo ? Tu es toujours là ?

— Oui, présente ! Je crois qu'on a été coupés une minute… mais je suis là.

Ils s'installèrent dans leurs canapés respectifs, séparés par un océan et cinq mille six cents kilomètres, et décidèrent ensemble :

— À trois…

— Un, deux, trois : *play* !

La tête pour une fois grave de Luke apparut sur l'écran.

Fin du tome 2

À suivre…

Note de l'autrice

Voilà, c'est fini… Enfin pas tout à fait, puisqu'on se retrouve l'année prochaine. J'espère sincèrement que vous avez passé un chouette moment de détente en compagnie de vos nouveaux *friends* de St Mary Hill.

Ce *cosy*, volontairement très « pop culture », n'a pas d'autre vocation que de distraire. Les quelques sujets sensibles abordés ne le sont que dans le but de servir l'intrigue ou de donner de l'épaisseur aux personnages. Il me semble qu'un peu de légèreté dans ce monde devenu tristement trop sérieux, et où tout est prétexte au jugement et à la polémique, ne peut faire que du bien…

Si vous vous êtes laissé embarquer dans l'enquête, que vous vous êtes marrés et qu'en plus j'ai réussi à faire vibrer vos petits cœurs, alors c'est que le dosage, très subtil et pas toujours évident, était le bon.

Parmi vous, certains auront reconnu le clin d'œil à des youtubeurs inspirants qui sévissent pour mon plus grand bonheur sur la plateforme. Vive les créateurs de contenu !

Pour info, l'intrigue est construite sur la base de faits divers réels auxquels j'ai emprunté des éléments de-ci de-là – ce qui prouve que, malheureusement, le plus souvent la réalité dépasse la fiction.

Comme vous avez adoré la référence à la série *Mentalist* dans le premier volet, j'ai récidivé avec un panel (loin d'être exhaustif) de mes films et séries préférés, en espérant que vous avez apprécié ces petites intrusions.

J'espère aussi que les fâchés contre Jo du tome 1 se seront réconciliés avec elle. Et pour ceux qui trouveraient son intelligence intuitive peu crédible, évitez de passer une journée avec moi, vous pourriez prendre peur !

On se retrouve donc dans un an pour le tome 3, même période, même team. Vous noterez l'effort consenti sur le *cliffhanger*, moins traumatisant que le précédent (non, je ne suis pas toujours cruelle). Je vous laisse quand même un peu sur votre faim, mais c'est pour la bonne cause : je vous entraîne à gérer votre frustration. Remerciez-moi, ça part d'une bonne intention. D'ailleurs, des théories sur la suite ? Où ? Comment ? Conclusion ou pas ? J'ai hâte de vous lire !!!

Nous avons dû couper des scènes du roman, qui était trop long, alors si vous êtes sages, pour vous faire patienter jusqu'au tome 3, il se pourrait bien qu'elles soient mises en ligne quelque part un de ces jours.

Pour terminer, je tiens à vous souhaiter une merveilleuse fin d'année. J'espère avoir égayé votre quotidien le temps de ces quelques pages, parce que je crois sincèrement que c'est à cela que nous, les artistes, devons consacrer toute notre énergie ; pour le reste, il y a les autres…

Je vous embrasse fort.
On se retrouve très vite pour de nouvelles aventures !

Votre dévouée,
C.

Ce qu'elles ont pensé du tome 1

Cosy Christmas Mystery – Retour à St Mary Hill (suite)

« Les personnages apportent un divertissement aussi doux qu'un chocolat chaud viennois avec un goût de revenez-y tel un bon page-turner. »
Julie
@cosyandmystery

« Ce *cosy mystery* m'a totalement eue ! Période de Noël, *tea time*, ragots à gogo… tout cela saupoudré d'humour et de quelques meurtres. »
Louise
@livresse_delire_delivre

« C'est drôle, frais, les personnages sont attachants, si vous ne savez pas par quel *cosy mystery* commencer ou si vous en êtes fan, un conseil, lisez celui-ci ! »
Cynthia
@lespagesdecynthia

« Ce livre est une véritable pépite, j'ai été totalement captivée, des personnages originaux et attachants […] les pages se tournent toutes seules. »
@big_bang_books

« Une vraie lecture douillette, j'ai totalement dévoré ce roman, fluide, bien dosé et *cosy* à souhait. Une très belle découverte ! »
Alexia
@cats_booksandcoffee

« Les personnages aussi charmants qu'attachants donnent vie à ce petit village anglais créant une ambiance chaleureuse et immersive. »

@take_a_b00k

« Une intrigue super, des rebondissements bien orchestrés, une fin originale, des personnages complexes et authentiques. »

Lucie
@entre_les_lignes_de_lucie

« Entre la neige cotonneuse, les illuminations féeriques, l'ambiance douce, chaleureuse, les retrouvailles festives, les valeurs de générosité, de solidarité et bien évidemment l'amour sous toutes ses formes, l'esprit de Noël est joliment préservé. »

Claire
@les. lectures. de. claire

« J'ai adoré parce que j'avais la sensation d'être comme à la maison. Ce *cosy mystery* est mon chouchou du genre, je vous le conseille chaleureusement ! »

Marine
@toiledemots

« Le *cosy mystery* parfait ! L'intrigue est captivante et riche en rebondissements avec une dose d'humour saupoudrée brillamment d'une touche de magie de Noël. »

Laura
@papotagelivresques

« Moderne, rigolo, prenant. Une plume qui vous saisit, vous prend aux tripes, vous embarque dans son lot de péripéties, vous éloigne fort loin de votre quotidien. »

Marie
@Marie_livresque

PARUS DANS
LA BÊTE NOIRE

NOÉMIE ADENIS
Le Loup des ardents (Grand Prix des Enquêteurs 2021)
Le Jardin des anatomistes

DANIELLE ARCENEAUX
Glory B. mène l'enquête
Frayeur en Louisiane

KATERINA AUTET
La Chute de la maison Whyte (Grand Prix des Enquêteurs 2020. Prix littéraire de la Renaissance française 2020)
Les Deux Morts de Charity Quinn

CÉDRIC BANNEL
Baad (Prix du Meilleur Polar des lecteurs de *Points* 2017)
Kaboul Express
L'Espion français

PATRICK BAUDOT
Alias Cristal 18 – Les Ondes

JACQUES-OLIVIER BOSCO
Brutale
Coupable

RHYS BOWEN
Son Espionne royale
Tome 1, *Son Espionne royale mène l'enquête*
Tome 2, *Son Espionne royale et le mystère bavarois*
Tome 3, *Son Espionne royale et la partie de chasse*
Tome 4, *Son Espionne royale et la fiancée de Transylvanie*
Tome 5, *Son Espionne royale et le collier de la reine*
Tome 6, *Son Espionne royale et les douze crimes de Noël*
Tome 7, *Son Espionne royale et l'héritier australien*
Tome 8, *Son Espionne royale et la reine des cœurs*
Tome 9, *Son Espionne royale et les conspirations du palais*
Tome 10, *Son Espionne royale et le baron irlandais*

Tome 11, *Son Espionne royale au service de Sa Majesté*
Tome 12, *Son Espionne royale. Quatre enterrements et peut-être un mariage*
Tome 13, *Son Espionne royale. Amour et mort au pays des léopards*

FRANCK CALDERON, HERVÉ DE MORAS
Là où rien ne meurt

JULIA CHAPMAN
Les Détectives du Yorkshire
Tome 1, *Rendez-vous avec le crime*
Tome 2, *Rendez-vous avec le mal*
Tome 3, *Rendez-vous avec le mystère*
Tome 4, *Rendez-vous avec le poison*
Tome 5, *Rendez-vous avec le danger*
Tome 6, *Rendez-vous avec la ruse*
Tome 7, *Rendez-vous avec la menace*
Tome 8, *Rendez-vous avec le Diable*
Tome 9, *Rendez-vous avec la justice*
Tome 10, *Rendez-vous avec le destin*

KAREN CLEVELAND
Toute la vérité

DANIEL COLE
Ragdoll
Tome 1, *Ragdoll* (Prix Griffe Noire du polar de l'année 2017)
Tome 2, *L'Appât* (Prix Bête noire des libraires 2018)
Tome 3, *Les Loups*
Pietà
Jackdaw

COLLECTIF, sous la direction de Lisette Lombé, Elvira Masson, Fabrice Rose et Delphine de Vigan
Histoires de femmes – Les Ondes

SANDRONE DAZIERI
Tu tueras le Père
Tu tueras l'Ange
Tu tueras le Roi
La Danse du gorille
Le mal que font les hommes

LARA DEARMAN
La Griffe du diable
L'Île au ciel noir

ALAIN DECKER
Jours de ténèbres (Grand Prix des Enquêteurs 2023)

INGRID DESJOURS
Les Fauves
La Prunelle de ses yeux
Tout pour plaire

CLAIRE FAVAN
Serre-moi fort (Prix Griffe Noire du meilleur polar français 2016)
Dompteur d'anges
Inexorable

CARYL FÉREY
Magali – Les Ondes

REBECCA FLEET
L'Échange
La Seconde Épouse

DOMINIQUE FORMA
Coups de vieux

OLIVIER GALLIEN
Dans la neige ardente (Prix Bête noire des libraires 2022)
Sève

AMY GENTRY
Les Filles des autres
De si bonnes amies

MARIA GRUND
La Fille-renard
Le diable danse encore

PATRICE GUIRAO
Le Bûcher de Moorea
Les Disparus de Pukatapu
Rivage obscur

L. S. Hilton
Maestra
Domina
Ultima

Ingar Johnsrud
Les Adeptes
Les Survivants

Elizabeth Key
Sept mensonges

Quntos Kunquest
Cette vie-là – Les Ondes

Mathieu Lecerf
La Trilogie du démon
La Part du démon (Prix Bête noire des libraires 2021. Prix Nouvelles Voix du polar 2022, roman français)
Au royaume des cris
La Mort dans l'âme

Sara Lövestam
Chacun sa vérité (Grand Prix de littérature policière 2017, domaine étranger. Prix Nouvelles Voix du polar 2018, roman étranger)
Ça ne coûte rien de demander
Libre comme l'air
Là où se trouve le cœur

Fabio Mitchelli
Une forêt obscure
Le Tueur au miroir
Le Loup dans la bergerie (Prix Méditerranée Polar 2021)

Nadine Monfils
Les Folles Enquêtes de Magritte et Georgette
Nom d'une pipe !
À Knokke-le-Zoute !
Les Fantômes de Bruges

Liège en eaux troubles
Leffe-toi et marche
Charleroi du crime
À Montmartre

NICOLE NEUBAUER
Sous son toit

VINCENT ORTIS
Pour seul refuge (Grand Prix des Enquêteurs 2019)
Patiente

GIN PHILLIPS
Le Zoo (Prix Transfuge du meilleur polar étranger 2017)

ANTOINE RENAND
L'Empathie (Prix des lecteurs Gouttes de Sang d'Encre 2019. Prix Nouvelles Voix du polar 2020, roman français)
Fermer les yeux
S'adapter ou mourir
L'Empathie, tome 2

FABRICE ROSE
Tel père, telle fille (Prix Bête noire des libraires 2020)
Le Plan
Pourchassés

RYDAHL & KAZINSKI
La Mort d'une sirène

ROMAIN SLOCOMBE
La Trilogie des collabos
L'Affaire Léon Sadorski (Prix Libr'à Nous 2017, catégorie polar)
L'Étoile jaune de l'inspecteur Sadorski
Sadorski et l'Ange du péché
La Trilogie de la guerre civile
La Gestapo Sadorski
L'inspecteur Sadorski libère Paris
J'étais le collabo Sadorski
La Trilogie des damnés
Sadorski chez le docteur Satan

THIBAUT SOLANO
Les Noyés du Clain
Les Dévorés

DOMINIQUE SYLVAIN
Panique en Armorique
Périlleuses Pyrénées

CLÉMENTINE THIEBAULT
En votre intime conviction – Les Ondes
Voyeur ! – Les Ondes

DATO TOURACHVILI
Génération denim – Les Ondes

DANIELLE TRUSSONI
Le Maître des énigmes

ILARIA TUTI
Sur le toit de l'enfer (Prix Bête noire des libraires 2019. Prix Nouvelles Voix du polar 2020, roman étranger)
La Nymphe endormie
À la lumière de la nuit
Fille de cendre

HARRIET TYCE
Blood Orange
Tu mens comme tu respires

DAMIEN ET SIBYLLE VÉRON
Tiphaine où es-tu ? – Les Ondes

ANNETTE WIENERS
Cœur de lapin

ADRIENNE WEICK
La Septième Diabolique (Grand Prix des Enquêteurs 2022)

Imprimé en France par
CPI Brodard & Taupin
en août 2024

Composition réalisée par Nord Compo à Villeneuve-d'Ascq

N° d'édition : 67712/01 – N° d'impression : 3058291